La última propuesta

LA ÚLTIMA PROPUESTA

SERIE S.I.N. 3

K. **Bromberg**

TRADUCCIÓN DE
Azahara Martín

CHIC

Primera edición: noviembre de 2024
Título original: *Final Proposal*

Diseño de cubierta: Taller de los Libros
Imagen de cubierta: Shutterstock - MeetMarcus
Corrección: Gemma Benavent, Sofía Tros de Ilarduya

Publicado por Chic Editorial
C/ Roger de Flor n.º 49, escalera B, entresuelo, oficina 10
08013, Barcelona
chic@chiceditorial.com
www.chiceditorial.com

ISBN: 978-84-19702-38-8
THEMA: FRD
Depósito Legal: B 18195-2024
Preimpresión: Taller de los Libros
Impresión y encuadernación: Liberdúplex
Impreso en España — *Printed in Spain*

Capítulo 1

Ford

El viento azota los árboles y el cielo resplandece cuando un rayo cae a lo lejos. Durante un breve instante, vislumbro el iracundo océano tras las ventanas que se encuentran frente a mí.

Entonces, vuelve a cernirse la oscuridad.

El viaje hasta aquí ha hecho poco para calmar mi rabia, por no hablar del vaso de *whisky* a medio beber que sostengo en la mano.

Estaba seguro de que con cada kilómetro de distancia que pusiera entre mis hermanos y yo, con sus tonos apaciguadores y sus estúpidas explicaciones, la furia se iría disipando…, pero me equivocaba.

El tiempo solo ha servido para que me invadan pensamientos más frenéticos y para que se intensifique el dolor que siento en las entrañas.

Aún veía la cubierta recién impresa sobre la mesa. Las palabras en las páginas editadas para la venta al consumidor. Para el público con un apetito voraz de una de estas tres cosas: escándalos, una guía práctica sobre cómo ganar miles de millones sin hacer nada o chismes para manchar una reputación.

La conmoción y el asombro siempre se han vendido bien.

«¿Quién iba a imaginar que la benigna biografía de mi padre, Maxton Sharpe, me haría sentir así?».

Lo que contaba el libro no debería haberme molestado. O mejor dicho, lo que no contaba. Eso tampoco debería molestarme.

Pero así es.

Tomo otro sorbo mientras agradezco el ardor y la calidez del alcohol y murmuro:

—Solo Ford.

A la mierda.

El ruido invade mis pensamientos: el suave murmullo de la charla de los clientes del bar que están atrapados aquí como yo, el aullido del viento del exterior, la vibración del móvil que se encuentra en la barra junto a mí con cada puto mensaje que recibo… Mis hermanos. Un poco tarde por su parte.

«Dramático».

«Susceptible».

«Ridículo».

¿No fueron esas las palabras que utilizaron para describirme? ¿Para no dar crédito a nada?

«Solo importan las palabras de los que te quieren».

La frase de mi madre resuena en mi cabeza.

El teléfono vibra con otro mensaje. ¿Qué? ¿Ya ha aterrizado el avión en Nueva York y, de repente, les preocupa que conduzca con esta tormenta? ¿Dónde estaba antes su preocupación?

Como ya he dicho, a la mierda.

Ahogaré mi enfado con esta copa.

Y la siguiente.

Y la de después.

No tengo otro sitio adonde ir ahora mismo.

Echo un vistazo al pequeño bar. Estoy seguro de que no es normal que haya tanta gente y de que no están aquí por el ambiente. Simplemente somos los únicos idiotas que hemos decidido viajar durante una tormenta tropical y estamos esperando que retiren de la carretera un árbol caído a algo menos de dos kilómetros de aquí.

El bar es parte de un hotel bastante anodino y nada espectacular ubicado en una franja de playa a las afueras de los Hamptons. Una ciudad a medio camino entre este lugar y la nada. Un lugar intermedio que los ricos ignoran de camino a la zona de recreo de los Hamptons y que llama la atención de la clase media baja, que desea poder quedarse allí algún día.

Este lugar... —demonios, ni siquiera recuerdo su nombre, es tan simple y aburrido que se me ha olvidado— está anticuado y es corriente. Puede que se deba al de color cuero burdeos y a la madera oscura. Los accesorios baratos y las imágenes corrientes fabricadas en serie son la decoración que ningún sitio necesita.

Tiene potencial.

Pero parece que quien gestiona el lugar no quiere invertir en él para alcanzarlo.

Tampoco es que me importe.

Puede que no haya habitaciones libres para pasar la noche, pero se está a resguardo y, por ahora, parece un lugar seguro contra la furiosa tormenta del exterior. Ah, y tiene alcohol. Eso es una clara ventaja.

Algo golpea el suelo a mi derecha con bastante fuerza, seguido por el suspiro de frustración de una mujer.

—Han cortado las carreteras. Han cortado las putas carreteras. ¿Te lo puedes creer?

Si no puedo estar en casa de Sag Harbor, hacia donde me dirigía, debería poder beber en paz.

Y que Cathy la charlatana elija sentarse a mi lado no es exactamente el epítome de la tranquilidad.

Ni estoy de humor para aguantarla.

—Vaya boquita —murmura el hombre que tengo al otro lado.

—¿Hola? ¿Me has escuchado? —repite, lo que me arranca un profundo suspiro—. Cortadas. Estamos atrapados.

Al parecer, no ha captado por mi silencio, ni por el comentario del otro, que me importa una mierda.

—Una observación brillante —digo mientras bebo—. Existe una razón por la que todos estamos aquí sentados y no es por el ambiente.

—Creo que no estaba hablando contigo.

—Bien. Genial. —Levanto el dedo para pedirle otra copa al camarero, emocionado por no tener que hablar con nadie, cuando algo de lo que ha dicho resuena con fuerza en mis oídos—. Espera. ¿Han cortado las carreteras?

Capítulo 2

Ford

Me giro para ver a la desconocida de voz ronca y aroma intrigante que está de pie junto a mí. Un par de ojos grandes de color zafiro se encuentran con los míos. Los tiene entrecerrados, pero rebosan curiosidad. Tiene los labios carnosos y fruncidos y las mejillas de un tono sonrosado, supongo que por el frío del exterior. Lleva el cabello rubio oscuro recogido en una especie de moño enmarañado, más húmedo que seco, como su chaqueta.

Decir que es guapa es quedarse corto. De hecho, a su manera, es una belleza de verdad.

Pero tiene ese tipo de belleza que está hecha a partes iguales de ternura y hermosura. Es más una chica común que sofisticadamente *sexy* y, cuando arquea una ceja, sé que sabe que la estoy observando y evaluando.

Y eso no le entusiasma precisamente.

Mierda.

—¿Chandler? —dice al teléfono que no me había dado cuenta que sostenía contra la oreja—. Sí. Tengo que irme. No preguntes. Me las apañaré. Siempre lo hago. —Deja caer el móvil con un chasquido sobre la barra y se vuelve hacia mí con un suspiro más profundo que el mío—. Sí. Eso es lo que he dicho. Las carreteras. —Pone énfasis en la «s»—. En plural. Esta noche, lo más lejos que vas a llegar es a algo menos de dos kilómetros y medio de distancia en cualquier dirección.

—Dios.

—Lamento ser yo quien te dé las malas noticias. —Se encoge de hombros sin disculparse.

Agito la mano con indiferencia.

—¿Qué ha pasado?

—Em… ¿La lluvia torrencial de ahí afuera? ¿Aviso de tormentas 2022? ¿La misma razón por la que supongo que estás aquí sentado en este bar sin encanto como yo?

—¿Qué cojones…? —murmuro.

—Vaya. ¿Cuando tú dices una palabrota no pasa nada, pero si la digo yo, susurras que esa no es la forma en la que debería hablar una dama?

Me río para ignorar la alarma que resuena en mi cabeza y que indica que está loca. La experiencia me ha enseñado a prestarle atención.

—No he dicho ni una palabra, ni he hecho ningún gesto sobre tus palabrotas. —Niego con la cabeza y me paso la mano por la mandíbula—. Simplemente… pensaba que el cierre de la carretera era temporal hasta que quitasen el árbol.

—Bueno, al parecer ha caído otro más allá del primero y luego otro en la dirección opuesta. —Señala con el pulgar por encima del hombro—. El agua del mar está rompiendo el malecón e inundando la carretera, por lo que es demasiado peligroso atravesarla.

—Me lo tomaría a risa, pero esta noche es algo normal. —Me paso una mano por el cabello—. Gracias por darme las malas noticias.

—Podría ser peor. Este sitio podría estar cerrado. Podrían haberse quedado sin alcohol. Es decir…

—Lo pillo. Gracias.

—Vamos —dice de forma persuasiva antes de darme un codazo como si no nos acabáramos de conocer—. No puede ser tan malo.

Le regalo una sonrisa que es de todo menos divertida.

—Lo dice la señorita Arcoíris y Rayos de sol…

—Habla el hombre que se empeña en ser un imbécil gruñón para asegurarse de que no le hable ni empañe su momento. —Echa un vistazo a mi vaso—. *Whisky*, ¿no?

—¿Rayo de sol, arcoíris y lectora de mentes? —Levanto las cejas y silbo en voz baja—. Estoy más que impresionado.

Ella hace una fingida reverencia y me ofrece una sonrisa que le ilumina el rostro. Dios, estaba equivocado. Es muy *sexy*.

—Gracias. Es uno de mis muchos trucos de fiesta.

—¿Uno de muchos? —pregunto.

—Oh, sabe sonreír —murmura justo por encima de mi réplica mientras vuelve a clavar los ojos en los míos—. Te sienta bien. Deberías intentarlo más a menudo.

Le lanzo una mirada desconcertada.

—Tomo nota.

—Oh, ya veo, un atisbo de gracia antes de pasar de nuevo al modo gruñón. —Toma asiento y gira el taburete para colocarse frente a mí. Con el movimiento, me golpea el olor de su perfume. No se me escapa la ironía de que huele a rayos de sol atrapados en una botella.

—Exacto. —Asiento con la cabeza brevemente como si estuviera molesto por su presencia y su interrupción (antes lo estaba y todavía debería estarlo) y, a pesar de eso, respondo cuando fácilmente podría alejarme de la barra—. ¿Ves? Es inútil perder el tiempo tratando de hacerme sonreír.

—Tomo nota —repite lo que yo había dicho y sonríe—. De todas formas, tengo mejores cosas que hacer que tratar de hacerte sonreír.

Ahora soy yo quien se gira para ponerme frente a ella, de tal forma que mis rodillas chocan con las suyas.

—¿Ah sí?

—Pues sí. —Pide una copa de cabernet sauvignon y me observa de forma expectante.

—¿Qué es exactamente lo que tienes que hacer que es mejor que eso? —Hago un gesto hacia la barra y, como si fuera una señal, un trueno vuelve a retumbar para enfatizar el hecho de que estamos atrapados en este lugar y que no puede ir a ningún sitio.

Inclina la cabeza hacia un lado y se pasa la lengua por la comisura de los labios.

—Cosas.

—¿Cosas? Qué específico.

—¿Qué te parece cosas que no quiero hacer? ¿Cosas que estoy evitando hacer? ¿Cosas a las que simplemente estoy tratando de encontrarles sentido? ¿Te parece eso lo bastante descriptivo, señor Gruñón?

Un brillo en su mirada me indica que hay algo que no quiere contar.

—Vale. Muy bien. Te lo compro.

—Pues parece que yo soy la que va a tener que comprarse algo, un barco en concreto, para salir de aquí si el agua sigue subiendo.

—Vaya, pero si también es graciosa.

—Siempre. ¿Por qué estás tan gruñón? ¿Es algo habitual? —Entrecierra los ojos y me observa mientras se muerde el labio inferior—. Ummm. Aunque no pareces ser de ese tipo. Probablemente estás malhumorado. Enfurruñado quizá, pero simplemente por las circunstancias. No creo que seas un gruñón perpetuo.

—Gracias por la evaluación psicológica. —Deslizo la copa vacía hacia el camarero y le pido otra por señas—. No la he pedido.

—Y, sin embargo, ese comentario acaba de confirmar el diagnóstico.

—Eres una maestra liendre, ¿no? —comento.

Sonríe de forma más amplia. Demonios, es difícil no devolverle la sonrisa. ¿No sabe que mi plan era venir aquí y meditar? ¿Automedicarme con este *whisky* y decirme a mí mismo que tengo todo el derecho a sentirme herido, enfadado y todo eso?

—Entonces, ¿qué te pasa? ¿Problemas de pareja? ¿Han atropellado a tu perro? ¿Tu coche se ha quedado sin gasolina?

Le respondo con la mirada perdida.

—Dios mío. —Se lleva una mano al corazón—. Es el perro ¿no? —Se le llenan los ojos de lágrimas, algo que no esperaba para nada, mientras dice en voz baja—. Lo siento mucho. —Extiende la mano y me da un apretón en la rodilla.

Esta es la mía.

Puedo seguirle la corriente y usar la mentira para generar simpatía y que me deje en paz. Asentir con la cabeza y levantarme para dirigirme a una de las sillas que hay junto a la ventana de enfrente.

Completamente solo.

Pero cuando abro la boca para hacerlo, resulta que no sale ni una palabra. Quiero decir... Hay peor compañía que una mujer hermosa que, de momento, parece tener una gran personalidad.

—Siento explotar tu burbuja, pero no tengo ningún perro que haya muerto.

Vuelve a caer un rayo y se oyen algunos jadeos a nuestro alrededor. La mujer que está junto a mí asiente con la cabeza casi como si la hubiera decepcionado y no sé muy bien por qué.

—En ningún momento he dicho que tenga uno —continúo—. Has sido tú la que ha sacado sus propias conclusiones.

—Pero tienes perro, ¿no? —pregunta como si fuera algo muy importante.

—¿Y eso qué más da?

—Dice mucho de ti.

—¿Qué es lo que dice? —pregunto, aunque soy de la misma opinión.

Se encoge de hombros.

—Que piensas en algo más que en ti mismo. Que estás dispuesto a compartir tiempo y espacio. Que no te importa ensuciarte las manos, literalmente, ya que hay que recoger la caca.

—¿Qué? —Casi escupo la bebida.

—A nadie le gustan las personas que no estén dispuestas a recoger la caca de su perro.

—No dejas de sorprenderme —murmuro, y contemplo fijamente la copa antes de dirigirle la mirada.

—Bien. Las sorpresas son buenas. —Dibuja una sonrisa de oreja a oreja.

«¿Quién es esta mujer y por qué, de repente, no quiero que deje de hablar?».

—¿Y bien? ¿Tienes perro? ¿No tienes perro? O ¿qué?

—No tengo perro. —Levanto las manos—. Pero no me juzgues. Me encantan los perros, los grandes. Sin embargo, esa es la desventaja de vivir en la ciudad. —¿Y qué más me da que la respuesta la haga cambiar de opinión sobre mí?

—¿La ciudad?

—Manhattan.

Levanta las cejas, pero no revela la suposición que refleja su expresión.

—¿Y por qué es culpa de la ciudad?

—Porque los perros se merecen un jardín en el que correr, y un rascacielos como en el que yo vivo no permite eso exactamente.

—Existen cosas como los paseadores de perros.

—Sí, pero dar un paseo y tener un jardín en el que corretear son dos cosas distintas. Bueno, ¿ha terminado ya la inquisición perruna?

Frunce los labios y me lanza esa mirada de nuevo, pero no da más detalles sobre lo que está pensando.

—Sí, claro. Pero… Oh, ya entiendo. Estoy interrumpiendo tu momento de autocompasión —murmura mientras asiente con la cabeza suavemente y luego vuelve a redirigir la conversación—. En mi opinión, no podrías haber elegido una noche más apropiada. A ver, no sirven para nada, pero está claro que de vez en cuando son necesarios.

—Sí, claro. Algo así.

Sé que lo siguiente que va a preguntar es «¿qué ocurre?». Es mujer.

Nada más y nada menos que una mujer con una gran imaginación.

Pero en lugar de hacer lo esperado, se levanta del asiento y echa un vistazo a su alrededor antes de dirigirse hacia el otro lado de la barra. Veo que toma algo antes de regresar y colocar un bol de madera, que parece sacado de los años setenta, en la barra entre los dos.

«Alerta: anillo de compromiso».

¿Cómo no me he dado cuenta del pedazo de anillo de diamantes que lleva en la mano izquierda? ¿Y por qué me sorprende?

—¿Hay algún problema? —pregunta.

Niego con la cabeza y noto que estoy mirando el bol que acaba de traer mientras me pregunto cómo es el capullo de su prometido o marido.

—¿Qué es?

—Chex Mix. Por favor, dime que has probado este alimento básico de la infancia.

Pongo los ojos en blanco como respuesta.

—Todo momento autocompasivo debe incluir comida. —Toma un bocado de la mezcla—. Y alcohol. —Le da un sorbo al vino—. Y… alguien con quien compadecerse y que te diga que tienes toda la razón del mundo, aunque crea que estás equivocado. —Levanta la mano—. Así que voy a contribuir todo lo que pueda a este momento, ya que no parece que haya mucha más gente con la que contar aquí. —Vuelve a sentarse—. Deberías sentirte privilegiado.

—Así me siento. —Sonrío de forma sincera por primera vez. Creo que nunca me he tomado tantas molestias como ella para hacer sentir cómodo a un desconocido—. De verdad.

—A ver, este sitio no puede ofrecerte una habitación libre ni mucho más, aparte de este bol que probablemente hayan tocado como diez manos distintas esta noche, pero puedo obsequiarte con mi gran personalidad y la capacidad que tengo de escuchar a los demás.

Sonríe de forma cursi.

—Y tú acabas de comerte un pedazo de la mezcla de gérmenes —señalo.

—Y luego he bebido un poco de vino para que el alcohol elimine dichos gérmenes. Tan simple como eso. —Da un sorbo de vino para enfatizar el comentario—. Una ventaja adicional es que el tejado parece resistente y por ahora estamos secos.

—Por ahora es la expresión clave.

Choca la copa con la mía.

—Salud. —Como lo único que hago es mirarla, continúa—. ¿Qué? Soy el tipo de chica que ve el vaso medio lleno.

—Está claro.

Extiende la mano.

—Elle. Ellery, en realidad. Encantada de conocerte.

—¿Ellery? Qué original.

Se ríe.

—Ja. Esa es la forma de decir que es un nombre interesante, raro, que rellena los espacios en blanco. —Se encoge de hombros como si lo hubiera escuchado antes—. Es un nombre familiar. Ellery *Celery** —dice con voz cantarina como si fuera una rima de niños, y luego se ríe—. Dios, cómo lo odiaba cuando era más joven. Pero ya no me importa tanto.

—Ford. Bueno, Fordham. —Le estrecho la mano—. Y mi nombre se debe a una universidad o una empresa de automóviles, así que no te digo nada, Ellery *Celery*.

—Entonces supongo que estamos en el mismo departamento de nombres.

—Así es —murmuro.

Ambos bajamos la mirada y notamos que seguimos con las manos estrechadas. Las apartamos enseguida, antes de dirigir la mirada hacia la ventana para romper la repentina incomodidad que nos rodea.

Incomodidad mezclada con atracción.

Mierda. No lo esperaba.

Me paso una mano por el pelo y lanzo una mirada en su dirección. Sonríe suavemente mientras observa el espectáculo que la Madre Naturaleza está ofreciendo en el exterior: instan-

* *Celery* significa cilantro en inglés. *(N. de la T.)*

táneas de destrucción iluminadas por los relámpagos. Y, por primer vez, me doy cuenta del leve hoyuelo.

Claro, debe tener uno. Divertida, atrevida, hermosa y con un hoyuelo. Soy un fanático de los hoyuelos.

—¿Hacia dónde te dirigías cuando Fred te ha disuadido? —me pregunta en un momento en el que amainan los relámpagos.

—¿Fred? —digo sorprendido mientras desvío la mirada de ella.

—La tormenta tropical por la que estamos aquí marginados.

—Sí, lo siento. Ese Fred. —Echo un vistazo alrededor. Algunos se han quedado dormidos. Otros están ocupados con sus teléfonos móviles. Unos pocos hablan con los desconocidos que tienen al lado. Pero cuando poso los ojos en ella veo que, al parecer, ahora le toca a ella estudiarme. Las manos. Los antebrazos, con las mangas remangadas. El pecho, con los dos botones superiores de la camisa desabrochados. Se sobresalta cuando su mirada se encuentra con la mía y se da cuenta de que la he pillado.

Ahora estamos igualados.

—Gracias por nada, Fred.

—Amén —murmura mientras se dedica a limpiar el vaho de las copas con una servilleta para mantener las manos ocupadas.

La pongo nerviosa. Eso es interesante. ¿O lo que la inquieta es el hecho de que la he sorprendido mirándome cuando lleva un anillo en el dedo?

—Entonces... ¿Hacia dónde te dirigías, Ford llamado así por una universidad? ¿Tiene algo que ver con el momento autocompasivo que estamos celebrando?

—Sag Harbor —contesto con brusquedad.

—Qué bien. —Levanta las cejas pero luego frunce el ceño cuando se da cuenta de que no comparto el mismo entusiasmo—. ¿No está bien? —Como no respondo, continúa—:

Tienes que decidirte por uno u otro. La indiferencia no es una opción si celebras una fiesta de autocompasión. Sag Harbor, eh. Está cerca, pero tú muy lejos de llegar allí con este tiempo.

—Así es. —Asiento con la cabeza y no digo nada más mientras Ellery toma un sorbo de vino y mantiene una charla trivial con el camarero.

Observo la interacción. La chica es definitivamente *sexy.* Indiscutiblemente hermosa. Y tiene esa sonrisa fácil que le ilumina el rostro.

«No está soltera, Ford».

Y por el tamaño de la piedra que lleva en el dedo, su prometido quiere que todos sepan que no está soltera. Y es comprensible.

Es tarde. El *whisky* está empezando a afectarme. Y no estoy más cerca de averiguar por qué esta noche y todo lo que me ha ocurrido antes me ha afectado tanto. Tomo otro sorbo de la copa antes de cerrar los ojos por un momento.

«Yo podría comprarle un diamante más grande».

Dios. ¿De dónde demonios ha salido ese pensamiento?

Niego con la cabeza y me echo a reír. Sin duda alguna, el alcohol es el que habla.

Pero cuando miro a Ellery, esos ojos azules brillan con curiosidad y frunce el ceño como si me preguntara de qué me río.

—Estaba contemplando la idea de cambiarme a la cerveza —contesto como si eso fuera a explicar la risa.

—¿Cerveza?

—Sí. Va a ser una noche larga y creo que debería controlarme.

—Todo depende de qué es lo que quieres controlar. —Se ríe con ganas mientras se encoge de hombros. Mi mente vuela a algunos lugares, y todos tienen que ver con ella. Cruza los brazos sobre el pecho—. Cuéntamelo todo. La historia. El culpable de este momento de autocompasión. Dime a quién se supone que tengo que odiar porque te ha disgustado.

He entrado aquí sin querer hablar con nadie y ahora, por alguna razón, ella charla y no me importa tanto. La vacilación que sentía al principio se ha desvanecido.

—Es realmente estúpido…

—Está claro que te ha disgustado, así que yo no diría que es estúpido.

—He discutido con mis hermanos —digo por fin.

Vale. Así que se trata de un tema familiar. Eso siempre es difícil. ¿Cuál ha sido la razón de la discusión?

—Es una larga historia.

Echa un vistazo a la sala y observa la escena antes de encogerse de hombros y mirarme a los ojos.

—No será por falta de tiempo, ya que, de momento, básicamente estamos aquí atrapados. ¿Tiene algo que ver con eso?

—¿Con qué? —pregunto, y miro hacia donde señala.

—Con la pajarita que te cuelga del cuello. A ver, me despierta mucha curiosidad saber a qué idiota se le ocurriría seguir adelante con un evento de etiqueta durante un temporal tan horrible como este. —Simula sentir escalofríos, pero me ofrece una sonrisa juguetona.

Resoplo.

—A mí. A mis hermanos. Nosotros somos los idiotas.

—Oh. Ups. Supongo que ahora sería un buen momento para meterme el pie en la boca.

—Definitivamente idiota es el insulto más suave que me han ofrecido hoy…, así que lo aceptaré.

—Qué mal, ¿no?

Asiento con la cabeza.

—Algo así.

Una persona se ríe a carcajadas al otro lado de la sala mientras ella toma otro puñado de la mezcla de gérmenes. La miro mientras procede a escoger los *pretzels* y colocarlos en la barra junto al bol. Qué extraño.

Me mira a los ojos y me lanza un guiño.

—Vivo al borde del abismo.

Me río.

—Una tormenta tropical y gérmenes en una sola noche.

—Has olvidado mencionar que has conocido a un hombre misterioso y gruñón.

—Sí. Eso también. —Por alguna razón, la tensión de los hombros disminuye con cada comentario que intercambiamos.

—Pajarita negra… —Tuerce los labios mientras la observa—. Demasiado pronto para una fiesta navideña.

—Teniendo en cuenta que estamos en abril, eso sería una apuesta segura.

—Así que mi suposición es que se trataba de una gala de entrega de premios a unos cargos superiores, que si tus hermanos y tú la organizabais, quiere decir que vosotros sois esos cargos, o una gala para recaudar fondos de algún tipo. Oh, ya sé. Era el estreno de una película. —Inclina la cabeza hacia un lado—. No me digas que eres un actor famoso que se está escondiendo aquí, en esta ciudad costera tranquila, y va a comprar este hostal para empezar una nueva vida. Planeas convertirlo en un destino, un *bed and breakfast* de élite, por así decirlo, porque tus amigos y tú estáis cansados de no poder iros de vacaciones ni tener privacidad.

—¿Nunca te han dicho que tienes una imaginación hiperactiva?

Sonríe de forma más amplia.

—Otro de mis muchos trucos de fiesta.

—Está claro.

—¿Tu falta de respuesta es la confirmación de que, en realidad, eres Chris Hemsworth disfrazado?

—Shh. No revientes mi tapadera.

—Tu secreto está a salvo conmigo —susurra—. Tu acento americano es perfecto. Así que…

—Una gala para recaudar fondos.

—Sí —dice, y levanta el puño.

—Es un evento de etiqueta que organizamos cada año —comento mientras pienso en la gala benéfica contra el Alzheimer que celebramos en honor a nuestro padre—. Y sí, seguimos adelante con ella a pesar de la tormenta inminente porque es una tradición y quién diablos sabe por qué más.

—Porque sois hombres y nadie, ni siquiera la Madre Naturaleza, os dice lo que tenéis que hacer.

—Ahora, dicho así, suena bastante ridículo. Pero sí. Algo parecido.

Asiente con la cabeza y me mira por encima de la copa.

—Y entonces, ¿por qué habéis discutido? ¿No pidieron los canapés adecuados para el evento? ¿O uno de tus hermanos coqueteó con tu novia y te enfadaste? O… —Niega con la cabeza para enfatizar la pregunta—. ¿Algo incluso más escandaloso que eso? Dame todos los detalles jugosos.

—Nada jugoso ni escandaloso. Lamento decepcionarte. —Sonrío. Me resulta gracioso imaginar a mis hermanos apartando la vista de sus mujeres el tiempo suficiente como para mirar a otra. Si hubiera una imagen que reflejara lo que es estar enamorado, sería de ellos.

Además, puede que seamos trillizos, pero tenemos un gusto por las mujeres totalmente distinto.

Yo soy… solo Ford.

Se me ponen los vellos como escarpias al pensarlo y la ira me inunda de nuevo.

¿Cómo le digo que por lo que estoy molesto tiene más que ver con sentirme invisible sin sonar como un pelele? ¿Que mi apellido define quién soy yo y cómo me percibe la gente —siempre lo ha hecho—, pero no me había dado cuenta de que también me ocultaba?

—Simplemente… pensamos diferente sobre un tema. Ha surgido algo inesperado y mi percepción era distinta. Hemos intercambiado unas palabras y no me ha emocionado demasiado lo que han dicho.

—Eso significa que estáis unidos.

—Somos hermanos, ¿no?

—Por supuesto —dice, pero no suena convincente.

—Claro, estamos unidos. —¿Y no me ha molestado tanto en parte por eso? ¿Porque no me han visto venir? ¿Porque la mayoría de los días podemos terminar la frase de los otros dos, incluso los pensamientos, pero esta vez no han entendido por qué me ha dolido, no lo que se ha dicho, sino lo que no?

Asiente con la cabeza como si lo entendiera.

—Vale, entonces, los que ahora mismo no nos gustan son tus hermanos, ¿verdad? ¿Son ellos con los que estamos tan enfadados que vamos a pedir otra ronda?

Asiento.

—Eso suena bien.

—¿Cuántos hermanos tienes? ¿Cómo se llaman? —pregunta—. A ver, es difícil clavar alfileres en muñecos vudú si no tenemos detalles específicos.

Me ha hecho sentir tan cómodo que casi le respondo sin vacilar.

Pero soy un Sharpe y, a lo largo de los años, he aprendido que no siempre es positivo que la gente sepa quién soy. Sobre todo, con la publicidad que está a punto de azotar a mi familia con la publicación de la biografía. Lo último que necesito es darle los nombres de mis hermanos para que sume dos más dos en algún momento y saque provecho con una historia sobre el hermano desconsolado que está de mal humor en un hotel de carretera.

—Son dos —digo con un gesto de la mano, sin comentarle que somos más que hermanos, que somos trillizos idénticos—. Sus nombres son irrelevantes. Es solo… ¿Alguna vez te has dado cuenta de cómo te mira o percibe la gente y eso te echa un poco para atrás?

Saca más *pretzels* de la mezcla de gérmenes y los coloca en la mesa con los demás.

—De alguna manera, sí. Es desconcertante. A veces da qué pensar. Y, la mayoría de las veces, no es precisamente halagador.

«Especialmente cuando es la observación de tu padre».

Me aclaro la garganta para deshacer el repentino nudo de emoción.

—Has dado en el clavo.

—Lo siento.

La pureza de su sencilla respuesta me hace reflexionar. Una sinceridad que rara vez escucho estos días, en especial cuando procede de una absoluta desconocida.

Su mirada es igual de genuina.

Y debe ser una mezcla de la última hora, la tercera copa de *whisky* y los malditos sucesos de la noche, pero Dios... Odio la repentina presión en el pecho y necesito moverme.

Me levanto de golpe del taburete y Ellery abre mucho los ojos por la sorpresa del movimiento repentino.

—¿Qué ocu...?

—Disculpad, todos —grita una mujer cerca de la entrada del bar. Se accede por una puerta revestida que lleva a un vestíbulo. La gente se mezcla, pero guarda silencio, mientras se gira para enfrentarse a la mujer de sonrisa amable y ojos cautelosos.

—Escuchad —exclama el camarero a los últimos clientes que quedan, que están demasiado preocupados como para prestar atención.

—Hola. Me llamo Amy. Como alguno de vosotros sabe —dice cuando la sala se queda en silencio—, las autoridades acaban de informarnos de que han cerrado la carretera en ambas direcciones durante toda la noche. Para aquellos que todavía no lo sabían, vaya, siento ser portadora de malas noticias. Sí, eso significa que estaréis atrapados aquí toda la noche si aún no habéis reservado una habitación en alguno de los hoteles del camino. En cuanto a nosotros, no nos quedan habitaciones disponibles. —Un gemido colectivo retumba en la sala—. La buena noticia —continúa Amy— es que podéis quedaros y acomodaros aquí. No es el Ritz, pero está seco, tiene sillas cómodas y el espectáculo de luces del exterior es increíble. —Sonríe mientras señala las ventanas—. ¿La otra mala noticia? De acuerdo con la ley estatal, hace unos cuarenta minutos se nos exigió que dejáramos de servir alcohol, así que vamos a tener que cerrar el bar…

—¿En serio? —pregunta un hombre desde el otro lado de la sala con numerosas botellas vacías en la mesa. El camarero le lanza una mirada a Amy como diciendo que él se encargará del cliente si es necesario.

—En serio —repite con una sonrisa comprensiva. Levanta un dedo—. Pero eso no significa que no pueda venderte una botella de tu veneno favorito ahora… o lo que queda de una botella para que puedas bebértela a tu ritmo durante la noche. —Se oyen unos cuantos hurras al otro lado de la sala—. Pensé que eso os alegraría a algunos.

Los aplausos estallan como muestra del triste espíritu de desesperación de todos nosotros y Amy hace una reverencia.

Ellery se inclina rezumando ese aroma a rayos de sol de nuevo mezclado con champú y murmura:

—Supongo que es hora de tomar una decisión, Ford.

—¿Sobre qué?

—¿*Whisky* o cerveza?

Capítulo 3

Ford

Cuatro horas antes

Me ha carcomido toda la noche.

Mentira.

Me ha carcomido desde que leí el capítulo veintidós. El que se titulaba «Paternidad». El capítulo donde mi padre hablaba sobre sus tres hijos. Sus mayores logros. Explicaba los problemas que tuvo con Callahan y lo orgulloso que estaba de él. También contaba que Ledger era su epítome, y que, evidentemente, había nacido para ocupar su puesto en la empresa cuando decidiera dejársela a ellos.

Párrafos y más párrafos dedicados a mis hermanos y el lugar que ocupaban en la familia Sharpe. En realidad, el universo Sharpe.

—¿Qué es lo que te pasa esta noche? —pregunta Callahan mientras entra en el ático. Hay mierda por todas partes: ropa, comida, equipaje, maquillaje de sus mujeres… de los que nos hemos arreglado aquí para prepararnos para el evento. A él no le importa. Toma un caramelo y se lo mete en la boca mientras se deja caer en el sofá—. ¿Has cogido el palo que Ledger se ha sacado del culo y te lo has metido en el tuyo?

—Callahan. Él fue quien me supuso un mayor desafío —dice Maxton con una risa. Pero más allá de la risa hay un sentimiento de orgullo. Un sentimiento de amor. La sensación de que lo único

que podría poner de rodillas a este hombre duro eran sus hijos—. La cabezonería de Callahan viene de largo pero, maldita sea, no deja de sorprenderme. Oculta su naturaleza intuitiva y habilidad para saber lo que hay que hacer tras ese comportamiento imprudente. Es casi como si se sintiera incómodo por ser bueno en cualquier cosa que se proponga. Era igual que su madre en ese aspecto. Y tenerlo cerca es como si ella siguiera aquí conmigo.

—Déjalo, Callahan.

Error.

Cuando se trata de mi hermano pequeño, eso es como arrojarle carnaza a un tiburón. Prácticamente puedo ver cómo levanta las orejas después de lo que he dicho.

Y tal vez eso es lo que quiero. Quizá quiero que me instigue para tener la discusión que tanto he ansiado durante toda la noche.

—Ooooh —dice con un silbido.

—¿A qué se debe ese sonido? —pregunta Ledger mientras entra en la habitación y le lanza una mirada a Callahan, luego a mí y, por último, de nuevo a Callahan.

Y esta es la razón por la que ser trillizo es un dolor de cabeza. Siempre es una ventaja que podamos sentir de forma intuitiva lo que les pasa a los otros dos…, excepto cuando no quieres que nadie sepa lo que te ocurre.

Y ahora mismo… Mierda, ahora mismo no sé qué cojones quiero.

—¿Tu palo? Ahora lo tiene él en el culo —termina Callahan.

—Vete a la mierda —murmuro.

Y ahora Ledger está intrigado.

—Mi primogénito. Ledger Maxton Sharpe —dijo el tocayo con la más suave de las sonrisas y la admiración reflejada en los ojos—. Cuando lo miro, veo una versión más joven de mí, solo que diez veces mejorada. Si hay un obstáculo, lo afronta de frente. Si hay

un desafío, no puede esperar a demostrar que es el mejor. Es un oponente formidable en todo lo relacionado con los negocios.

—¿Es así como crees que la gente te percibe? —pregunto y obtengo lo que he aprendido a esperar del hombre que hay frente a mí. Una lenta sonrisa profundiza las arrugas grabadas en su rostro. Me encantaría conocer la historia que hay detrás de esas arrugas, pero tengo el presentimiento de que equivaldría a un sinfín de libros repletos de sus historias.

—No me importa cómo me perciba la gente. Nunca lo ha hecho. Creo que Ledger es igual en ese sentido. Aunque parezca mentira, es más obstinado de lo que yo era, pero muestra más el corazón. Él rompe más las distancias mientras que yo estaba tan ocupado tratando de no ser el Maxton Sharpe del Bronx que no me importaba pisar a quien fuera para llegar hasta donde necesitaba llegar.

—¿Y qué pasa con eso?

—Que lo hace mejor hombre de lo que yo era. De lo que soy. Conlleva expectativas más altas, pero dudo que el hombre en el que se ha convertido Ledger tenga problemas para superarlas.

—Para empezar, no has bebido esta noche, y ahora esta actitud —dice Ledger, con su diplomacia de siempre, mientras se sienta en el borde del sofá, en diagonal a mí—. ¿Qué ocurre? —Escucho la pregunta, pero lo único que veo es una maldita página tras otra de elogios dirigidos a él. El mejor de su clase en Wharton. Premio al Joven Emprendedor. Historia tras historia de cómo es exactamente igual al hombre que él idolatraba.

Al hombre que yo también idolatraba, pero para el que ahora siento que era invisible.

—¿Ford? —vuelve a preguntar.

Y como si fuera una señal, Callahan se mueve en el sofá y se escucha un ruido sordo cuando algo golpea el suelo. Se inclina y se ríe.

—Parece que papá también quiere participar en esta conversación —bromea mientras recoge el ejemplar anticipado del suelo y lo coloca en la mesa—. Sabéis lo mucho que odiaba que discutiéramos.

El silencio inunda la habitación mientras observamos la portada del libro. Una fotografía en blanco y negro de nuestro padre en primer plano. No se puede distinguir el color de sus ojos, pero la claridad que tienen —debido a la calidad de la imagen y a las estrías de los iris— es fascinante. Ofrece una expresión estoica y los labios, idénticos a los nuestros, son una línea recta.

Es una instantánea impresionante del hombre al que todos queríamos. Una que, de algún modo, refleja la intensidad del hombre con el que crecimos en yuxtaposición con el corazón más blando de un hombre que se acerca al final de la vida.

Se me forma un nudo en la garganta mientras trato de procesar las emociones que representan la portada de ese libro y las trescientas trece páginas de su interior.

Una exposición sobre su vida. Los momentos de la infancia que definieron su vida. La pobreza. Un padre que lo abandonó. Una madre que luchó y trabajó sin parar. El deseo de no verse en esa situación cuando fuera mayor. Cómo se abrió camino a duras penas en la universidad, pero nunca se graduó por falta de dinero.

Cómo empezó su imperio trabajando de ayudante de camarero, trabó amistad con los clientes adecuados, que luego creyeron en él y lo respaldaron, hasta que, cuando alcanzó un nivel de éxito con el que la mayoría sueña, los recompensó de forma generosa.

La biografía habla del amor de su vida, nuestra madre. Lo primero que pensó cuando la conoció. Lo último que pensó cuando la enterró a una edad tan temprana. Y el dolor que todavía sentía hasta ese día.

Hay capítulos sobre tratos clandestinos y personas que intentaron sabotearlo. Sobre sus payasadas y supersticiones. Sobre su filosofía en los negocios y en la vida.

Conocía la mayor parte, y con el libro me había enterado de otras cosas, y siempre estaré agradecido de tener algo más a lo que aferrarme del hombre que fue todo nuestro mundo durante la mayor parte de nuestra vida.

Y que ya no está.

Lo que no esperaba era sentir curiosidad, incluso esperanza, por comprender cómo me veía de hombre. Y cuando leí su opinión sobre Callahan y luego lo que pensaba sobre Ledger, contuve la respiración al pasar la página.

—Así que tienes a Callahan el rebelde y Ledger el de la personalidad tipo A. Háblanos ahora de tu hijo mediano, Fordham.

La mirada de Maxton se vuelve melancólica y una sonrisa se dibuja en sus labios.

—Mi mujer fue a la Universidad de Fordham. De hecho, allí la conocí. Tenía otro trabajo como repartidor de flores y me encontré con ella por casualidad. En ese momento, saqué la tarjeta del ramo y se lo di. —Sonríe más ampliamente—. De ahí viene el nombre de Ford. Un guiño al día que supe que me casaría con Carly.

El imponente hombre se recuesta en la silla y echa un vistazo por la ventana de la torre. La ciudad se mueve a una velocidad vertiginosa por debajo de él y me pregunto si echa de menos ese ritmo o si disfruta de la vida sin prisas que lleva ahora.

Espero a que ordene los pensamientos. Pasa un momento. Revive los recuerdos en silencio y las emociones que emanan de ellos se reflejan en su expresión.

—Ford es… el pacificador de la familia. El equilibrio en nuestra vida a veces tormentosa. Es… solo Ford.

«Solo Ford».

Nada de Fordham Rhys Sharpe, segundo de su clase en Wharton por un porcentaje muy pequeño. Nada de Fordy, hijo de Maxton y Carly, que mantuvo a la familia unida tras la muerte de su madre. Nada de Ford, el hombre que simplificó algunos de los problemas de la cadena de mando de S.I.N. para que la empresa fuera más eficiente y exitosa. Nada de mi hijo, el que me llamaba todas las noches para asegurarse de que estaba bien.

«Solo Ford» y ya.

Y eso es lo único en lo que podía pensar esta noche mientras mis hermanos y sus mujeres, Sutton y Asher, estaban ante una multitud de personas con amplias sonrisas y daban abrazos de bienvenida.

¿Cómo me ven? ¿También soy invisible para ellos? ¿Soy solo Ford, el hijo mediano al que a menudo olvidan y, sorprendentemente, del que no saben mucho en realidad?

—Es el libro, ¿no? —pregunta Ledger, y me saca de mis pensamientos—. Leerlo nos ha recordado todo lo que echamos de menos tras su partida. ¿Os ha resultado tan difícil como a mí leerlo?

—Por eso. —Asiento con la cabeza—. Y por otras razones.

La copa que he rechazado toda la noche me está llamando ahora. Pero no me acerco al frigorífico repleto de cervezas. Creo que una vez que empiece, no voy a parar. En vez de eso, le sostengo la mirada a Callahan.

—No significa nada —murmura al fin en voz baja como si fuera una advertencia.

«¿Qué cojones?».

—¿Qué es lo que no significa nada? —pregunta Ledger mientras yo dudo de si el comentario de Callahan significa que cuando leyó el libro él también se dio cuenta. O más concretamente notó mi ausencia en él.

Algo sorprendente si ese es el caso. Mi hermano, que pensaba solo en él, se dio cuenta mientras que el que normalmente sabe cada «T» que hay que tachar y cada «I» a la que hay que poner punto, no.

«Pero, ¿porqué la advertencia?»

—Dios no quiera que «solo Ford» agite las aguas, ¿verdad, Cal? —pregunto.

—¿Alguien quiere darme una pista de la razón por la que os estáis mirando mientras yo estoy aquí de pie sin tener ni idea?

—Solo Ford —repito.

—¿Qué pasa con eso? ¿Has olvidado tu nombre? ¿Qué me estoy perdiendo? —pregunta Ledger, pero sé en qué momento cae en la cuenta porque le flaquea la mano cuando se lleva copa a la boca.

—Como he dicho, no significa nada. Como en todos los libros, en el producto final no se incluye todo. Las cosas se editan. Es probable que Winword dejara muchas cosas atrás que simplemente no podía usar —dice Callahan, en referencia al autor.

—¿Se editan? Te refieres a las partes aburridas que no son interesantes, ¿verdad? Porque, ¿quién usaría algo que papá dijo sobre mí cuando puede hablar del chico malo de Callahan y de su protegido Ledger?

«Porque no tenía nada que decir de mí que mereciera la pena estar en el libro».

Eso es.

La mayoría de las cosas me resbalan. Poco me afecta emocionalmente. Casi nada. Pero la idea de que mi padre pensara tan poco en mí me resultaba perturbadora. Esta presión en el pecho me confunde, así como la necesidad de demostrar que soy algo más que «solo Ford».

—Eso es una tontería —dice Ledger.

—¿Una tontería? —grito.

—Así es, una tontería —repite Ledger mientras entra en mi espacio—. No tienes ni idea del precio que he pagado, así que idos a la mierda tú y tus comentarios de mierda.

Se le contrae el músculo de la mandíbula mientras le arden los ojos con una furia que rara vez veo en ellos. Pues bien, porque yo también estoy furioso.

—Ford —dice Callahan, que trata de romper la tensión cuando normalmente es él quien la aviva—. Hemos crecido con cámaras en la cara y rumores falsos como norma. Todos sabemos que tergiversan las palabras e inventan textos sensacionalistas para vender más copias. Con esto ocurre lo mismo. —Señala el libro.

—Pero esas fueron las palabras de papá —grito—. No se las inventaron.

—Estás siendo ridículo. —Ledger pone los ojos en blanco—. Papá estaba orgulloso de todos nosotros. Incluso de ti…

—¿Qué habría pasado si hubiera sido al revés? ¿Qué…?

—No me habría importado. Y a ti tampoco debería —dice Callahan—. Deja de ser tan jodidamente sensible.

Pero sí me importa.

Me importa más de lo que quiero admitir.

—A la mierda. A la mierda los dos. —Me dirijo hacia la puerta e ignoro cómo gritan mi nombre.

No tiene sentido continuar esta conversación sin salida.

Ninguno.

Soy mucho más que «solo Ford». Que les den si piensan lo contrario.

No me conformaré con ser una mención.

Con ser el Sharpe ignorado.

Con ser simplemente cualquier cosa.

Capítulo 4

Ellery

Echo un vistazo a la sala a oscuras. Algunos de los clientes atrapados han elegido las sillas y se han hecho un ovillo, acomodándose para pasar un largo rato. Otros se han comprado una botella de algo con alcohol y están buscando un lugar en el que instalarse cómodamente. Algunos han optado de forma estúpida por marcharse y probar suerte sorteando los controles de seguridad.

Yo, en cambio, estoy de pie con la botella de cabernet bajo un brazo, el bol con la mezcla de gérmenes en una mano y la copa de vino en la otra, mientras examino la sala e ignoro por completo el constante zumbido del teléfono que llevo en el bolso. No dejan de entrar mensajes.

Hay un motivo por el que he decidido hacer este viaje por carretera, y es muy probable que esa persona sea quien no deja de escribirme.

Examino la sala y me siento bastante decepcionada al no ver a Ford.

¿Él también se ha ido?

¿Se ha comprado una botella de *whisky* y se ha marchado a una sala que había reservado sin decir nada al respecto?

¿Por qué me importa?

Porque sí. ¿No soy así? ¿No me preocupo por todos y todo a expensas de mí misma?

Pero era más que eso. Era… *él.*

Aunque desconozco los detalles exactos de lo que le ha pasado esta noche, sé que puedo compadecerme. Una pelea con tus hermanos. Ver la percepción que tienen de ti y que te rechacen un poco.

Y ayuda el hecho de que tiene todo lo que encuentro atractivo en un hombre. Dios, así era. El cabello oscuro ligeramente ondulado. Los ojos ambarinos con motas doradas. La mandíbula fuerte y la nariz recta. Los amplios hombros y antebrazos realmente *sexys*. Las manos... Oh, tiene buenas manos.

Esa camisa desabrochada y la pajarita que le cuelga del cuello solo añaden más *sex appeal*.

Pero aunque trataba de ser gruñón, dejaba entrever algo más. Parecía amable cuando quería ser brusco. Cordial cuando quería que lo dejaran solo. Interesado incluso cuando trataba de mostrarse distante.

Y tal vez esa última parte me afectó un poco más de lo que debería. Sobre todo, cuando ha pasado mucho tiempo desde la última vez que noté que alguien me miraba con ese tipo de mirada ardiente.

O tal vez solo es la primera vez en mucho tiempo que me ha importado notarlo. O que he querido que alguien se fije en mí.

¿Es ridículo que me quede sin aliento cuando Ford regresa a la sala? ¿Qué me emocione la perspectiva de conocerlo mejor? ¿Qué me alivie que no se haya marchado?

Y por cómo lleva la camisa blanca, empapada y pegada el pecho, supongo que ha salido a buscar algo al coche.

Pero no estoy pensando en la razón por la que ha ido allí, ni en el vino que tengo en la mano, ni en cualquier otra cosa, porque estoy demasiado ocupada sintiéndome cautivada por él. Cómo se acerca a un sofá que está al otro lado de la sala, donde ahora veo su botella de *whisky* y una copa en la mesa junto a él. Cómo se desabotona, sin ceremonias y con indiferencia, la camisa empapada que se le pega al cuerpo y saca los brazos uno a uno, de tal manera que cada maldita contracción muscular queda a la vista.

Los abdominales definidos.

El amplio pecho con una ligera veta de vello oscuro.

El tono bronceado de la piel, producto de horas de exposición al aire libre y sin camisa.

«Por el amor de todas las cosas sagradas…».

Estoy segura de que el ruido sordo que escucho es mi mandíbula al caer al suelo.

Se inclina y busca algo en la bolsa que ha traído. Me lanza una mirada igual de interesante que sus hombros antes de sacar una sudadera.

Está descolorida y parece desgastada cuando se la pasa por la cabeza para finalizar la parte del espectáculo a lo *Magic Mike,* pero tengo que mirarlo dos veces cuando veo el logo de Wharton Business estampado en la parte delantera. Qué mundo tan pequeño. Un hombre no lleva una sudadera tan entrañable si no hubiera asistido allí. Parece que Ford también recibió una buena educación.

Pero cuando levanto la vista de las letras que ahora están esparcidas por su pecho, me encuentro de nuevo con esos ojos ambarinos. Guau. El cruce de miradas me provoca cosas extrañas dentro, que se supone que no tendrían que pasar. Me ofrece una sonrisa torcida y levanta la copa de *whisky* en mi dirección a modo de invitación para que ocupe el asiento vacío que hay junto a él.

En contra de mi buen juicio, mis pies avanzan hacia él.

«¿Qué estás haciendo, Elle?».

El ángel que llevo sobre un hombro pretende no escuchar al demonio del otro. Menos mal que ambos se ponen en guardia cuando me aproximo a él.

—¿Se acabaron las dudas? —pregunto mientras coloco el bol con la mezcla de gérmenes en la mesa y le sonrío.

Él me mira por encima del borde de la copa y asiente a la vez que caen algunas gotas.

—Siempre me ha gustado un buen *whisky* y, para mi sorpresa, este lugar tiene algunos.

—Nunca he sido fanática de las bebidas duras. —Pongo cara avinagrada y hago una mueca cuando sonríe ampliamente. Entonces me doy cuenta de lo que insinúa la afirmación y me encojo de hombros sin disculparme.

—Es un gusto adquirido. Con el tiempo, estoy seguro de que podría llegar a gustarte —murmura mientras dirige la mirada a mis labios para desviarla después hacia arriba.

Supongo que al quitarse la camisa, ha dejado atrás el mal humor.

—¿Qué es lo que tienes en contra de los *pretzels?* —pregunta mientras hace un gesto con la barbilla hacia el bol y los dos *pretzels* que acabo de elegir.

—Soy bastante salada cuando quiero serlo. No necesito añadir más.

Se echa a reír.

—¿En serio?

—No. Tal vez. —Me inclino y saco otro del bol—. Quizá simplemente soy quisquillosa.

Me lanza una mirada incrédula, que sostiene durante más tiempo del que debería, antes de apartar los ojos y negar con la cabeza.

—Me gusta que tú también lo seas.

Está bueno y da cumplidos sinceros.

¿Puede este hombre dejar de ganar puntos hacia la perfección?

Echo un vistazo a mi alrededor y digo atónita:

—Supongo que esta es nuestra cama por esta noche.

—Eso parece. Al menos no es el suelo. El plus son las vistas increíbles al espectáculo de luces del exterior.

El sofá es del mismo tono burdeos intenso que los taburetes pero, a pesar de su apariencia rígida, cuando me hundo en él, me sorprende lo cómodo que es. Muevo el trasero para mostrar aprobación antes de detenerme, inclinarme y susurrar:

—Me pregunto qué le pasa a este sofá.

—¿A qué te refieres? —dice mientras se sienta y deja escapar un suspiro de los labios. Pero el suspiro flaquea cuando me roza la cadera con la suya debido al espacio limitado del sofá.

Experimento un segundo de nerviosismo en el que me pregunto por qué estoy nerviosa siquiera. Es un hombre y yo, una mujer. Tenemos un lugar en el que sentarnos a pasar la noche. Que nos rocemos con las caderas no debería ser gran cosa.

Y, sin embargo… De repente, estoy un poco ruborizada y pienso desesperadamente en otra cosa que no sea el calor de su cadera contra la mía.

Hace calor aquí.

¿Hace calor aquí?

Intento tragar saliva. Definitivamente, hace calor aquí.

Movimiento. Necesito… moverme para no pensar también en el muslo musculoso y firme de este hombre contra el mío. Me muevo hasta quedar frente a él, con la espalda contra el brazo del sofá y la rodilla flexionada y rozándole el muslo.

El contacto de la espinilla y el muslo es mejor que el de cadera con cadera.

Aunque eso me hace pensar que hay mejores formas de contacto que la de cadera con cadera, como pelvis contra pelvis, pecho contra pecho, boca contra boca.

«Elle, para».

Pongo los ojos en blanco y, cuando levanto la vista, me encuentro con una ceja levantada por el desconcierto, como si dijera que ha notado que estoy ruborizada y supiera exactamente lo que estoy pensando.

Decir que la imagen de su pecho y abdomen desnudos no pasa por mi mente sería quedarse corta.

Así que salgo por la tangente.

—¿De qué estábamos hablando? —pregunto mientras ocupo las manos en algo.

—De la cama en la que vamos a pasar la noche.

—Sí. El asiento. El sofá. Este lugar de aquí. —Doy una palmada al respaldo del sofá—. La pregunta es, ¿por qué nadie ha escogido este lugar todavía? Es una propiedad inmobiliaria de primera. Las ventanas. Una mesa donde apoyar los pies. No hay borrachos que roncan como en el otro lado de la sala. Lo que quiero decir… —Le coloco la mano en un antebrazo por costumbre. Piel. Roce. Otra vez. Y casi grito cuando la retiro tan rápido como la he posado— es que está claro que hay un letrero en algún sitio que dice: reservado para Chris Hemsworth.

Me lanza una mirada divertida, pero no le llega a los labios. Puede que ya no esté de mal humor, pero sigue callado. Todavía está preocupado.

—Oh, ¿eso decía el letrero que he arrugado cuando he llegado pero que no he leído?

—Claro que sí. —Finjo resoplar—. Estoy segura de que tu gente se ha puesto en contacto con su gente y han organizado todo esto.

Vuelve a sonreír y vale la pena el comentario estúpido solo por verlo. Como recompensa, tomo la botella de *whisky* y le sirvo más en la copa sin preguntar.

Asiente con la cabeza y toma un sorbo mientras posa la mirada sobre las manos que rodean la copa.

A pesar de haber dejado al gruñón atrás, junto a la camisa, y de la sonrisa que me ha dedicado, está claro que la discusión le pesa mucho.

—Siento lo de tus hermanos. Estoy segura de que la causa de la discusión ha sido algo pertinente y real y que, en algún momento, se solucionará por sí solo.

Asiente con la cabeza, pero no está convencido.

—Tal vez.

—Por si sirve de algo, yo también trabajo con mis hermanos.

—El inicio de esa frase me dice que hay una historia que contar.

—Bah. —Me encojo de hombro—. Una parte de la empresa es mía, pero no la siento así. Verás, soy propietaria del veinticinco por ciento del negocio, al igual que mis dos hermanastros y mi padrastro, pero como tengo chocho… —Él tose sobre la copa y lo miro con cara de inocencia—. ¿Qué?

—Bueno, está bien que tengas uno. Un cho… como sea. Odiaría pensar que me sentía tan atraído por alguien que no tuviera… —Se ríe y se sonroja. Es adorable y más que halagador pensar que me encuentra atractiva—. Solo…, digamos que ahora soy yo el que tiene que meterse el pie en la boca.

—Estamos empatados.

—Sí, claro. Es el *whisky* el que habla. —Toma un sorbo y arquea las cejas.

—¿Por dónde íbamos?

—Estábamos hablando de chochos —digo a propósito para observar su reacción.

—Sí. ¿Cómo podría olvidarlo? Está claro que es de suma importancia —bromea—. Háblame de ellos.

—¿Ellos? —respondo de la misma forma—. Te aseguro que solo tengo uno.

—No. No me refiero a tu cho… —Se detiene y vuelve a ofrecer esa sonrisa infantil—. Me refiero a tus hermanos. Tu familia. Esa gente.

—Esa gente. Lo pillo. —Me echo a reír—. No hay mucho que decir. Asumí la parte de la empresa de mi madre cuando ella murió.

—Lo siento.

—Está bien. Fue hace mucho tiempo. —Me encojo de hombros levemente. Pero no está bien. La extraño a morir. Cada minuto de cada día. Sin embargo, cuando alguien lo menciona, siempre está bien.

—Ya sé, pero por desgracia yo también pertenezco al club de mamás que han fallecido y sé que «está bien» no siempre significa que de verdad está bien.

No estoy acostumbrada a una sinceridad tan descarada por parte de un hombre. Es bienvenida, rara y hace que me pese más el anillo que llevo en el dedo.

—Yo también lo siento.

—Está bien. —La respuesta idéntica a la mía me hace sonreír.

—Es mucho más fácil hablar de chochos que de esto, ¿verdad?

Su sonrisa me indica que agradece la ligereza.

—Bueno, Ellery, háblame del impío padrastro y los malvados hermanastros.

Esta vez me río y decido explicarlo lo mejor que puedo, cuando normalmente lo que hago es guardármelo todo para mí.

—Mi padre biológico murió cuando yo tenía nueve años. Mi madre se volvió a casar con un hombre muy emprendedor que tenía dos hijos de un matrimonio previo. Crearon una empresa de remodelación, consiguieron un éxito moderado y, cuando ella falleció, heredé su porcentaje de la empresa.

—Presiento que viene un pero.

—No se te escapa nada —digo—. Pero los dos son unos imbéciles que compiten por la atención y la aprobación de papá.

—Padrastro, ¿no?

—Sí, pero me hace la vida más fácil llamarlo simplemente papá y no recordarles que no tengo parentesco consanguíneo.

—Y que, por lo tanto, sois iguales.

—Exacto. Además, se dedican a esperar que papá los elija para hacerse cargo de su parte cuando él se jubile. Diablos, intentan atribuirse el mérito de lo que logro. Rechazan todas las ideas que planteo solo para proponerlas al día siguiente y, cuando lo hacen, se consideran lo mejor del mundo.

—En otras palabras, son unos capullos misóginos, y tú estás viviendo tu propia historia de Cenicienta personal y modificada.

—Más o menos sí a la primera parte y sí a la segunda. En su opinión, debería sentarme allí, mostrarme bonita y mantenerme al margen, excepto para responder el teléfono y llevarles café.

—Pero eso no es lo que tu madre hacía.

—No. Ellos sabían que ella los superaba a los ojos de papá y que no se aprobaría lo que dijeran. Pero ahora que se ha ido…

Él resopla.

—Puede que aún no te conozca bien, pero no te imagino aceptando el papel de subordinada.

—¿Verdad? —Suspiro—. Es frustrante. Tengo derecho a ser parte de la empresa. Mi madre ayudó a construirla. Quiero contribuir a que tenga éxito… Tal vez es una forma de permanecer cerca de algo que era suyo. Solo porque soy una mujer…

—Con chocho.

—Sí, así lo hemos establecido. —Me río entre dientes y aprecio el intento de aligerar la conversación que se ha vuelto más intensa de lo que esperaba.

—¿Qué ibas a decir? Lo siento. Por favor, termina lo que estabas diciendo antes de cortarte.

—No. Está bien. —¿Por qué me pone nerviosa que se disculpe por tener buenos modales? «¿Porque no estás acostumbrada a que los hombres te traten con respeto quizá?»—. Pero no se trata tanto de ser mujer. El problema es que me infravaloran constantemente. ¿Tan mal está desear, querer construir algo que sea verdaderamente mío? ¿Tener la oportunidad de fracasar? ¿Tal vez de triunfar? —Dejo escapar un suspiro de frustración y, cuando vuelvo la mirada hacia Ford, hay claridad en sus ojos, un entendimiento que me hace sentir escuchada de una manera que jamás había sentido—. En un negocio familiar, muy parecido al que has mencionado con tus hermanos y lo que te ha ocurrido esta noche, es fácil perderse en el gran esquema de todo. El éxito diario y general de la empresa. La necesidad de mis hermanos de impresionar a mi padrastro para conseguir el mayor premio o que les dé una palmadita en la cabeza o lo que sea que necesiten de él. Estoy harta de ser parte del ruido. Quiero ser la que lo haga.

—Entonces hazlo —dice con total naturalidad.

—No es tan fácil como crees.

—Nada que valga la pena desear lo es, Ellery.

Hay algo en la forma en que pronuncia mi nombre con ese tono profundo y tranquilo que hace que me detenga por un instante para sumergirme de forma silenciosa en su sonido.

—Aprovecha la oportunidad. Juega tus cartas. —Choca la copa contra la mía—. Es posible que nunca sepas lo que podría pasar si no te esfuerzas.

Me muerdo el labio inferior mientras vierto más vino en la copa. Tiene razón. Sé que la tiene. Pero… la pregunta es cómo. Hubo una remodelación del hotel Carlton en la que pasé horas puliendo los detalles solo para que le entregaran el proyecto a uno de mis hermanos, porque me necesitaban en otro sitio. Y ese lugar era reorganizar los archivos de trabajo.

Negocié y gané proyectos solo para después enterarme de que los propietarios preferían que un hombre estuviera al frente. Algo que sabía que era mentira, pero que resultó de una noche de juerga de chicos en la que mis hermanos llevaron al jefe de proyectos a comer y beber con sus favoritos: estrípers y solomillo de wagyu. Ninguna discusión le haría cambiar de opinión después de ese compadreo.

Sin mencionar las guarrerías que hicieron mis hermanos. Darme la dirección o la hora errónea de una reunión para que pareciera nerviosa o poco profesional al llegar media hora tarde. Correos electrónicos eliminados, de los que se hicieron cargo por mí de alguna manera. Arruinar el plan de una construcción para demostrar que no sabía lo que estaba haciendo cuando sí lo sabía.

Y como eso mucho más…

Entonces, ¿cómo salgo de mi mundo para demostrar mi valía y, al mismo tiempo, permanecer en él? ¿Cómo llevo yo sola una oportunidad única a la mesa de Haywood Redesigns para demostrar la valía que mis hermanos no tienen?

Me recuesto en el sofá, coloco los pies sobre la mesa y miro al techo mientras un cómodo silencio nos invade.

—¿Por qué has desafiado a Frank? —pregunta. El alcohol es el culpable de la risa que emito.

—¿Fred?

—Lo que sea. Fred. Frank. Phil. —Hace un gesto con la mano—. ¿Por qué estás aquí?

—Un viaje en carretera.

—¿Solo por eso?

—Necesitaba aclarar la mente. Tomar algunas decisiones. Como he dicho antes, cosas.

—Ah sí. Las cosas imprecisas. —Me tiende la copa para chocarla contra la mía—. Esto es por lidiar con cosas difíciles. Salud.

—Salud —murmuro, y lo observo por encima del borde de la copa mientras tomo un sorbo. Él hace lo mismo, luego apoya la cabeza en el respaldo del sofá y cierra los ojos.

—Mataría por una buena comida ahora mismo —susurra.

—Una hamburguesa con queso y patatas fritas suena a gloria bendita en este momento.

Él gime al pensarlo.

—Mucho mejor que la mezcla de gérmenes.

—Tienes razón. Es infinitamente mejor. —Echo un vistazo a la sala y me doy cuenta de que, desde que hemos empezado a hablar, se han quedado dormidas otras personas—. Este lugar es interesante.

—¿Qué quieres decir?

—Tiene un gran potencial, pero parece que alguien se ha dado por vencido.

—La gente se rinde en muchos asuntos con demasiada facilidad, Ellery *Celery.*

Pongo los ojos en blanco, pero en secreto me gusta cuando me llama así.

—Cierto. Pero piensa en ello. Este lugar tiene una ubicación magnífica. En la playa, con lo que parece ser algo de privacidad. Si alguien le diera un poco de cariño, lo modernizara un poco…

—Le pusiera un restaurante. Dios mío, eres brillante. ¿Te imaginas cuánto dinero podrían sacarnos esta noche si tuvieran uno? —Se da palmaditas en la barriga—. Estoy famélico.

—Sin duda. Me desharía de la barra y añadiría un…

—No. Deja la barra. El incremento del precio del alcohol es ridículo y puede ayudar a obtener ganancias cuando un restaurante va flojo.

—Bien visto —digo.

Gira la cabeza, todavía apoyada en el respaldo del sofá, y abre los ojos para encontrarse con los míos. Tiene sueño, le pesan los párpados, pero hay una gran intensidad en su mirada.

—¿Qué? —pregunto.

—Nos hemos sentado aquí, hemos hablado durante horas y ni siquiera lo has mencionado.

—¿A quién?

Ford dirige la mirada a la mano donde tengo el diamante que brilla hasta en la penumbra.

—A él. Supongo que a la razón por la que tu teléfono ha estado sonando toda la noche.

Miro el anillo en un intento de hallar una respuesta.

—Tal vez esa es la razón por la que he hecho el viaje por carretera. Tal vez...

—¿Tal vez todo sea parte de las cosas? —pregunta, y vuelvo a encontrarme con su mirada perspicaz. Espero que me juzgue, aunque no he hecho nada malo al haber entablado amistad con él, pero veo exactamente lo contrario. Una comprensión silenciosa mezclada con una curiosidad tácita.

Asiento con la cabeza.

—Un montón de cosas.

—Tu secreto está a salvo conmigo, Elle. —Extiende la mano y me da una palmadita en la rodilla.

Parpadeo para contener las lágrimas que no deberían estar ahí y, cuando vuelvo a mirar hacia arriba, Ford tiene los ojos cerrados de nuevo. Le pesa la mano sobre mi pierna mientras el pecho le sube y le baja en una cadencia uniforme. Se ha quedado dormido.

Probablemente debería hacer lo mismo.

Pero el sueño me rehúye. Estoy inquieta. Mi mente no va a parar.

«—Todas las razones que hay detrás de este viaje por carretera son estúpidas, Ellery. Por el amor de Dios, ¿cuándo vas a tomarte en serio esta vida, nuestra relación, y terminar esta espera? Fijemos ya una fecha».

Apoyo la cabeza en el sofá y observo el mundo enfurecido del exterior mientras trato de calmar mi ira interior. Y mientras, intento averiguar cómo resolver la discordia que el comentario de Ford me provoca.

«Tu secreto está a salvo conmigo, Elle».

Capítulo 5

Ford

Me coloco un antebrazo sobre los ojos para protegerme de la luz del sol.

Dios, cuánta luz.

¿Por qué me duele la espalda?

¿Por qué los camiones de la basura hacen tantísimo ruido esta mañana?

Entonces, lo recuerdo. Dónde estoy. Anoche. La tormenta.

Ellery.

La razón por la que ella es lo primero en lo que pienso cuando abro los ojos va más allá de mi comprensión, pero al echar un vistazo junto a mí, no está.

Ni su bolso.

Ni ningún maldito rastro de ella, excepto el montón de *pretzels* junto a un bol medio vacío.

Y no sé por qué me molesta tanto que no esté aquí. Me giro para echar un vistazo a la sala. La mayoría de la gente todavía está en la misma posición en la que se encontraba anoche cuando me quedé completamente frito. Acurrucados. Apoyados contra la pared con las piernas extendidas y cruzadas por los tobillos. Tumbados en el suelo, con los impermeables extendidos como barrera entre la vieja alfombra y ellos.

Ha salido el sol. Está claro. Lo que significa que la tormenta ha pasado. Y si la sala está más vacía que anoche quiere decir que tal vez la carretera ya esté despejada.

—Dios —murmuro mientras me paso una mano por la cara. La barba rasposa me recuerda lo desaliñado que debo parecer.

Es entonces cuando veo la servilleta con el garabato debajo de la botella de *whisky* medio vacía en la mesa frente a mí.

Me inclino para tomarla y sonrío cuando los *pretzels* de la esquina se caen al suelo.

Fordham, el de la universidad...
Ha sido un placer conocerte. He tenido que echarme a la carretera temprano para lidiar con las «cosas».
Gracias por tu compañía, el consejo y por escucharme. Estoy segura de que todo se resolverá con tus hermanos. Tal vez nuestros caminos se vuelvan a cruzar de nuevo algún día. Hasta entonces...

Ellery Celery

Sostengo la servilleta en la mano y me vuelvo a apoyar contra el respaldo del sofá mientras observo la letra.

No me ha dejado su número de teléfono.

En ese momento, vuelvo a recordar que está prometida.

Entonces, ¿por qué tengo el claro recuerdo de haberme despertado anoche con ella bajo el brazo con la cabeza sobre mi pecho? ¿Y por qué recuerdo que me gustó?

Me paso la mano por el pelo.

El teléfono está muerto. Necesito cepillarme los dientes, ducharme y afeitarme con urgencia. Y, por el aspecto del cielo despejado y la ausencia de Ellery, la carretera debe de estar abierta.

Esperemos que lo esté en la dirección que necesito.

En unos minutos, me encuentro en el aparcamiento, con la bolsa en la mano mientras echo un vistazo a mi alrededor. Puede que haya salido el sol, pero el aire es frío debido a la brisa del mar.

Los restos de la tormenta están por todas partes. Ramas de árboles, basura esparcida, arena arrastrada por el viento...

Cuando miro atrás, hacia el hotel, le presto atención al lugar por primera vez. En el pasado, el edificio de tablillas grises estaba algo alejado de la carretera cuando pasaba con el coche. Anoche, el hotel fue un lugar donde escapar de la tormenta.

Pero esta mañana, con el sol en lo alto, el sonido de las gaviotas en la distancia y mi ubicación actual en el centro del aparcamiento, lo examino más detenidamente.

«White Sands Inn».

Es lo que dice el letrero descolorido. Tiene un faro como logo, a pesar de no haber ninguno a la vista.

Supongo que se tomaron alguna licencia creativa.

El lugar es bonito por fuera. El tamaño general no quita protagonismo al fondo de cielos azules ni a lo que deduzco que es el paseo marítimo y la playa al otro lado. Demasiados alojamientos cometen ese error. Piensan que el tamaño de la estructura y la capacidad es lo más importante, porque más habitaciones equivalen a más ingresos.

Lo que no entienden es que en un hotel sin una buena ubicación —en este caso la playa a un lado y la exuberante frondosidad de los árboles de Nueva Inglaterra que rodean el otro—, la gente solo quiere alojarse para dormir.

Y son los huéspedes que se alojan en el hotel, los que generan beneficios añadidos con el servicio de habitaciones, consumiendo en el bar, contemplando las olas o comiendo en el hipotético restaurante en el paseo marítimo.

«Potencial».

Eso fue lo que Ellery dijo anoche. Tiene razón. Eso veo cuando miro la fachada desgastada que necesita un poco de atención. Se podría mejorar el paisajismo más cercano, la entrada a las instalaciones podría ser más atractiva y el muro de contención orientado al oeste se podría reconstruir para que se ajustara al estilo general del hotel.

Reflexiono sobre ello. Atractivo exterior. Cómo atraer al público. Cómo causar una impresión duradera para fidelizar a los clientes. Es lo que me han enseñado a evaluar, corregir y redefinir. Esa es, en realidad, la habilidad que mis hermanos y yo tenemos. Se convierte en algo natural cuando creces con un padre que es un magnate de la hostelería y te interroga cada dos por tres.

«¿Qué le pasa a este lugar?».

«¿Qué cambiarías para atraer a más clientes?».

«¿Cómo incrementarías sus ingresos?».

«¿Qué piensas que están haciendo bien?».

Puedo escuchar la voz de mi padre haciendo las preguntas. Es una sensación agridulce y vacía que no esperaba.

«Solo Ford».

¿Me veía así cuando respondía esas preguntas? ¿Escuchaba la reflexión que añadía a mis respuestas para demostrarle que sabía lo que hacía, que me había asegurado de ser digno del apellido que me habían dado, por un lado maldito y por otro bendito?

Deambulo hacia la parte trasera del lugar, mientras me pierdo en mis pensamientos y recuerdo lo que ocurrió anoche y esa maldita biografía. Hay un camino serpenteante que, como todo lo demás, necesita cuidados. Añadir flores a ambos lados y unos bancos para que los usuarios de las redes sociales se hagan fotos y etiqueten el complejo hotelero. Uno no puede equivocarse con oportunidades de *marketing* como esa por parte de los huéspedes.

Pero los pensamientos sobre mi padre, la biografía y el espectáculo de mierda de anoche pasan a un segundo plano cuando levanto la vista y me encuentro con una preciosa playa.

La frase «si has visto una playa, las has visto todas» resulta totalmente inapropiada.

Algunas están llenas de basura. Otras tienen una arena de mierda, o tienen piedras, algas y de todo.

Pero, joder, esta playa, esta playa hace honor al nombre del hotel, incluso tras una violenta tormenta. De hecho, tal vez el viento y la lluvia hayan aumentado su belleza. El viento ha arrastrado la arena hasta formar ondas blancas, una superficie perfecta sin ningún tipo de huella. El agua que baña la costa es de un azul profundo.

Puedo imaginar cómo sería el verano aquí. Sombrillas y cabañas preparadas para los huéspedes. Camareros sirviendo ponches de ron y daiquiris por el paseo marítimo y en la misma arena para tenerlos contentos. Añade una zona para jugar a la herradura y una red de voleibol para los que no pueden estar inactivos. Asóciate con una empresa de alquiler de bicicletas o *scooter* eléctricas para ofrecérselas a los huéspedes por una tarifa reducida.

Por costumbre, cuando veo lugares así, saco el móvil para tomar fotos.

—Mierda. —Está muerto.

«Se supone que no deberías estar trabajando, Ford».

Pero el instinto de observar, evaluar y mejorar está arraigado en mí desde que nací, así que es fácil volver a caer en ese modo sin pensarlo.

«Con respecto a eso, lárgate de aquí. Ve a Sag. Averigua... lo que sea que tengas que averiguar».

«Y, finalmente, lidia con los interminables mensajes de Callahan y Ledger».

Meto las manos en los bolsillos y los dedos tocan la servilleta que Ellery me ha dejado. La que he guardado por alguna razón. La que me recuerda que todo se arreglará solo.

Eso está por verse.

Con un último vistazo a esa imagen inesperada, me doy la vuelta y me dirijo hacia el coche de alquiler.

Es entonces cuando veo el cartel en la ventana del hotel. «Se vende». Oh. Supongo que eso le da más sentido a la razón por la que las cosas no han funcionado aquí. Pero uno pensaría que habría que hacer que tuviera el mejor aspecto posible para conseguir un mayor precio de venta.

Por otra parte, tal vez ya lo hayan arreglado y antes fuera peor.

«No es problema tuyo, Sharpe».

Y no lo es. S.I.N. se encarga de complejos sofisticados de lujo a gran escala, no de hoteles familiares que aparecen en los sellos como este. No es nuestra marca. Ni tenemos experiencia en ello.

Pero eso no me impide echar un último y largo vistazo antes de ponerme al volante y arrancar el motor.

«Potencial».

Capítulo 6

Ellery

Lo estudio.

Como he hecho esta madrugada mientras dormía. Pienso en por qué me ha resultado tan difícil salir del bar temprano por la mañana.

Esas densas pestañas sobre las mejillas bronceadas.

La onda de pelo sobre la frente.

Una cicatriz blanca difuminada sobre la ceja derecha que no noté anoche en la penumbra.

La inexplicable atracción que, de alguna forma, ejerce sobre mí cuando normalmente soy inmune a las segundas vistas y a las descargas eléctricas.

Hay una razón por la que he decidido marcharme sin despedirme.

Podría decirme a mí misma que fue porque tenía cosas que hacer y un horario que cumplir, pero eso sería una completa tontería. No tengo horario ni lugar en el que estar. Sinceramente, la razón por la que me he quedado frente al sofá durante más de cinco minutos mientras me debatía entre si debía despertar a Ford antes de marcharme tiene mucho más que ver con el objeto que está creando prismas por todo el interior del coche con la ayuda del sol.

O, mejor dicho, con todo lo que está ligado a él.

El anillo de compromiso.

Chandler.

Y el deber que conlleva ser una Sinclair-Haywood.

Pero no pienso en nada de eso mientras Ford permanece de pie, de espaldas, con esos hombros amplios y el trasero apretado, estudiando el hotel con una mano sobre los ojos para protegerse del sol.

Y seguro que ni se me pasó por la cabeza cuando me desperté anoche recostada en su pecho y con su mano extendida de forma posesiva sobre mi muslo.

Sé que estaba dormido.

Sé que no tenía intención de hacerlo.

Pero aun así... Lo tengo muy vívido en la mente cuando normalmente no recuerdo nada al despertarme por la noche, si es que lo hago.

Presiono el botón de encendido y el motor arranca.

«Ponte en marcha, Elle. Sigue adelante». Lo que ocurrió anoche no tiene importancia.

Con un último vistazo a Ford, arranco el coche y salgo del aparcamiento.

Pienso en las oportunidades que he perdido.

En los «y si...».

Y en que necesito apretar un poco más fuerte el acelerador antes de hacer o decir algo de lo que pueda arrepentirme.

Capítulo 7

Ford

Cuatro semanas después

—¿Qué es esto? —pregunta Ledger desde la puerta de mi oficina con una carpeta que no puedo diferenciar de los cientos de otras carpetas que tenemos en la oficina.

—¿Qué es qué? —le respondo con otra pregunta—. Estoy bastante seguro de que eso es lo que llamamos carpeta. Se abre y puedes meter papeles entre las dos solapas para protegerlos y mantenerlos juntos. También puedes ponerle una etiqueta para consultar rápidamente lo que contiene.

—Vaya humorista mediocre —dice Ledger de forma jocosa mientras entra en la oficina y la deja caer en el escritorio.

Observo la etiqueta del archivo: «White Sands Property», escrita en mayúscula de mi puño y letra. Sabía que este instante llegaría. No hay mejor momento que el presente para ir al grano.

Me recuesto en la silla y miro a mi hermano.

—¿Desde cuándo sacas mierda de mi escritorio?

—¿Desde cuándo haces movimientos por tu cuenta en relación con propiedades sin consultarnos a Callahan y a mí primero? —responde a la vez que se cruza de brazos sobre el pecho y se sienta en la silla que hay frente a mi escritorio.

—No sabía que eras el rey de todo lo que hay por aquí. —Tomo la carpeta y la tiro al otro lado del escritorio—. La última vez que lo comprobé, mi apellido también estaba en el letrero del vestíbulo.

—Cierto, pero además es el mío. Y teniendo en cuenta que toda tu correspondencia llega con papel membretado de la empresa, eso, aparentemente, lo hace de mi incumbencia. —Se encoge de hombros, pero entrecierra los ojos—. Es curioso que nunca haya escuchado hablar de este lugar antes, y aquí estás a punto de ofrecer una maldita tonelada de dinero para comprar algo que ni siquiera encaja con lo que hacemos.

—La cantidad es un destello en nuestro radar financiero.

—Eso no significa que esté bien.

—No, pero tampoco quiere decir que esté mal. —Señalo la carpeta con el informe que el equipo inmobiliario ha elaborado para mí. Ventas comparables de propiedades similares. Documentos de preaprobación de entidades de crédito. Notas sobre otros compradores interesados—. Va a subastarse y planeo estar allí para comprarlo.

—Este motel, hotel, o lo que quiera que sea, está por debajo de S.I.N. y lo sabes. Terminemos con esa farsa. Pasa página.

—Por Dios, Ledger. —Me levanto de la silla y camino hacia la ventana con las manos en los bolsillos. Observo la ciudad que hay debajo. Aunque ni siquiera veo a través de la ira que siento—. ¿Puedes dejar de ser tan… tan Ledger?

Han pasado cuatro semanas desde la discusión. Cuatro semanas en las que lo hemos ocultado todo bajo la alfombra y hemos actuado como si nunca hubiera ocurrido, al típico estilo Sharpe.

Las cosas se han suavizado entre nosotros, no mencionamos el tema para no tener que hablar de eso, pero no es lo mismo.

Todavía me duele y ellos siguen pensando que soy un sensiblón.

Me llevé una sorpresa porque creía que mis hermanos y yo habíamos mejorado en esto. Que habíamos aprendido a hablar o comunicarnos o como quieras llamarlo. Hemos pasado por mucho en los últimos cuatro años, desde la muerte de nuestro padre. Cómo afrontar su pérdida, cómo ser una familia cuando no quedan padres, cómo ser la persona que los demás necesitan cuando la necesitan.

O tal vez solo importan los problemas de Callahan o Ledger. Después de todo, yo soy solo Ford.

Sí.

Todavía me molesta.

Y creo que lo que más me cabrea es que no entienden por qué me duele. Es más, ni siquiera han vuelto a sacar el tema más que para preguntar «¿Estamos bien?» cuando regresé de Sag Harbor la siguiente semana.

El libro y la fanfarria que lo rodea no iban a desaparecer pronto. Con el día del lanzamiento cada vez más cerca y habiendo pagado un anticipo considerable al biógrafo, la editorial hará todo lo que esté en su mano para recuperar el dinero y obtener más. Jornadas de prensa. Anuncios en la radio. Un especial de una hora en franja de máxima audiencia. A mi padre le encantaría tener toda la atención posible. Lástima que la mera mención de ello me provoque la sensación de tener un cuchillo retorciéndose en mi espalda.

—¿Qué ocurre, Ford? ¿Qué es lo que no me estás contando? —Su voz suena sincera y lo odio.

Porque esto es lo que quería que me preguntara y yo responderle, pero ahora no quiero. De repente, es más fácil estar enfadado con él y con Callahan que hablar.

Me balanceo sobre los talones y suspiro.

—¿Alguna vez has tenido un presentimiento…, uno que…? Bueno, no importa. —«No merece la pena».

—¿Alguna vez qué?

Las palabras flotan en el aire mientras me giro para mirar al hombre que es mi viva imagen, salvo por unas cuantas cicatrices y una ligera diferencia de estatura y, me pregunto cómo podemos estar tan cerca y, a la vez, sentirme tan lejos.

Agacho la mirada hacia la carpeta con el documento, la etiqueta, y luego vuelvo a mirarlo a él.

—Voy a comprar la propiedad.

—¿Para qué? ¿Para echarla abajo y restaurar toda la playa y así deshacerte de esa monstruosidad?

—No mires, Ledger, pero se te nota el privilegio.

—Y el tuyo cuando asumes que puedes hacerte con millones sin preguntar y desperdiciarlos en un proyecto pequeño y personal.

—Vale, utilizaré mi dinero. No hay problema. —Nos sostenemos la mirada sin decir una palabra. Camino de un lado de la oficina a otro antes de pasarme la mano por el pelo y gemir. Llevo más de una década sin parar de trabajar. Sin parar de construir esta empresa y su nombre. La presión constante. El ritmo implacable. Mis hermanos han encontrado el amor, se han tomado un descanso, han creado familias, mientras que yo me mantuve en el sitio y contuve el fuerte a pesar de todo. Dios nos libre si ahora quiero algo que pueda llamarlo mío. Claro, estaría bajo el nombre de Sharpe, pero sería mío. Mi visión. Mi éxito. Mi error—. Necesito un descanso.

—Vale. Tómalo. No has parado de trabajar y te lo mereces. Sabes que no tienes que pedirlo. Simplemente hazlo. Demonios, como si no tuviéramos más de veinte complejos hosteleros por todo el mundo para escoger. Mar. Desierto. Montañas. ¿Cuál es tu elección y a qué mujer te vas a llevar?

—No es ese tipo de descanso.

—¿Entonces qué? ¿De qué estás hablando? ¿Tenemos que esperar a Callahan para este cumbayá? Puedo decirle que venga cuando acabe con las reuniones y podemos…

—No. —Levanto la mano frente a mí para detenerlo—. Puedes informarle más tarde.

—¿Informarle de qué? —pregunta y, por primera vez, siento que comprende que me está costando.

—Tengo una idea que quiero desarrollar y vosotros vais a respaldarme.

Ledger se apoya en la silla y arquea las cejas con una expresión indiferente, casi de sorpresa, en el rostro.

—Continúa.

—La Colección exclusiva Sharpe.

Frunce el ceño, pero como buen hombre de negocios, curioso, asiente con la cabeza.

—Sigue hablando.

—¿Qué tal si creamos una nueva serie y una nueva rama selecta de nuestra seña de identidad? ¿Una colección exclusiva para comercializar entre la élite o los famosos? ¿Un lugar más pequeño, con conserje privado, seguridad, o habitaciones incluidas para los equipos de seguridad con los que esos huéspedes suelen viajar? La elegancia y el lujo por la que S.I.N. es conocida…, pero, al mismo tiempo, hacer que vuelvan a sentirse normales. Un hotel costero propiamente dicho.

—¿Te refieres a un hotel costero del tipo del White Sands?

Reprimo el comentario de sabelotodo cuando noto el disgusto que resuena en su tono por el hotel anticuado. Y por cómo funciona Ledger, ya ha buscado y examinado fotos del hotel. Pero las imágenes no le harán justicia, ni siquiera con nuestros ojos entrenados en la búsqueda de potencial. Nunca lo habría creído si no hubiera visto el lugar en persona.

—Sí, del tipo del White Sands. Un hotel del tipo de la Colección exclusiva Sharpe.

Ledger es el único de nosotros que tiene que pensar antes de reaccionar y, ahora, no me decepciona al actuar del mismo modo de siempre. Lo estudio mientras reflexiona sobre la idea con los labios y el ceño fruncidos, con la seguridad de que está sopesando los pros y los contras al igual que yo cuando se me ocurrió la idea.

Fue en el jardín trasero de la casa familiar de Sag Harbor. Estaba sentado allí, con el sol calentándome la piel mientras me dormía. En ese estado intermedio entre el sueño y la vigilia, lo imaginé a la perfección. El hotel reformado con *suites* de lujo, con tres o cuatro habitaciones estándar combinadas en una realmente grande. Balcones con vistas al mar que dejan entrar la brisa marina. *Jacuzzis* privados en cada *suite.* Un chef para atender los gustos de la clientela. Una playa privada.

«Potencial».

¿No es esa la palabra que seguía dándome vueltas en la cabeza mientras cambiaba de canales esa noche? Un canal hablaba de una historia sobre la prensa que acosaba a una estrella del pop que solo quería privacidad en sus vacaciones. Otra historia presentaba a un magnate que no podía escapar de su vida diaria y sentirse normal. Recuerdos de nuestros viajes familiares cuando teníamos que saltarnos actividades porque los *paparazzi* estaban tratando de conseguir una foto para ganarse el sueldo.

¿Quién mejor para construir lo necesario que alguien que lo ha vivido en primera persona?

Miro a mi hermano mientras considera lo que he dicho. Sabe lo que se siente cuando invaden tu privacidad. Sabe qué es querer construir recuerdos con tu familia pero no tener el espacio o el lugar para hacerlo.

—A los ricos les gusta que los traten como ricos. También les gusta que les hagan sentirse normales. Lo sabemos mejor que nadie. ¿Por qué crees que papá nos llevaba a Montana todos los veranos cuando éramos adolescentes? Para que nos sintiéramos como cualquier otra persona en América. —Suspiro y me detengo por un momento, mientras pienso en los meses de verano que pasábamos fuera de Nueva York. Era un cambio con respecto al tiempo que normalmente estábamos en la casa de Sag Harbor, pero tras la muerte de mamá, fue demasiado doloroso quedarse allí—. Es un equilibrio complicado, pero podríamos lograrlo en un lugar de menor magnitud que los que tenemos generalmente.

—Todos dicen que quieren que los traten como al resto, pero cuando lo hacen, se quejan de que no los están mimando lo suficiente.

—¿Lo sabes por experiencia? —me burlo y, como respuesta, recibo una peineta y unos ojos en blanco.

—Mira, en teoría es una buena idea, pero nunca recuperaríamos el dinero que invertiríamos en un lugar como ese. Nos llevaría años acercarnos al tipo de reforma del que estás hablando.

—¿Y crees que recuperamos la fortuna que gastamos en Ocean's Edge o en The Retreat en un día? —pregunto, y señalo las dos últimas propiedades que hemos comprado y reformado.

—No es lo mismo y lo sabes. Es un punto discutible. Como ya he dicho, no es nuestra marca.

—Que le den a la marca. Sal de ahí. Redefínela. Añádele esto.

—Esto no es un ejercicio de Wharton. Es nuestra empresa. Buena idea. Mala decisión empresarial.

—Una mierda. Es mi decisión empresarial y, como he dicho, vais a tener que aceptarla. —No me creo las palabras que salen de mi boca. Por la expresión en el rostro de Ledger, creo que él tampoco lo hace—. Tomas decisiones todos los días sobre S.I.N. y las direcciones que seguimos. Decisiones que todos aceptamos. Ahora es el momento de que hagas lo mismo por mí.

Ledger arruga la frente mientras respira. He alborotado sus perfectas plumas. Bien.

Cruza las piernas y echa un vistazo a la sala. Ledger no tiene prisa cuando entra en este modo. Pero en cuanto sus ojos se posan en los míos, veo la profunda preocupación en ellos.

—¿De dónde viene todo esto, Ford?

—A veces no se trata solo de dinero. Y, sí, sé que es muy fácil decir esto teniendo en cuenta que tenemos mucho. No lo voy a negar. Pero se trata de la necesidad de hacer algo más. Diferente. Expandirme y desafiarme. No es una petición irrazonable.

Asiente con la cabeza despacio y de forma medida. Como el suspiro que deja escapar de sus labios.

—Entonces es por lo del libro. —Cuando me limito a mirarle en lugar de responder, continúa con ese tono suave de hermano mayor—. Papá nos quería a todos a su forma. Solo porque el autor y el editor decidieron editar la biografía de la forma en que lo hicieron no significa que te quisiera menos. Las personas a las que les importas saben la verdad, Ford. Y comprar algo en ruinas junto al mar no va a solucionar lo que te molestó.

Trago saliva para aclarar el nudo de emoción que me cierra la garganta.

—Nunca os he pedido nada como esto. Ahora lo estoy haciendo.

Ledger se levanta del asiento y se dirige hacia la puerta, pero se detiene antes de salir. Espera un momento y luego me mira a los ojos por encima del hombro. Es un simple asentimiento. Es lo único que me ofrece. Pero es suficiente para saber que me ha escuchado y que, aunque puede que no entienda la razón, sí sabe que es importante para mí.

Capítulo 8

Ellery

—Elle... no entiendo.

—Claro que no. —Sonrío de forma tensa, pero más tensa es la necesidad de salir de esta sin incidentes—. Ni tú, ni mis hermanos, ni mi padre, ni quien decidiera que era una buena idea que tú y yo nos casáramos. Fue simplemente una especie de fusión para unir nuestras familias de forma personal y profesional.

—Eso no es...

—Sí lo es. —Extiendo un brazo y agarro la mano de Chandler mientras el anillo de diamantes que llevo en el dedo izquierdo brilla. Un símbolo de amor que no sentimos de verdad. O al menos, yo no—. Fue fácil quedar atrapada en todo esto. Tú. Yo. Las promesas que se hicieron a mis espaldas para incorporarte al negocio familiar y cimentar el futuro de nuestras familias al mismo tiempo.

—¿Cómo lo...?

No lo sabía. Lo supuse. Pero su respuesta solo confirmó mi corazonada. Lo que provoca que necesite hacer esto con más urgencia. Nuestro encuentro casual, no fue casual. El estímulo de mis hermanos para que saliera con el hombre que consideraban un gran tipo. Buen partido. Todas las casillas correctas estaban marcadas. El romance vertiginoso y la propuesta exagerada.

Todo lo que pensarías que una chica podría desear. El romance de libro pero con un toque clínico.

Todo se había preparado para obtener el resultado deseado. Una fusión empresarial exitosa disfrazada de relación perfecta.

Y lo acepté. Hasta que no quise hacerlo.

La pregunta es, ¿qué me ha hecho cambiar de idea?

«Tal vez despertarme un día tras una tormenta y darme cuenta de que quería algo más que un contrato que decidiera mi felicidad».

—Elle. Claro, la idea de conocernos, salir, lo beneficioso que sería para las dos familias, fue de tus hermanos, pero luego nos enamoramos.

—Te das cuenta de cómo suena eso, ¿verdad? —Mi risa nerviosa llena la habitación.

—Soy consciente. Así como estoy seguro de que tú también eres consciente de cómo suenan las cosas que has dicho en el pasado.

—¿Como qué? —Cruzo los brazos sobre el pecho y me preparo para que el Chandler del ego herido empiece a degradarme.

—Como el hecho de que ni siquiera crees en el amor. Que el romance es una noción ridícula. Que una relación tiene que ser mutuamente beneficiosa para todos los involucrados.

—Tienes razón. Lo he dicho. Lo creo —respondo con la esperanza de que esas mismas palabras lo hagan darse por vencido—. Pero, ¿no quieres algo más que eso? Solo porque no crea en ello, no significa que tú no merezcas algo mejor

Darle la estocada con amabilidad. Hacerle protagonista. Halagar su ego.

—Elle… mírate. Eres inteligente, exitosa y hermosa. ¿Qué hombre no te querría a su lado?

—¿Uno que merezca amor? ¿Que quiera una familia? Que… No sé.

—Pero nuestra vida sexual es buena, ¿no?

Una tensa sonrisa se dibuja en mis labios.

—Claro que sí.

«Pero el buen sexo no es suficiente».

¿No es de eso de lo que va todo esto? Tiene que serlo. Porque al ser una mujer a la que solo han abandonado quienes ella realmente amaba (primero mi padre, cuando tenía nueve años, y luego mi madre, cuando tenía dieciocho), no estoy exactamente de acuerdo con el significado de amor.

Solo te lleva a una falsa sensación de seguridad antes de hundirte en la miseria y dejarte a tu suerte.

Así que, es cierto, este tipo de acuerdo nos habría beneficiado en el ámbito profesional. Podría haberme dado una ventaja en la dinámica de mi empresa familiar.

Chandler es un tipo estupendo. Es educado, exitoso y, sí, un amante decente. Estaba dispuesta a aceptarlo. Hay cosas peores que verte atrapada con un buen hombre cuando una no cree en el amor.

Pero también me he dado cuenta de que eso me convertía en el peón de un juego que no controlaba.

Y toda esta epifanía surgió una maldita noche inesperada.

La misma noche que me quedé dormida sobre el pecho de un desconocido después de estar hablando con él durante horas. La misma noche que soñé por primera vez en mucho tiempo. Sueños cargados de recuerdos borrosos de mis padres y escenas del amor único e inigualable que sentían el uno por el otro.

La misma noche que alguien me dijo que nada que valga la pena desear es fácil.

Ford.

Ford, llamado así por la universidad y el coche. Ford, el que no tiene apellido, lo que en cierto sentido hace que todo sea mucho más profundo. El hombre con el ceño fruncido y la sonrisa bonita. Claro, era atractivo y *sexy* por encima de todo, lo que hacía que se me retorciera el estómago cada vez que me miraba con esos ojos ambarinos, pero había más.

Fueron las palabras que dijo y la convicción con que las dijo. Fue verlo luchar con algún demonio desconocido y darse cuenta de que, aunque estábamos en caminos distintos, en algún sentido pasábamos por algo muy similar.

Una noche hablando con un hombre que nunca había visto resultó ser el catalizador del cambio en mi interior. Una negativa a llegar a un acuerdo. Una negativa a dejar que mis hermanos y mi padre me arrebaten lo que es mío por derecho. Una negativa a que me repriman. Y la necesidad de demostrar que puedo tener todo lo que quiero.

Me saco el anillo del dedo con la mayor gracia posible y dirijo la mirada a los ojos marrones de Chandler mientras se lo tiendo.

—Esto te pertenece.

Cierra los ojos con fuerza, como si no quisiera verlo, como si no se creyera lo que está ocurriendo.

—¿Podemos posponer esta conversación?

—¿Qué? —Me río con fuerza con la mano todavía extendida.

Hunde los hombros.

—He dicho que si podemos posponer esta conversación. La parte en la que me dejas.

—Chandler…

—Por favor, Ellery. —Extiende el brazo y cierra los dedos alrededor del anillo para que repose en la palma de mi mano—. Me siento como un idiota al pedirte esto, pero…

—La recepción —murmuro, mientras pienso en el evento del próximo mes en el que se le honrará por todo su trabajo. El arquitecto del año.

—Sí. Sé que es mucho pedir…

—Es lo menos que puedo hacer. —Suspiro y retiro la mano. El anillo parece muy pesado. Demasiado para salir de aquí con una ruptura limpia.

—¿Estás segura?

¿Por qué tiene que ser tan amable? ¿Tan comprensivo? Sería diez veces más fácil si fuera un imbécil.

—Estoy segura, pero después… te devolveré esto —digo mientras sostengo el anillo.

La sonrisa que ofrece no le llega a los ojos, pero, de todos modos, es genuina.

—No. Quiero que te lo quedes. Tal vez cambies de opinión. —La esperanza que refleja su tono es como el ácido en mi estómago.

—Chan…

—Por favor. Insisto. —Da un paso atrás y se encoge de hombros—. Dale unos meses. Tal vez lo reconsideres. Tal vez te des cuenta de que puedes aprender a amarme como yo a ti. —Cuando empiezo a negar con la cabeza, continúa—. Por favor, por el bien de mi ego.

—Sí. Sí, vale. —Asiento con la cabeza cuando ya sé que no voy a cambiar de idea. Le he dado doce meses, y ya sé que lo nuestro se ha acabado.

Hoy es el día de un nuevo comienzo.

Primero, romper con Chandler.

Después, cruzo los dedos para que en la próxima parada del plan de hoy, todo en lo que he estado trabajando durante las últimas dos semanas encaje en su sitio.

Todo eso está en el aire, pero es un riesgo que no solo estoy dispuesta, sino que necesito correr.

Es curioso que puedas conocer a alguien en la más extraña situación y descubrir que te dio el consejo, la esperanza y la voluntad de cambiar algo que no habías tenido la fuerza de cambiar antes.

Una noche atrapada en una tormenta sirvió para variar mi perspectiva.

Mis deseos son distintos. Retiro lo dicho. Mis deseos siempre han estado ahí; lo que se ha fortalecido es el impulso de hacerlos realidad.

Soy el tipo de chica que gana a toda costa.

Cuando salgo del apartamento de Chandler, dejando atrás fragmentos de mí que he abandonado aquí durante el último año y que han llevado a esta nueva yo, solo espero tener el suficiente dinero para que todo funcione a mi favor.

Porque caer de bruces y demostrar que todos tienen razón no es una opción que esté dispuesta a aceptar.

Capítulo 9

Ford

Mientras avanzo por el estrecho espacio voy chocándome con los hombros de los demás y me sorprende el número de personas que hay aquí. La última vez que estuve en una subasta de propiedades fue… nunca. Demonios, no puedo ni siquiera recordar cuánto tiempo ha pasado desde que estuve involucrado en un proyecto desde el principio.

Estoy emocionado.

—Por la cantidad de participantes, creo que ya hemos superado la oferta —murmura una mujer a su acompañante mientras aparto a la gente y me dirijo hacia la parte delantera de la sala.

Cuando echo un vistazo a mi alrededor, no reconozco ningún rostro entre la multitud, ni espero hacerlo. El precio general de venta que creo que alcanzará el hotel es menos de una décima parte de lo que pagamos por las típicas propiedades de S.I.N.

—Déjala ofertar —dice un chico a mi izquierda mientras me quedo atascado detrás de una mujer, ajena a lo que le rodea—. Es su dinero. Y si realmente es capaz de revertir la situación, entonces realizamos un documento de cesión de la propiedad a la empresa. Es su riesgo. Nuestra recompensa.

«Vaya miserable».

—Se va a arruinar —responde su colega.

—¿Y por qué eso es algo malo? Más pruebas de que no puede con ello. Además, si fracasa, será nuestro incluso más rápido.

«Corrección. Los dos son unos cabrones».

Observo a los desconocidos. Estoy seguro de que conozco a uno de algún sitio. Entonces, le ofrezco un gesto sutil a modo de saludo al que tengo frente a mí antes de que la mujer se dé cuenta de que hay una fila de personas esperando a que salga del pasillo.

—¿Podemos poner este maldito espectáculo en marcha? —Se queja una mujer mientras me siento en el único asiento que hay disponible a su lado.

La sonrisa que le ofrezco no obtiene respuesta. Perfecto. Eso significa que no tengo que charlar con ella. Y, por suerte, sigue siendo así mientras la subastadora ocupa su lugar en el estrado y comienza a enumerar varias de las propiedades del bloque de hoy.

Algunas son viviendas unifamiliares. Otros son edificios comerciales. Uno es un complejo de apartamentos. Cada uno es un cascarón vacío que representa un sueño roto para quienquiera que fuera su dueño antes de que el banco tomara posesión del inmueble.

La multitud disminuye con cada subasta exitosa y luego se vuelve a llenar con cada subasta nueva.

Ahora mismo ocurre eso.

—Siguiente —anuncia la subastadora mientras se ajusta las gafas de lectura con moldura roja sobra la nariz y observa el papel—. El hotel White Sands. Una propiedad situada en el 13212 de White Sands Drive. Es una oportunidad única para crear un destino de lujo de primera clase que genere ingresos en el enclave costero más deseable de la costa este, a poco menos de dos horas de la ciudad de Nueva York. Situada en una extensa parcela frente al mar de algo más de dos hectáreas, este notable complejo ofrece vistas panorámicas al mar y orientación oeste, para disfrutar de unas magníficas puestas de sol.

Entra en detalle con las características de la propiedad. El número existente de cabañas. El malecón frente al mar. La playa privada. Otras posibles ideas para la ubicación, como demolerla y crear un complejo de condominios o un hotel de gran altura.

Toda la información y las posibilidades que mi equipo ya ha examinado y verificado, mientras que muchos esperamos que abra la subasta.

Y en la que planeo intervenir con un precio en la primera puja que los noquee a todos.

—La subasta se abre con diez millones. ¿Algún interesado? —Echa un vistazo a la sala en la que hay alrededor de doce personas gritando y levantando las palas—. ¿Qué tal once millones? —Las palas se vuelven a levantar junto a voces gritando «sí».

—Quince millones —digo en voz alta mientras alzo la pala, por lo que muchas personas de la sala miran en mi dirección con los ojos muy abiertos, incluida la subastadora.

—¿Quince, señor? ¿He escuchado bien? —pregunta mientras el asistente que está a su lado anota el número de mi pala y garabatea con fuerza.

—Sí, quince.

—¿Alguien...?

—Quince millones y medio —grita una voz femenina que no veo desde el otro extremo de la sala.

—Quince millones y medio para la dama de rojo. ¿Alguien...?

—Dieciséis —digo.

—Dieciséis y medio —responde la voz femenina. Eso hace que me levante para ver a mi competidora. No puedo. Queda oculta por los dos hombres que antes estaban hablando de dejarla apostar. Observo las sonrisas engreídas y las miradas de complicidad.

—Diecisiete —respondo antes de que la subastadora lo indique, lo que provoca que emita una leve risa mientras la audiencia gira la cabeza con expectación en dirección a mi competidora.

—Diecisiete y medio —contraataca la mujer. Por fin puedo ver la pala levantada sobre las cabezas de las personas sentadas a su alrededor. Entonces es cuando los dos hombres se mueven y la veo.

La tengo que mirar dos veces mientras ella me observa. Conozco esos ojos azules y esa sonrisa sorprendida.

—¿Ellery? —pronuncio su nombre mientras la miro absolutamente impresionado y niego con la cabeza y la boca abierta.

Ella me mira y los hombres que están a su lado —uno de ellos el que conozco pero no sé de qué— la observan de una forma que me indica que la conocen. Que... son sus hermanastros.

Me viene la idea a la mente cuando recuerdo los comentarios que he oído antes y la explicación que ella me dio hace un mes de lo que le ocurría.

—Señor, ¿le gustaría hacer una contraoferta? —La voz de la subastadora finalmente me saca de la sorpresa que sacude mis pensamientos.

Sí.

No.

«Dedican su tiempo a esperar que papá los elija para hacerse cargo de su parte cuando él se jubile. Diablos, intentan atribuirse el mérito de todo lo que logro. Rechazan todas las ideas que planteo solo para proponerlas al día siguiente y, cuando lo hacen, se consideran lo mejor del mundo».

Abro la boca y la vuelvo a cerrar.

—A la una —afirma. Dirijo la mirada a Ellery y la súplica silenciosa que me está haciendo—. A las dos. —Me dispongo a levantar la pala, pero no lo hago—. Última llamada para cualquier oferta. —Los ojos de Ellery se mantienen fijos en los míos—. Vendido a la mujer de rojo por diecisiete millones y medio.

Los aplausos retumban entre la multitud mientras me quedo allí, atónito, mirándola a la vez que comprendo que ella necesita más que yo lo que tanto supliqué a mi hermano ayer.

La pregunta es, ¿por qué se lo he dado? Y ¿A dónde demonios ha ido?

Capítulo 10

Ellery

Voy a vomitar.

Es normal sentirse así cuando acabas de gastarte una gran cantidad de los ahorros de toda tu vida, incluidos los del fondo fiduciario que todavía no has recibido, y los de un préstamo del que eres avalista personal, por una propiedad en la que hay que invertir un montón de dinero para que tenga alguna oportunidad de prosperar.

En serio, voy a vomitar.

Me tiemblan las manos por la adrenalina, la subasta, lo que he hecho y por ver a Ford ahí pujando contra mí.

Ford.

«¿Qué demonios está haciendo aquí?».

Echo un vistazo sobre el hombro para ver si lo localizo, pero mis hermanos me hacen pasar entre la multitud con las manos en mi espalda mientras me guían hacia la caja.

—Parad. Dadme un minuto —digo mientras me quito sus manos de encima y respiro profundamente para evitar hiperventilar.

—¿Estás bien, Elle? ¿Te has dejado arrastrar por una puja para demostrar que llevas razón? ¿Te has dado cuenta del dinero que has gastado?

Le lanzo una mirada a mi hermanastro pequeño, Gregory.

—Lárgate. Vete a regodearte a otro sitio.

—¿Yo, regodearme? —Se ríe—. Deberías ser tú la que se regodee después de comprar un basurero por la friolera de diecisiete millones y medio, solo porque no podías permitir que los reyes de la hostelería te superaran.

—¿Reyes de la hostelería? —pregunto mientras coloco las manos en las rodillas y me centro en respirar.

Casi dieciocho millones.

Dios mío.

—¿Fordham Sharpe? ¿De Sharpe International? —pregunta Gregory como si fuera imbécil. Y, sí, el nombre me da vueltas en la cabeza, así como el conglomerado que es S.I.N. ¿Ese era él? ¿Es él? Dios—. Nos hemos alojado en sus hoteles en el pasado. Hemos hablado de cómo rogaríamos, pediríamos prestado o robaríamos para estar en la lista de sus contratistas preferidos. Tendríamos trabajo de por vida. ¿De verdad eres tan tonta como para no saber quiénes son?

No reacciono a las tonterías condescendientes de Gregory porque estoy centrada en dos simples palabras: Fordham Sharpe.

No solo Fordham, el gruñón con nombre de universidad al que le lancé la palabra «chocho» en múltiples ocasiones porque lo ruborizaba.

Sino Fordham, el multimillonario, el que controla, negocia y dirige el imperio familiar que todo el mundo conoce, Sharpe.

—Yo también fui a Wharton con esos cabrones —dice Joshua, y lo miro—. Trillizos que se creen perfectos en todos los sentidos.

—Pues gracias, Joshua. No te he reconocido con la barba. Me encantaría devolverte el cumplido, pero no creo que me lo estuvieras haciendo. —Alzo la vista para ver a Ford ahí de pie, con una sonrisa engreída en los labios y los ojos puestos brevemente en mi hermano antes de dirigirlos hacia los míos.

Ufff.

Todavía lo consigue. Lo tiene. O como se diga. Porque incluso ahora que estoy hecha un lío y la cabeza me da vueltas, una mirada de Fordham Sharpe reconfirma que definitivamente todavía lo tiene.

Y yo todavía lo quiero.

Y con esto me refiero a eso que hace que todos se pongan en pie y presten atención.

Incluso yo. Incluso ahora.

Fordham Sharpe.

Dios. ¿Cómo no lo había asociado?

—Sharpe. —Joshua extiende la mano para saludar a Ford, tratando de cubrirse el culo—. Ya sabes que solo estaba bromeando, colega.

Ford contempla la mano de Joshua y luego lo mira a los ojos con expresión estoica.

—Claro que sí. Si me disculpáis, tengo que hablar con Ellery a solas un minuto. —Su sonrisa es condescendiente y, si aún no estuviera tambaleándome, la forma en que se deshace de Joshua con tanta facilidad me parecería más divertida.

Con una expresión de incomodidad, que estoy casi segura de no haberle visto nunca, mi hermano retira la mano y se la mete en el bolsillo como si nunca la hubiera extendido.

Al ver que ni Joshua ni Gregory se mueven porque están demasiado ocupados tratando de averiguar cómo corregir el error y complacer a Ford, él me coloca la mano en el hombro y dice:

—¿Podemos salir un momento?

—Claro —murmuro, pero ya estamos caminando hacia la puerta y yo trato de procesar que está aquí. Que ha pujado contra mí. Que su mano es la que me está calentando la espalda ahora mismo y provocándome unas ondas sísmicas que me recorren todo el cuerpo.

No decimos una palabra mientras nos movemos entre la gente que se arremolina afuera y nos sentamos en un banco bajo la sombra de un roble. Ford se sienta de lado hacia mí y se inclina hacia delante con los antebrazos en las rodillas y el rostro cerca del mío.

—Me alegro de encontrarte aquí —dice con ojos amables pero curiosos. Precavido.

—Bueno, este encuentro ha sido ciertamente inesperado —contesto buscando un minuto para encontrar palabras y pensamientos que suenen coherentes, porque en mi mente solo hay un amasijo de ideas.

—Definitivamente lo ha sido. —Asiente con la cabeza de forma calculada—. ¿Qué crees que estabas haciendo? —pregunta y, al instante, tenso la espalda porque, uno, eso no era lo que esperaba que dijera, y dos, suena como mis hermanos, como si no creyera que puedo lidiar con un proyecto como este. De inmediato, noto un sabor amargo en la boca.

«No te cargues al hombre que pensaba que eras, Ford. Por favor, no lo hagas».

Enderezo los hombros, preparada para defenderme.

—¿Qué crees que estaba haciendo? Yo creo que estaba haciendo exactamente lo mismo que tú. Pujando por un proyecto que tiene muchas posibilidades. Mucho potencial.

—Estabas pujando contra mí.

—Lo quería. Claro que iba a pujar contra ti y contra todos los demás. ¿Cómo se suponía que iba a saber que Fordham Sharpe, de Sharpe International Network, iba a entrar ahí e intentar causar sensación? —pregunto con una buena dosis de sarcasmo—. Ni siquiera supe tu apellido cuando nos conocimos.

—Una conversación en un bar no exige que lo sepas todo sobre mí. Para que conste, hablé contigo mucho más de lo que normalmente hablo con nadie, así que... tómatelo como un halago.

Y el mal humor hace acto de presencia.

Pero tiene razón. No me debía una mierda, como yo tampoco le debía nada.

Le extiendo la mano.

—Ellery Sinclair. De Haywood Redesigns.

—He asumido la parte de Haywood cuando me he dado cuenta de que ellos eran tus hermanos. No conocía la parte de Sinclair. —Se reclina en el banco y se pasa una mano por el pelo. Huele a cedro, mar y todo lo deseable.

—Dios. Qué pequeño es el puto mundo.

—¿Conoces a mis hermanos?

—A Joshua. Lo conozco de Wharton y de más. No es exactamente mi fan.

—Ni mío, como ya sabes —digo mientras lo estudio.

—Entonces, ¿por qué has dejado que te insten? —Levanta las manos—. ¿Por qué estabas pujando? ¿Por qué has subido la oferta?

—¿Yo? —grito—. Tú has sido el que no cedía. Y mis hermanos no tienen nada que ver con esto. Soy yo la que quería este proyecto. Y acabo de gastarme un dineral para conseguirlo. Así que si alguien debería estar enfadado, soy yo, por la forma en la que has entrado ahí, como si fueras el dueño del lugar, para inflar el precio y fastidiarnos a todos. Es decir, a mí.

—¿Fastidiarte? Tal vez deberías hablar con tus hermanos sobre eso. Ellos son los que esperan que caigas de bruces para poder entrar corriendo a salvar el…

—¿Crees que no lo sé? —Me río—. Hay una razón por la que acabo de utilizar mi propio dinero para pujar, mi fondo fiduciario para la subasta y mi nombre para el préstamo. —Hay un matiz de histeria en mi voz cuando la realidad me golpea. Ahora tengo más de dos hectáreas y un hotel que podía permitirme comprar, pero el precio se ha elevado por encima de mi zona de confort, gracias al hombre que ahora mismo me está cuestionando. ¿Todavía tengo dinero para las mejoras necesarias? Sí, pero con el precio inflado por la guerra de la puja, no tanto como lo presupuestado.

Y eso sin contar con los problemas y gastos imprevistos que siempre conlleva un proyecto.

Parpadeo para evitar derramar las lágrimas que se me forman en los ojos, porque me niego a mostrar ni un ápice de la vulnerabilidad que, de repente, me inunda.

—Entonces, ¿por qué has seguido adelante? —pregunta con un tono suave como si escuchara el pánico en mi voz.

—Porque lo quería. Porque lo necesitaba. Dios —murmuro mientras me peino el cabello hacia atrás y me lo recojo en un moño en lo alto de la cabeza—. Está claro que tú también. —Dirijo la vista hacia él y le sostengo la mirada, con la necesidad repentina de saber la respuesta a una pregunta que no he tenido tiempo de pensar en hacer—. ¿Por qué has dejado de pujar?

Levanta la barbilla hacia la puerta de la casa de subastas donde mis hermanos fingen que no están mirando en nuestra dirección.

—Por ellos. Por lo que he escuchado. Y por lo que me contaste.

Lo tengo que mirar dos veces.

—¿Así que has parado de pujar por la propiedad por mí?

Asiente con la cabeza de forma lenta y calculada y tuerce los labios un momento mientras piensa en la respuesta.

—Creo que lo necesitas más que yo.

El gesto me golpea de lleno en el estómago y hace que el pánico me invada de nuevo.

—Gracias. Gracias. —Me levanto del asiento y camino frente a él de un lado a otro. «¿Qué he hecho? ¿Cómo he pensado que podía lidiar con este proyecto por mi cuenta? Podría reformarlo con los ojos cerrados. Tengo planes, proyecciones y hojas de cálculo que me salen por todas partes, pero es mucho más que eso. Y ahora he caído en la cuenta de que todavía hay mucho más». Me está abrumando—. Es tuya. Puedes quedártela.

Resopla.

—¿De qué diablos estás hablando?

—Lo siento. No importa. —Me río de forma nerviosa y me pellizco el puente de la nariz—. Perdón por el miniataque de pánico, pero una cosa es soñarlo y quererlo y otra, actuar en consecuencia y tener la oportunidad de hacerlo. Ahora está calando: que sí tengo la oportunidad. Que, de repente, es mía. Dios mío.

—Vale —pronuncia la palabra mientras me estudia—. Creo que el pánico puede ser una reacción normal. También lo serían la euforia, el orgullo, la emoción o la anticipación.

Vuelvo a moverme de un lado a otro frente a él con las manos temblorosas de nuevo por la adrenalina.

—¿He sido una idiota al pensar que podía lograr esto? ¿Al dejarme llevar en la subasta y superar la cantidad que me había dicho a mí misma que pagaría? Lo he sido, ¿no? He sido…

Ford está frente a mí en un instante, con mis manos en las suyas y la cabeza gacha para que sus ojos queden al nivel de los míos.

—No eres idiota. Deja de decir tonterías, Ellery. Sabes que puedes con esto. Sabes que eres capaz. Yo sé que eres capaz. Sabes que esto es exactamente lo que quieres y lo que mereces.

Sacudo la cabeza de un lado a otro como si eso me impidiera escuchar lo que está diciendo.

—Ser capaz es una cosa y lidiar con un proyecto de esta magnitud es… —Los proyectos siempre rebasan el coste. La mano de obra y el aumento del precio de los materiales de construcción. La escasez de mano de obra. La cabeza me da vueltas con cosas que ya he tenido en cuenta pero que, ahora mismo, me siguen provocando pánico.

Es mi propio dinero.

No el de Haywood Redesigns.

Es mío.

Conocía los riesgos. Estaba más que dispuesta a asumirlos. Soy consciente de que hay que gastar dinero para hacer dinero, pero puedes ser la persona más valiente del mundo y, aun así, sentirte abrumada cuando te arriesgas.

—Ellery.

—Solo dame un minuto. —Levanto las manos y obligo a mis pies a detenerse y a mi respiración a ralentizarse.

Puedo hacer esto.

«Sé que puedo hacer esto».

—Ellery, mírame —dice Ford en su implacable tono.

—¿Qué?

—¿Has presentado ya los papeles? —Su pregunta me desconcierta.

—¿Los papeles?

—Para la compra. La subasta.

Lo miro, parpadeando, claramente sin seguirlo.

—No. Es decir, iba a hacerlo, pero necesitaba algo de aire fresco. Entonces, has aparecido... y no, no lo he hecho.

—Vale. Entonces, vamos a completar el papeleo.

Levanto la cabeza para encontrarme con la suya.

—¿A qué te refieres con «vamos»?

—Vamos. Tú y yo. Los copropietarios se reparten el cincuenta por ciento. Esa es mi propuesta.

—¿Qué?

—Ya me has escuchado. Copropietarios.

—No puedes simplemente...

—Sí, puedo —dice con indiferencia, como si estuviera acostumbrado a que la gente acepte cualquier cosa que diga. Después de todo, es un Sharpe, y su reputación se debe exactamente a que siempre consiguen lo que quieren—. Haríamos un buen equipo. Tú estás preocupada por el capital y yo tengo un capital que estaba dispuesto a invertir. Estás preocupada por los riesgos, mientras que mi fuerte es el mercado y lo que la propiedad necesita para ser competitiva. La parte de la remodelación es tuya, ya que esa es tu especialidad. Y luego, cuando hayas terminado, tengo las conexiones para comercializar y vender su singularidad a la clientela en la que pienso. Además, si participamos con un cincuenta por ciento cada uno, disminuiremos la exposición y el riesgo financiero.

—Pero también se dividen los beneficios —respondo, más bien para que parezca que estoy siendo razonable.

—Los mendigos no pueden elegir —bromea mientras lo observo estupefacta. Aquí tengo a un hombre al que he visto dos veces, pidiéndome que me asocie con él y diciéndome que seríamos un buen equipo, y la sensata (yo) que mira antes de cruzar lo está considerando.

«¿Qué me ocurre?»

—¿Qué pasa si la visión que tenemos para la propiedad es distinta?

—Haremos concesiones.

Resoplo.

—¿Un Sharpe haciendo concesiones?

—¿Me estás juzgando, Ellery? —pregunta. Esa sonrisa juguetona que tiene está acaparando mi atención.

—No. Sí. Es decir, probablemente estés acostumbrado a...

—¿Tener socios y tener que ceder? Sí. De hecho, lo estoy. ¿Qué más me vas a decir?

—¿Pero qué pasa con la división de funciones? Voy a vivir allí. Si estoy allí el cien por cien del tiempo mientras tú estás en la ciudad, entonces no debería de ser una división del cincuenta por ciento. Creo que deberíamos revisar tu propuesta para modificarlo a un cuarenta-sesenta.

—Oh, estás jugando duro. Eso significa que negociarás bien con los subcontratistas. Estoy impresionado. Y me gusta. —Mueve la cabeza de un lado a otro mientras reflexiona sobre mi comentario—. Bueno, si vas a estar allí, yo también.

—¿Tú qué?

—Ya me has escuchado. Demonios, agradecería el cambio de ambiente. Puedo trabajar desde cualquier sitio y, si me necesitan en la oficina, siempre puede venir el helicóptero a buscarme.

La familia Sinclair-Haywood tiene éxito según los estándares de casi todo el mundo. Si no quisiéramos trabajar ni un día más de nuestras vidas, viviríamos bien.

Pero no tenemos nada que ver con los Sharpe. Ellos juegan en otra liga.

Y que Ford casualmente mencione su helicóptero privado es un claro recordatorio de la disparidad entre nuestros estilos de vida aun cuando yo vivo bastante bien y no tengo quejas.

—Estás loco, ¿lo sabes?

—Pero lo estás considerando, ¿verdad? —Muestra una sonrisa juvenil que me hace sonreír a mí.

Así es, ¿no?

—¿Y ya está? —pregunto—. Es decir…, ni siquiera me conoces.

—Claro que sí.

Cruzo los brazos sobre el pecho.

—¿Ah, sí? ¿Qué sabes de mí?

—Sé que odias los *pretzels* en el Chex Mix, que no te importan los gérmenes y que prefieres el vino tinto, un buen cab para ser exactos, al *whisky.* ¿Qué más? Umm. Que mereces más crédito que el que te dan cuando se trata de tus estúpidos hermanastros. Que te frotas los pies como un grillo cuando duermes. —Se encoge de hombros para complementar la sonrisa—. Oh, y que tienes vagina.

Una mujer que pasa junto a nosotros jadea ante la última parte mientras yo estallo en risas.

—Dios. —Toso la palabra.

—Fuiste tú quien me lo hizo saber, no yo.

Doy un paso más hacia él

—Vas en serio, ¿no?

—Pensé que ya lo habíamos establecido.

—¿No tienes que consultarlo con tus hermanos o algo así? Es decir… La discusión de aquella noche. ¿Las cosas están mejor? ¿Lo querrán aprobar? Quiero decir…

—Las cosas están como están. No están igual, pero tampoco distintas. Y no. No necesito su aprobación. Es mi decisión. Mi elección.

—Ford… —Miro a la gente que camina por el patio como si me fueran a dar una respuesta que estoy bastante segura de tener ya—. No puedo dejar que hagas esto. Ni siquiera entiendo por qué querrías…

—Dame una buena razón por la que no puedas.

Porque esto es ridículo.

«Porque apenas te conozco y puede que nos acabemos odiando».

Porque se supone que esto es mío.

—Todas las razones que pasan por tus ojos no son lo bastante buenas. Vale. Tú ganas —bromea, y levanta la mano en señal de rendición—. División al cincuenta por ciento, los dos vivimos en las instalaciones y me aseguraré de que tengas un suministro interminable de Chex Mix sin *pretzels*.

—Umm. No sé si eso es suficiente —digo mientras mi sonrisa expresa que las palabras son solo eso. Palabras.

—Vale. División al cincuenta por ciento, los dos vivimos en las instalaciones y puedes elegir primero dónde quieres dormir. Última propuesta.

—¿Última propuesta? —Lanzo un silbido bajo—. Eres un negociador duro, Ford. Debe ser por eso que los Sharpe gobiernan el mundo.

¿Cómo he pasado de sentir que tenía el peso del mundo sobre los hombros cuando caminaba hacia aquí a, de repente, sentir que esto podría ser factible?

—Vamos, Ellery *Celery*. Apuesta por mí. Arriésgate conmigo. —Extiende la mano que ha retenido cuando mi hermano ha tratado de estrechársela—. ¿Trato hecho, socia?

—No me creo que esté de acuerdo con esto —gimo mientras un escalofrío de emoción me atraviesa.

—¿Eso es un sí?

Lo miro a los ojos, contemplo su sonrisa y extiendo la mano para estrecharle la suya.

«¿Qué demonios estoy haciendo?».

—Sí.

Capítulo 11

Ford

No llevaba el anillo en el dedo.

Acabo de firmar en la línea de puntos para ser copropietario de un inmueble con una mujer a la que apenas conozco y, mientras me deslizo en el asiento trasero y el chófer me lleva de regreso a la oficina, esa es la única constante que sigue dando vueltas en mi cabeza. Ese gigantesco anillo de compromiso de diamantes brillante no estaba por ningún lado.

Y créeme, lo he buscado.

Suena el móvil y sé quién es antes de mirar la pantalla.

—Mucho has tardado —digo a modo de saludo.

—Tío, si supieras el infierno que acabo de soportar. Un millón de horas en una videoconferencia tratando de descifrar cosas en un inglés deficiente y con mi portugués inexistente. Me merezco una maldita medalla —se queja Callahan.

—Oh, pobrecito. ¿De verdad has tenido que trabajar hoy varias horas sin poder largarte entre llamadas?

—Lo dice el hombre que intenta comprar... ¿cabañas? ¿Un motel? —Resopla—. ¿Qué cojones te ocurre, Ford?

—Entonces, ¿me estás llamando para leerme la cartilla porque he ignorado lo que Ledger me ha dicho antes?

—No.

Dejo que el silencio se apodere de la conexión mientras espero que le siga un «pero». Sin embargo, no sucede.

—¿A qué te refieres con «no»?

—Tienes un máster. Estoy bastante seguro de que sabes el significado de la palabra.

—Vete a la mierda.

—Con gusto. —Se ríe—. Honestamente, creo que es una idea interesante que tiene un potencial decente.

—¿Qué? ¿Lo dices en serio? —¿Callahan está de acuerdo conmigo? ¿El infierno se está congelando?

—Así es. Sutton también cree que es una buena idea —dice, en referencia a su mujer.

—Bueno, la verdad es que ese es un giro inesperado de los acontecimientos.

—¿Ves? No siempre soy un capullo.

—Solo la mayor parte del tiempo —replico.

—Así es. Entonces, ¿de verdad has comprado un hotel?

—Podría decirse así

—Eres una cajita de sorpresas.

—Siempre —contesto mientras el chófer toca la bocina cuando un ciclista lo adelanta.

—Entonces, ¿lo habitual? ¿Hillary en el equipo de transición? ¿Stanley en el exterior? —pregunta, refiriéndose a nuestros gestores de proyectos.

—No. Yo me haré cargo de este.

La risa de Callahan retumba al otro lado de la línea.

—Qué divertido.

—Estoy hablando totalmente en serio.

Si la incredulidad tuviera sonido, sería el silencio que se extiende entre los dos. Yo soy el encargado de la imagen general en la dinámica de S.I.N. Observo las propiedades, las antiguas y las nuevas, y evalúo lo que necesitan, las tendencias a seguir, para garantizar que la marca general sea fuerte constantemente. Callahan es el que se pone manos a la obra. Cuando se están llevando a cabo los cambios que sugiero en los complejos hoteleros, él es quien supervisa la transición. Y luego está Ledger, que gestiona la empresa y es la persona clave para las adquisiciones.

Entonces, es comprensible que a Callahan le resulte cómico que le haya dicho que voy a participar en primera persona, cuando normalmente es su especialidad.

—Entonces, ¿vas a quedarte allí? ¿En el lugar? ¿Sobre el terreno?

—Sí. Viviré allí un tiempo. Teletrabajaré. Iré a la oficina en helicóptero cuando sea necesario.

Suelta una risa incrédula

—¿Quién es ella?

Me sobresalto.

—¿A quién te refieres con «ella»? —¿Cómo sabe lo de Ellery?

—Lo que quiero decir es que esto no es propio de ti, y cuando un chico empieza a cambiar de forma tan drástica, normalmente es porque hay alguna mujer de por medio.

—Dios santo, Callahan.

—Dime que estoy equivocado.

—Estás equivocado.

—No te lo compro. ¿Quién es ella? ¿Vive cerca de la propiedad? Nada como poder unir placer y negocios en uno, ¿verdad?

—Sí, claro. Eso es. Acabo de gastar millones para poder estar cerca de una mujer. Eso es un movimiento de tu libro de jugadas, no del mío. —Me río—. ¿No se te ha ocurrido que tal vez necesite un cambio de ritmo por un tiempo, que se ha presentado esto y voy a aprovecharlo?

—Ummm.

—Créeme. No me creas. Me importa una mierda.

—Qué irascible, Dios. *Necesitas* un cambio de escenario.

—Llegaré pronto a la oficina. Tengo que reunirme contigo y con Ledger para hablar de esto. Queremos comenzar con este proyecto lo antes posible.

—«¿Queremos?»

—Sí, queremos. —No estoy seguro de por qué sonrío ante la idea—. Es una larga historia, pero me asocié con alguien en la compra y vamos al cincuenta por ciento en el proyecto.

—¿Te asociaste? Pensaba que nosotros éramos tus socios.

—Así es. Esto es solo… Tú sígueme el rollo. Todo irá bien.

—¿Todo irá bien? Dios. Me preocupo cuando dices mierdas como esa. Lo que me lleva a preguntar, ¿quién es el socio? ¿Cómo se llama?

—Se llama Ellery Sinclair.

La risa de Callahan resuena a través del teléfono.

—Sabía que había una mujer de por medio —dice—. Lo siguiente que vas a decirme es que es fea.

—Horrible. Tiene los dientes torcidos. Un aliento repugnante y verrugas por todo el cuerpo —contesto a modo de broma mientras mi mente se llena con ideas totalmente contrarias. Cabello rubio. Ojos azules. Magnífica sonrisa. Cuerpo matador, con unas curvas que no noté la primera noche porque estaban ocultas bajo la ropa holgada.

—Entonces, no hay necesidad de preocuparse porque te acuestes con ella y arruines la sociedad, ya que es repulsiva, ¿no?

—Eso no se me ha pasado por la cabeza en ningún momento —miento—. Tengo que atender esta llamada.

Y justo cuando estoy a punto de presionar el botón para cambiar de llamada, lo escucho murmurar:

—Cambio de escenario mis cojones.

Capítulo 12

Ellery

—¿Tú, qué? —Joshua me mira con los ojos como platos y una expresión horrorizada.

Sin embargo, centro la atención en mi padrastro, Garland Haywood. Se sienta ante mí con su cabello canoso, que le cae en todas direcciones como de costumbre, y los ojos marrones oscuros fijos en los míos. Tiene una de las cejas ligeramente arqueada y los labios fruncidos.

—¿A partir de cuándo? —pregunta con ese tono grave que solía infundirme miedo de adolescente. Ahora simplemente suena patético.

—Unas cuantas semanas. En este momento estamos ultimando los detalles y planificándolo todo. Sabré más en una semana o así.

Asiente con la cabeza mientras se le contrae un músculo de la mandíbula.

—¿Y has estado utilizando el tiempo de la empresa para hacer esto? ¿Para reunirte con ellos y planificar cosas?

—No, en absoluto —miento. Es asombroso. No me quieren cerca «a su manera» la mayoría de los días, pero cuando cabe la posibilidad de que esté haciendo algo más que ir a por café, responder llamadas y archivar, de repente, importa dónde estoy y lo que estoy haciendo—. Ha sido en mi tiempo libre, por la noche.

—¿Y no has usado fondos de la empresa para la compra de eso, sea lo que sea?

—No. —Como si no lo hubiera sabido si llego a coger millones de la empresa. Dame un respiro.

—Osada —murmura, pero no dice nada más. Sus palabras me hacen sentir un poco más alta. Garland Haywood suelta pocos elogios y muy de vez en cuando. «Osada» es lo máximo que he conseguido en años.

Lo atesoraré.

Permanezco de pie, pues me niego a sentarme y quedar a la altura de ellos. He ensayado toda esta situación en mi cabeza una y otra vez. Lo que diría y cómo. Lo que me podrían decir. Y el as bajo la manga que sé que tendré que sacar en algún momento para asegurar mi posición aquí, en Haywood, mientras me ocupo del hotel White Sands.

Solo tengo curiosidad por saber cuánto tiempo pasará antes de que tenga que mostrar mi mano.

—No puede hacer esto —se queja Joshua—. No puede irse durante meses para trabajar en un proyecto que no tiene nada que ver con Haywood. Es abandono del deber, papá. Es motivo para que pierda participación en…

«No ha tardado mucho tiempo».

—¿Rogar, pedir prestado o robar para estar en la lista de los contratistas favoritos de Sharpe? ¿Cómo se adaptaría Haywood al trabajo de por vida? Esas fueron tus palabras, ¿no, Joshua? —Palidece ante la pregunta, claramente enfadado por el desaire de Ford—. ¿O solo está bien si eres *tú* quien consigue trabajar con S.I.N.? Porque desde mi punto de vista, mi asociación con ellos podría ser beneficiosa para todos nosotros.

Juego mi carta y contengo la respiración mientras Joshua permanece allí sentado, como un pececillo, y alterna la mirada a cada instante entre Garland y yo y viceversa.

Pedir un permiso para ausentarme siempre iba a ser un problema. Sabía que Joshua o Gregory tratarían de usarlo como excusa para justificar por qué ya no debería ser parte de Haywood. Mi ausencia y la inminente jubilación de Garland les permitirían tener a cada uno el cincuenta por ciento de la empresa, en lugar de que uno de ellos tuviera una mayoría.

Tampoco me extrañaría que se menoscabaran entre sí.

Cuando me preguntaba cómo jugar la carta, las palabras de Joshua no dejaban de venirme a la mente. Su deseo de estar en la lista de contratistas exclusivos y de élite de S.I.N. No tengo ninguna intención de proponer a Ford o a sus hermanos que contraten a Haywood Redesigns. Ninguna en absoluto. Pero eso no significa que no utilice la sugerencia a mi favor.

Que no pueda irme y reformar el hotel mientras mantengo mi puesto en Haywood.

Me da opciones en caso de que este proyecto no funcione, y a todo buen empresario le gusta asegurarse un plan B.

—Esas fueron tus palabras, ¿no? —repito—. ¿Qué tiene de malo dejar que les muestre a los Sharpe el tipo de trabajo que podemos hacer? ¿Venderles Haywood mientras lo hago? ¿Papá? —Dirijo la conversación hacia él, que es quien tiene la última palabra; todos lo sabemos.

—No me gusta, Ellery. Aquí, en la empresa, eres importante.

Resoplo. ¿Para qué? ¿Para ir a por café? ¿Para que tus hijos me roben las ideas y el trabajo?

Pero no expreso mis pensamientos ni retrocedo ante su escrutinio.

—Confío en tu juicio, Ellery. —Ford señala la propuesta que he sugerido con el esquema que creo que se adaptará mejor al hotel. Una estética completamente opuesta a lo que él prefiere—. Si crees que este es el camino a seguir, entonces así será.

—¿Ya está? —Miro a mi alrededor, a la espera de ver a alguien más en la sala de reuniones en la que está haciendo el espectáculo. Por lo general, tengo que pelear para que se tomen en cuenta mis opiniones. Pero cuando lo miro, no hay ningún indicio de incertidumbre en su expresión.

—Sí. Ya está. Deja de sentir la necesidad de mostrar tu valía ante mí. —Su sonrisa me desarma—. Hablo en serio, dijiste que

el Chex Mix era mejor sin los pretzels. ¿Adivina qué? Lo probé y tienes razón. Lo es.

—¿Y en eso te basas para confiar en mí? —Me río. ¿Pretzels?

—Era un buen comienzo. —Da toquecitos con el dedo sobre la propuesta—. Pero esta es la razón por la que confío en ti. Tienes buen ojo para discernir algo que puede funcionar. Tienes un conocimiento discreto de la razón por la que funcionará. ¿Por qué debería cuestionarte cuando está claro que sabes lo que estás haciendo?

Me quedo ahí con las manos en las caderas y sacudo la cabeza, ya que no estoy acostumbrada a que nadie tenga una confianza tan inequívoca en mí.

—Pero esa confianza es en ambos sentidos, Sinclair. —Me guiña el ojo—. Cuando se trate de cosas en las que estoy especializado, tú también deberás confiar en mí.

—¿Como qué?

—Como en el tipo de pizza *que vamos a pedir para la cena de trabajo porque me muero de hambre.*

¿Soy importante en Haywood? Eso es lo último que siento. Y el intercambio de palabras de anoche con Ford fue una muestra de cómo es la verdadera confianza profesional.

Fue un pequeño espectáculo por parte de Ford, pero significó mucho para mí. Y escuchar a Garland decir que soy importante aquí en la empresa, sin siquiera darme una pizca del respeto que Ford me ofreció anoche, solo refuerza la razón por la que necesito la libertad y la bendición para tomarme tiempo libre para este proyecto.

—Es bueno escuchar que valoras mi aportación al negocio—miento, y la sonrisa en mis labios lo dice todo—, pero…

—Pero creo que podrías tener razón. —Se detiene y anota algo en la libreta que tiene frente a sí mientras exhalo despacio el aliento que estoy conteniendo—. Puedo trasladar a uno de los chicos al proyecto Revlon para quitártelo de encima.

«Ja. Buen ejemplo».

—Ya lo hiciste. Después de que yo me ocupara todo el trabajo preliminar y la programación, me dijiste que era más adecuado para Gregory —replico. Mi sonrisa carece de diversión—. ¿Recuerdas?

—Oh. Sí. —Asiente con la cabeza y agita la mano de un lado a otro—. Ahora eso no es relevante, ¿verdad? Ya que de todos modos te vas a ir.

—Entonces, ¿eso es un sí?

—Sí.

Lucho contra la necesidad de levantar el puño cuando salgo de la sala de reuniones, pero eso no significa que no lo esté haciendo mentalmente.

Capítulo 13

Ellery

Diecisiete años antes

—¿Qué estás haciendo, cariño? —Mi madre dirige la mirada hacia mis ojos a través del reflejo del espejo.

—Pensando.

—¿En qué? —Se gira hacia mí y deja al descubierto su cuello, largo y elegante, cuando se aparta el pelo sobre un hombro para seguir cepillándolo. Observo el continuo movimiento de la mano, maravillada por todo lo que tiene que ver con mi madre. La delicada piel. Los ojos azules brillantes iguales a los míos. El característico aroma a hiedra y rosa. El toque sureño de la voz.

—Cosas. Movidas, ya sabes. —Me encojo de hombros desde donde estoy acostada en la cama, con la cara entre las manos, mientras muevo las piernas hacia delante y hacia atrás sobre el trasero.

Dirijo la vista desde el cepillo hasta una foto que tiene en el tocador. Es pequeña, está desgastada y sé cuál es de memoria, aunque esté al otro lado de la habitación.

Es una foto de mi madre, mi padre y yo. Estábamos en la playa. Papá me agarra con un brazo y con el otro rodea a mi madre. Ella lo mira como si fuera su mundo entero, mientras que él me observa a mí de la misma forma, con una mirada de adoración.

Es la expresión que siempre se me viene a la mente cuando pienso en él.

No recuerdo el momento, porque era muy pequeña, pero saboreo la imagen y la sensación que me proporciona.

—¿Qué ocurre, Elle? Tienes esa expresión en la cara —pregunta con la cabeza inclinada hacia un lado para estudiarme.

—¿Le molesta que tengas esa foto?

—¿Qué? —Mira por encima del hombro y todo su cuerpo se relaja—. Es mi favorita.

—Y la mía.

Se le suaviza la expresión.

—Él te amaba por encima de todas las cosas, lo sabes, ¿no?

Asiento, con la extraña sensación en el pecho que siempre aparece cuando pienso en él y lo echo de menos.

—¿Por qué…? No importa.

«¿Por qué entonces no se quería a sí mismo? ¿Por qué lo hizo? ¿Por qué me robó una vida con él?». Preguntas. Siempre están ahí. Siempre me atormentan.

Porque sé que lo quería lo suficiente como para compensar todo el amor que no sentía por sí mismo. ¿No era bastante? ¿No éramos suficiente?

—Papá ha tenido un accidente, Elle.

No entiendo por qué el rostro de mamá está anegado en lágrimas. Por qué respira de forma tan irregular.

—¿Se ha cargado el coche nuevo? —Tengo los ojos como platos. Acabábamos de comprarlo y le gustaba mucho. Oh, va a estar muy enfadado cuando llegue a casa.

—No. No ese tipo de accidente.

¿Por qué sigue moviendo la cabeza hacia delante y hacia atrás como si no creyera lo que está diciendo?

—¿Entonces, qué? ¿Se ha cortado sin querer con ese cuchillo superafilado de la cocina como me pasó a mí? —Me metí en un lío al intentar usarlo para cortar una manzana el mes pasado.

—Cariño. Oye, tienes que escucharme. —Mi madre se arrodilla frente a mí y me coloca las manos en la cara. Abre y cierra la boca mientras parpadea para apartar las lágrimas que tiene en

los ojos. Parece que ya ha llorado tanto que probablemente se ha quedado seca.

—Vale.

—Papá se ha ido y… no va a volver.

Se me hace difícil tragar y siento la lengua pesada. Gruesa.

—¿Por qué? Es mi padre. Me quiere. Él no me abandonaría.

Emite un sonido horroroso mientras me atrae hacia ella y me abraza. Su pecho jadea contra el mío y clava los dedos en mis hombros.

Entonces lo entiendo.

Entonces lo sé.

Papá se ha ido.

Mi mundo perfecto en mi habitación perfectamente rosa con mi colcha de encaje perfecta y mis padres perfectamente perfectos nunca será el mismo.

Y él nunca volverá.

—A veces, las personas sufren enfermedades mentales. Y no lo pueden evitar. Yo lo quería y tú también…

Asiento con la cabeza de nuevo porque es más fácil que hablar. Las dos observamos la foto. Una foto de amor… hasta que no lo fue.

—Tienes su sonrisa, su risa y su sentido intuitivo para hacer que las personas que están nerviosas se sientan cómodas.

Es bonito escuchar todas esas cosas, sentir que, de algún modo, soy como él…, pero eso no quita el dolor de su ausencia.

—¿Todavía lo quieres, mamá?

Le brotan lágrimas de los ojos, como me ocurre a mí.

—Sí. Así es. Siempre lo amaré.

—Yo también.

—Claro que sí. Eres parte de él.

—Pero te casaste con Garland —hablo de mi padrastro.

—Sí. —Asiente de forma calculada.

—Entonces, ¿también lo quieres a él?

Su sonrisa flaquea.

—Es un buen hombre. —Dirige la mirada hacia la puerta como para asegurarse de que no hay nadie allí y luego vuelve a mirarme—. Pero nuestro matrimonio… es diferente al que tenía con tu padre.

—¿Cómo? ¿Estar casada no es lo mismo?

Suspira de forma vacilante mientras se dirige a la cama y se sienta a mi lado.

—Garland es amable. Nos trata bien. Es un buen sostén. Es decir, mira la empresa y todo lo que nos ha permitido hacer y tener. ¿Quién habría pensado que esto nos ocurriría a nosotras? Que podría construir eso con él. —Me pasa una mano por el pelo y se inclina para besarme en la frente.

—¿Pero papá no era amable y nos trataba bien?

—Sí, tonta. Eso y más. Lo que Garland y yo tenemos es solo… ¿Cómo lo explico? A veces, dos personas se conocen y deciden que quieren asociarse en cierto sentido. Es decir, queremos las mismas cosas de la vida, para nuestros hijos y en la mayoría de los aspectos, de verdad. —Ofrece una sonrisa tensa, casi como si estuviera intentando convencerse a sí misma, y soy demasiado joven para entender por qué.

Pero sí sé que cuando miro a mi madre, cuando la veo hablar sobre mi padre y luego sobre Garland, su mirada cambia de viva a vacía.

Y soy lo bastante mayor para entender que así es como yo también me siento desde que mi padre se fue.

El amor no es suficiente.

Aprendimos la lección de la manera más difícil. El amor es glorioso, pero fugaz. Duele. Te cortará y te desangrará antes de vaciar las demás partes de tu ser.

Solo he amado a dos personas en mi vida. Eran mi mundo entero. Una se ha ido. Lo que no sé aún, es que a los pocos años de perder a mi padre, los habré perdido a los dos.

Parece que el dolor que conlleva el verdadero amor hace que no valga la pena.

Capítulo 14

Ford

Está de pie con una mano en la cadera y los labios fruncidos mientras estudia los papeles colocados sobre la mesa que tenemos frente a nosotros en la sala de reuniones. Unos dibujos estructurales para los cambios en el interior: combinar habitaciones para hacer *suites* en cada planta, con entradas y salidas individuales para una mayor privacidad. Luego están los dibujos de alzado, que muestran cómo se verá la nueva fachada. Junto a ellos, las opciones del diseño interior en catálogos de especificaciones: colores, moquetas, telas, baldosas... La elegancia y el lujo mezclados con el confort y la decadencia.

Han pasado cinco semanas desde que nos asociamos y firmamos los documentos. Cinco semanas esperando a que se cerrara el fideicomiso mientras preparábamos cada etapa de la reforma. Tenemos la esperanza de terminarla a la velocidad de la luz, porque el tiempo invertido es dinero perdido. Cinco semanas rodeado todo el tiempo de gente dispuesta a ayudarnos a planificar, trazar y todo lo demás, o con videoconferencias para programar e intercambiar ideas desde las oficinas en la ciudad, mientras nos preparábamos para trasladarnos al lugar.

Cinco semanas, y esta es la primera vez que hemos estado completa y absolutamente solos. Mi personal se ha marchado a casa. Su asistente se ha ido. Solo estamos ella, yo y el cielo nocturno más allá de las ventanas de este rascacielos.

Los pensamientos que me pasan por la cabeza no deberían estar ahí cuando la observo, mientras está ocupada contemplando algo trivial en la mesa.

Pero les doy la bienvenida. Oh, cómo les doy la bienvenida. Lo que sentirían mis dedos al clavarse en sus caderas. A qué sabrían sus labios cuando hundiera la lengua entre ellos. Qué sentiría al tener su coño latiendo a mi alrededor.

Oh, cómo he pensado en eso. En ella.

Y demasiado.

Se me nubla la vista de mirar los dibujos y tengo la mente cansada, pero todavía soy capaz de imaginar y desear y, entonces, me recuerdo a mí mismo que no puedo. No puedo tenerla.

Está fuera de los límites.

La mejor manera de fastidiar una sociedad es acostarte con tu socia.

Fin de la historia.

Pero otro vistazo a esos labios fruncidos me hace sentir que el periodo de abstinencia parece una maldita sequía.

Aunque la gran pregunta es: ¿por qué todavía hay una marca donde llevaba el anillo de compromiso? Cinco semanas es mucho tiempo para que una marca desaparezca y, sin embargo, todavía la tiene. Sigue siendo un símbolo inequívoco de que le pertenece a otra persona.

¿Será que no lo usa en mi presencia? ¿Se le ha caído por el desagüe del fregadero? ¿Se lo ha arrojado a su prometido tras decirle que me quería a mí? Y si no lo lleva puesto por mí…, ¿qué diablos significa eso?

—¿Qué?

Cuando salgo de mis pensamientos, me doy cuenta de que estaba mirando a Ellery con los ojos entrecerrados.

—Lo siento. ¿Qué has dicho? —pregunto, tratando de sacarme de la cabeza la última fantasía de inclinarla sobre la mesa de la sala de reuniones.

Sí, es malo. Y por mucho que me diga que van a ser unos meses largos y tortuosos por tener esas fantasías mientras vivo bajo el mismo techo que ella, no logro detener los pensamientos.

—Te he preguntado que por qué me estás observando así, de forma tan intensa. ¿Me he perdido algo? —Mira hacia la mesa y luego a mí—. Si lo he hecho, dímelo. Lo último que necesitamos es que no estemos sincronizados en todo.

—Y si no fuera así, lo resolveríamos —respondo mientras me dirijo hacia su lado de la mesa.

—Hablas como un hombre acostumbrado a tener decisiones muy importantes sobre los hombros. —Suspira como si no confiara mucho en sí misma. Aunque debería hacerlo. Es brillante.

Y su brillantez, aportación y buen ojo para los detalles me han hecho preguntarme por qué no hemos contratado a Haywood Redesigns antes. Oh, cierto. Por Joshua Haywood. Un extraordinario imbécil.

—Creo que tú eras la que quería salir de debajo de las sombras de tus hermanos y demostrar que podías lidiar con el tipo de proyectos de los que ellos se encargan. Que ser la chica del café no era suficiente para ti. —Apoyo el trasero en la mesa y la miro—. ¿Te estás acobardando conmigo, Elle?

—Claro que no. Es solo que…

—Es solo que es mucho dinero y mucha presión y te preocupa lo que ocurrirá si no sale bien o si no sabes lo que estás haciendo y, y, y…, ¿no?

—Suena ridículo. Lo siento. —Emite una risa nerviosa y comienza a juguetear con las manos—. Debes estar preguntándote por qué demonios aceptaste esto. Soy una novata. Tú eres un profesional experimentado. Es decir…

—Para. —Doy un paso adelante y cierro las manos sobre las de ella. Oigo cómo respira de forma irregular. Así es la reacción visceral que mi cuerpo tiene al tocarla. Para ser alguien tan brillante, le falta mucha confianza en sí misma. Probablemente debido a todos los años en los que sus hermanos la han despreciado. Bueno, ya no más. No conmigo—. Deja de estresarte.

Por si aún no te has dado cuenta, soy bastante discreto. Si surge algún problema, lo resolveremos. Si no estamos de acuerdo, bueno... No sé, nos gritaremos y me dirás que soy un imbécil y yo te diré que eres muy cabezota y luego nos estrecharemos la mano o algo así y seguiremos adelante.

—¿Por qué todo te resulta tan sencillo? —pregunta con un tono que denota incredulidad—. ¿Nunca dudas de ti? ¿Nunca te cuestionas nada?

Las palabras me golpean de lleno en el plexo solar. ¿No es esa la razón por la que acepté encargarme de este proyecto? ¿Por qué dudo del hombre que soy? ¿Por qué me pregunto si soy alguien más para los demás que el hombre que se sienta entre sus ilustres hermanos? ¿Por qué quiero saber con qué ojos me veía mi padre?

—Todo el tiempo —murmuro sin dar más explicaciones. ¿No recuerda la noche del bar? ¿El estado de confusión en el que me encontraba? Le ofrezco una sonrisa—. Este proyecto. Nuestra sociedad. Lo resolveremos.

Suspira de forma temblorosa y me dedica un asentimiento definitivo mientras da un paso atrás y rompe la conexión. Tras un instante, se da la vuelta con una sonrisa más segura.

—Vale. Disculpa de nuevo. No suelo ser la que necesita que la animen, así que perdona por sonar tan... débil.

—Nada de débil. Más bien fuerte. Decidida. Admirable. —Me encojo de hombros mientras emite una risita nerviosa—. Correr riesgos es algo difícil de hacer. Te prometo que todo saldrá bien.

—Gracias. —Hay una suavidad en su tono que combina con la expresión de sus ojos. Ambos me hacen reflexionar. Muestra otra sonrisa más convincente mientras retrocede hacia la mesa de la sala de reuniones—. Entonces, parece que deberíamos empezar a trabajar.

—Así es. —Me giro para mirar los planos y luego me coloco a su lado—. Tú llegarás mañana y harás el recorrido final. Yo iré el miércoles, cuando acabe con las reuniones.

—Suena como un plan. —Trata de reprimir un bostezo, pero se rinde y lo deja salir—. Lo siento. Han sido un par de semanas muy largas.

—Aunque emocionantes —murmuro mientras me inclino hacia adelante y paso una página de los dibujos del alzado—. Y las próximas semanas serán aún más emocionantes.

—Lo sé.

Los dos nos movemos para marcharnos pero, como si de una coreografía se tratase, giramos y chocamos. Ella se tambalea sobre los talones y la agarro de los brazos para estabilizarla.

Nos encontramos cara a cara, pecho con pecho, y recuerdo el olor de su pelo mientras dormía aquella noche sobre mi tórax. Esos labios llenos mientras murmuraba en sueños. La calidez de su cuerpo contra el mío. Ambos respiramos de forma entrecortada cuando nos miramos a los ojos. Deberíamos alejarnos. Deberíamos dejarlo pasar.

Pero pasan los segundos.

Respiramos profundamente. Exhalamos.

Siento cómo se le pone la piel de gallina debajo de mis manos.

Todos mis sentidos son demasiado conscientes de ella. De todo lo que a ella se refiere.

Dirijo la mirada hacia sus labios, hacia el pulso que le late en el cuello, y luego vuelvo a sus ojos mientras mi cuerpo lucha contra la razón. Contra el deseo.

El tono de su teléfono hace que nos separemos como si estuviéramos haciendo algo malo.

O tal vez a punto de hacerlo.

Le doy la espalda y me alejo un poco mientras me paso la mano por el pelo y pongo algo de distancia.

—¿Chandler? —habla en voz baja, casi como si no quisiera que la escuchara.

Chandler. El mismo hombre que estaba al teléfono la noche que nos conocimos. Claramente, todavía está en el mapa y es la razón detrás de la línea bronceada de su dedo.

—He dicho que allí estaré. —Ofrece un suspiro de frustración—. Ya sabes que no voy a defraudarte. —Da unos pasos hacia la ventana, echa un vistazo hacia la noche del exterior y murmura algo que no puedo oír.

Empiezo a recoger los dibujos y papeles para fingir que no estoy haciendo precisamente lo que estoy haciendo: espiar.

—Entiendo. Sí. Tengo reuniones todo el día con... clientes. Nos vemos allí. —Su voz es suave, incluso tranquilizadora, y me pica la curiosidad—. De acuerdo. Vale.

Pero nada de «te quiero». Nada de «después nos vemos».

—¿Todo bien? —pregunto de forma distraída mientras enrollo un conjunto de planos y le pongo una goma elástica.

—Sí. Bien.

—Eso no suena convincente. —Me río entre dientes y le dirijo una mirada fugaz. Tiene una expresión inquieta.

—Es una larga historia. —Agita la mano en mi dirección para restarle importancia—. Déjame ayudarte con eso.

—No, lo tengo controlado. ¿Por qué no te vas?

—¿Seguro?

—Sí. Le diré a Phillip que te lleve a casa —me refiero al chófer que ya la ha llevado a casa antes.

—No me gustaría abusar. Estoy segura de que lo necesitas para...

—Aquí aún me quedan una o dos horas. Por favor. Insisto.

Me ofrece una media sonrisa y asiente con la cabeza.

—Vale. Gracias. —Se cuelga el bolso de diseño con el portátil al hombro y echa un vistazo a su alrededor para asegurarse de que no se ha dejado nada. Me mira a los ojos por última vez—. Gracias por animarme, Fordham.

La observo salir por la puerta de la sala de reuniones, con los tacones resonando en el suelo de mármol. El ascensor suena. La puerta se cierra. Tomo asiento y me inclino en la silla, con las manos detrás de la cabeza y los pies apoyados en la mesa y exhalo un suspiro en bajo.

Sé que ya están ahí.

Sé que han estado esperando a que se fuera para comentar.

—¿No deberíais estar en casa con vuestras familias? —Abro un ojo y veo a Callahan de pie, con el hombro apoyado contra la puerta.

—Snaggletooth tiene un aspecto horrible esta noche. —Callahan suelta una carcajada y levanta las cejas en señal de apreciación.

Ledger da un silbido.

—¿Y vas a vivir allí con ella durante… cuánto tiempo?

Les hago una peineta a mis hermanos, vuelvo a cerrar los ojos y a ignorarlos.

—Camas por todas partes —dice Callahan.

—Largas noches a solas. Únicamente ella y tú. Solo sábanas en las que enredarse —añade Ledger.

—Si miras lo bastante cerca, tiene la marca de un anillo en el dedo —añado.

—Pero no lleva ningún anillo. —Ledger levanta las cejas y mira a Callahan.

—Entonces…, ¿acaba de romper? ¿Necesita un buen rollo?

—Ja. Eso es lo que pensé, y mira a dónde me ha llevado —bromea Callahan, pero sé que no cambiaría su vida por nada del mundo—. Casado y con hijos.

—Los rollos pueden ser buenos. Sexo fantástico. Nada de ataduras.

—Diablos, Ledge, creo que deberíamos darle la misma charla que vosotros me disteis cuando me dirigía a Ocean's Edge a trabajar con Sutton —continúa Callahan, en referencia a una conversación que tuvimos la semana antes de que se marchara a las islas Vírgenes con su entonces consultora, ahora esposa.

—No recuerdo ninguna conversación —murmuro, muy consciente de lo que está pasando y deseando tener una cerveza para al menos entretenerme con algo mientras soporto este acoso.

—Amnesia selectiva. Qué conveniente —resopla Ledger.

—Déjame refrescarte la memoria. Fue algo como: No te acuestes con ella. Sé profesional. Nuestro nombre también está en la empresa, no solo el tuyo. —Callahan me lanza una sonrisa de imbécil—. ¿Quieres que continúe?

—Y tú seguiste muy bien las reglas. —Levanto las cejas y le lanzo una mirada.

Se encoge de hombros.

—Sí, pero lo que se espera de mí es que rompa las reglas.

—¿Y qué se espera de mí exactamente? —pregunto.

«¿No es esa la pregunta del día?».

Capítulo 15

Ellery

El cielo está pintado de tonos rosas, naranjas y toda su gama de colores. He esperado casi cinco semanas enteras desde que firmé en la línea de puntos para estar aquí de pie con el anochecer como telón de fondo y el choque de las olas como banda sonora, mientras hundo los dedos de los pies en la arena y contemplo con asombro lo que ahora es mío.

Técnicamente nuestro, pero eso es solo semántica.

He sentido orgullo antes. He sentido ser dueña de algo. He conocido el miedo. Pero nunca he experimentado lo potente que podría ser la combinación de los tres como ahora, mientras observo el hotel antes conocido como White Sands.

Es el día D. Bueno, técnicamente, mañana lo es, así que voy a absorber el silencio y la soledad antes de que sobrevenga el caos. Tenemos un ejército de contratistas listos para tomar el lugar por asalto.

La arena está fresca bajo mis pies desnudos mientras imagino cómo nuestras interpretaciones cobran vida. La cafetería junto al mar, que vamos a construir a la izquierda, ofrecerá cocina de un chef muy prestigioso con el que la gente de Ford ya está en contacto. La galería de la derecha, que era una sala de reuniones vacía, se convertirá en un salón. Y las habitaciones de en medio se transformarán en unas *suites* con todas las mejores comodidades.

Sueños imposibles.

¿No es eso lo que Chandler me dijo anoche, después de que amainara toda la pompa y circunstancia de su gran noche, y nos quedáramos en ese silencio incómodo que solo demostraba que lo nuestro nunca habría funcionado?

—Solo se ha asociado contigo porque ganaste la puja.

Enseguida dirijo la vista a los ojos de Chandler.

—¿Ford?

Asiente con la cabeza.

—¿De quién creías que estaba hablando? Piensa en ello. ¿Por qué un hombre de su envergadura compraría algo poco conocido en una playa con alguien que apenas conoce?

Porque tenemos la misma visión. Porque los dos necesitamos este respiro de nuestro día a día. Porque queremos algo que sea nuestro.

—Creo que eso ha sido un insulto. Los celos no te pegan, Chan.

—No estoy celoso. De ninguna manera. Pero no te sorprendas si llegas allí, te aparta a un lado y te saca de la escena. Los Sharpe no quedan en segundo plano ante nadie.

—Dios no permita que un hombre piense que soy competente, capaz y digna de asociarme con él.

—Lo eres. Por eso todo esto me resulta extraño.

No sirve de nada discutir con él, así que me limito a sonreír y asentir con la cabeza.

—Claro, como tú te has quedado fuera...

—Cuando todo esto se vaya a la mierda, recuerda que te lo advertí.

—Bien. Excelente. Gracias por el voto de confianza. —El sarcasmo rezuma en mi voz.

—Mira, Elle. Entiendo la necesidad que tienes de cumplir esta quimera tuya. Tal vez funcione. Tal vez Sharpe no te engañe y se haga cargo. Y si no lo hace y logras tu objetivo, puede que te sientas satisfecha y estés preparada para sentar cabeza. Para casarte conmigo.

Es la primera vez que miro a Chandler y no me gusta. De ahí que el anillo de compromiso que se negó a que le devolviera esté guardado en mi apartamento de Tribeca, a salvo hasta que el proyecto termine.

Qué extraño que un hombre se burle de mí y el otro me apoye de forma incondicional. Ford apenas me conoce y cree en mí, mientras que es evidente que Chandler, a pesar de ser un buen chico, piensa que necesito un pasatiempo que me haga entrar en razón.

Lo insólito es que, en realidad, ya no me importa lo que Chandler piense. Estoy harta de los hombres que me infravaloran, porque yo quiero ser más.

«Y me iba a casar con él». Dios mío. Si pensaba que ser la chica del café de Haywood era malo, no quiero imaginarme lo que supondría estar casada con alguien que espera lo mismo en casa.

No, gracias.

Debería estar enfadada.

Debería estar disgustada.

Lo que realmente siento es alivio. Un alivio puro y sin adulterar por haber escapado de este destino al que me había sometido por voluntad propia.

Chandler, el misógino disfrazado del que agradezco deshacerme.

Y Ford… uff. Ford, el hombre que sabe cómo llegar a una mujer sin siquiera intentarlo. He soñado con él de formas que definitivamente no son seguras para el trabajo. Siempre lo tengo en mente por el proyecto y el sinfín de cosas que necesito decirle o quiero discutir con él.

Y ahora vamos a vivir bajo el mismo techo. En espacios reducidos. Día tras día de deliciosa tortura.

Está claro que hay química. Demonios, ya estaba ahí la noche que nos conocimos. Pero somos socios. Nunca es buena idea acostarte con tu igual porque mezclas sentimientos y emociones, y eso hace que las cosas no vuelvan a ser lo mismo.

Pero, por otro lado, es de mí de quién estamos hablando. La mujer a la que solo le gusta lo físico. A quien solo le gusta la lujuria y rechaza cualquier sentimiento que se acerque remotamente al amor.

Las emociones son irrelevantes. Siempre.

«Concéntrate, Elle». En el proyecto. En hacer este trabajo.

Y eso es lo que hago. Dejo atrás la arena por los ladrillos desgastados del patio trasero del hotel. La terraza y los balcones ofrecerán unas vistas increíbles cuando estén modernizados.

En cuanto entro en el hotel por la puerta trasera, la quietud me golpea de nuevo, tal como ha sucedido cuando me han dado las llaves hace una hora y todos se han marchado.

He encontrado consuelo en el silencio entonces y ahora. Lo que no esperaba es la repentina inquietud que siento al ser la única persona en un hotel vacío. Oír los continuos crujidos de la estructura no es espeluznante, como en *El resplandor*, sino más bien desolador.

Quizá por eso enciendo todas las luces mientras atravieso el viejo edificio. Quizá por eso me pongo los auriculares y subo el volumen de la música mientras piso el suelo desgastado con un rebote extra a cada paso, al ritmo de la canción. No me puede asustar lo que no oigo.

Paso los dedos por la anticuada barandilla de roble que pronto reemplazará una de cable más moderna, y me pregunto qué risas y secretos se han compartido en estos pasillos. Y qué nuevos se compartirán cuando hayamos terminado.

Tomo notas en una libreta y añado cosas a la lista de lo que tengo que hablar con Ford o los contratistas. Cosas que posiblemente sea necesario cambiar o que no sabíamos que debían abordarse, ya que es difícil imaginar una reforma cuando no has tenido acceso total a la propiedad. Los faros iluminan el camino exterior. Algunos entran al aparcamiento y dan media vuelta para regresar por donde han venido, y me pregunto cómo convertiremos este lugar en un refugio privado para la élite cuando pasa por detrás una carretera de acceso público.

Otra pregunta que añadir a la lista.

Y, llámame loca, pero cada elemento añadido me hace feliz. Disfruto de la emoción de esta nueva empresa.

«Tú puedes, Sinclair».

Capítulo 16

Ellery

Cuando miro el reloj, me impresiona comprobar que han transcurrido horas. Supongo que la emoción por empezar ha superado la racionalidad de pasar una última noche sin hacer nada antes de que comience el verdadero trabajo. Adiós a lo de instalarme en la habitación que he elegido, comer el sándwich que he comprado de camino, beberme una copa de vino y terminar los últimos capítulos de la novela romántica antes de quedarme dormida.

El libro todavía puede ser una opción. Por otra parte, tengo un ligero hematoma en la frente de la semana pasada, cuando me quedé dormida y se me cayó el Kindle encima.

Esta vez leeré bocabajo. Al menos servirá para evitar golpes.

Mientras decido tomar una ducha antes de cenar, leer y dormir lo que quede de noche, bajo de nuevo las escaleras hacia la habitación que he elegido como residencia a corto plazo.

Una habitación con una puerta que no sabía si cerrar con o sin llave cuando me fuera a la cama. ¿O es mejor dejarla abierta para saber qué está pasando en el resto del hotel? Que debería ser nada.

Reviso dos veces la puerta de entrada de la planta baja para asegurarme de que está cerrada con llave cuando suena una de mis canciones favoritas en los auriculares. No me avergüenzo mientras bailo por el vestíbulo. Me quito prendas con cada movimiento y sacudida antes de cerrar la puerta tras de mí y arrojar la ropa sin ceremonias sobre la cama. La habitación está en penumbra, salvo por una débil lámpara de escritorio y la luz del baño que he dejado antes encendida.

Hago otro leve movimiento seguido de una fuerte sacudida de caderas antes de girar y chocar contra algo.

O más bien contra alguien.

Alguien completamente mojado y desnudo.

El chillido que emito al sobresaltarme es de otro mundo, se me caen los auriculares y el teléfono se estampa contra el suelo. Echo un breve vistazo al hombre que hay frente a mí, con una cincelada, bronceada y perfecta... polla. Dios mío. Acabo de ver el impresionante miembro de Fordham Sharpe.

Me doy cuenta de eso al mismo tiempo que piso un charco y se me resbalan los pies.

Caigo de espaldas, desnuda en toda mi gloria, con los pechos rebotando, agitando los brazos y moviendo las caderas. «Agraciada» no es exactamente la palabra que usaría para describirme. El instinto hace que intente agarrarme a Ford y él trata de atraparme.

Pero se resbala con la misma agua que yo.

La maldición que pronuncia resuena en las paredes de azulejos, seguida del impacto contra la *chaise longue* que tengo detrás, segundos antes de que Ford aterrice justo encima mío.

Me gustaría pensar que lo primero que me viene a la mente es «Gracias a Dios por estos baños antiguos y grandes, que tienen una mullida *chaise longue* en la que caerme en vez del duro borde de la bañera». Eso debería ser lo primero y más importante en mi mente. Mi seguridad.

Pero es un poco difícil pensar de forma racional cuando lo único duro que hay son los algo más de ciento noventa centímetros que me están aplastando ahora mismo.

Y cuyas manos me agarran las muñecas junto a la cabeza y cuya boca sonriente está a escasos centímetros de la mía.

Nunca he sido tan consciente de cada terminación nerviosa de mi cuerpo como en este momento.

Nos miramos el uno al otro por un instante. No estoy segura de que comprendamos lo que nos acaba de ocurrir, pero nos miramos a los ojos y nos tensamos.

Lo que, por supuesto, provoca que esa impresionante polla haga presión contra mis muslos.

—Lo siento —decimos al unísono.

«Bésame».

No es la primera vez que lo pienso.

Lo más probable es que tampoco sea la última.

¿Cómo es posible que una mujer normal no piense así cuando está piel con piel, cuerpo contra cuerpo, con un hombre tan apuesto como Ford?

Separo los labios para decir algo, cualquier cosa, mientras pasan los agonizantes y vergonzosos segundos.

—Estás en mi baño. ¿Qué haces aquí? ¿Qué demonios hacemos?

Él se ríe.

—Tú estás en mi baño. Te he enviado un mensaje para decirte que venía corriendo. —Arquea una ceja ante la palabra elegida, sonríe más ampliamente y, de repente, baja la voz—. Y en cuanto a lo que hacemos ahora…

Mueve los ojos hacia la derecha segundos antes de que vislumbre algo a través de ellos. ¿Una advertencia? ¿Miedo? No sé qué es exactamente, pero se levanta de encima de mí a toda prisa. Antes de que comprenda lo que está pasando, una vez más, Ford me tira una toalla de baño, con lo que me ofrece una vista perfecta de su trasero desnudo mientras se marcha.

Lo miro.

Por supuesto, lo observo mientras me esfuerzo en envolverme en la toalla y levantarme de la más que incómoda posición en la que me hallo en la *chaise,* porque es difícil no hacerlo.

—¿Qué demonios haces aquí? ¿Por qué? —pregunto mientras sigue de espaldas a mí y arranca otra toalla del toallero que hay junto a la puerta de la ducha.

—Está claro que ducharme —contesta con un tono teñido de enfado, cuando momentos antes estaba tumbado encima de mí con una sonrisa.

—Pero mis maletas estaban en la habitación. Yo estaba aquí primero. Se suponía que no ibas a llegar hasta mañana —farfullo cada frase.

—Y te he mandado un mensaje para avisarte de que venía antes. Te he llamado desde la puerta principal. No es mi culpa que tuvieras los auriculares puestos o que no hayas mirado el teléfono —dice, y su repentino tono frío me confunde.

Cuando se gira hacia mí, sostiene la toalla sobre la entrepierna, de modo que cada centímetro de su hermoso cuerpo queda a la vista. La forma de las caderas. La línea de vello del abdomen. La firmeza de los muslos. El pecho definido.

«Señor, ten piedad».

Hago un esfuerzo por mirarlo a los ojos, y cuando lo hago, noto indiferencia en su expresión, casi ira, que coincide con el tono de su voz. Eso me desconcierta.

Habla sobre alimentar las inseguridades de una mujer en sí misma en un momento muy vulnerable.

Él está en mi ducha, en mi baño, cuando se suponía que no había nadie aquí. ¿Y está enfadado *conmigo?*

—No deberías estar aquí.

«Pero no te sorprendas si llegas allí, te aparta a un lado y te saca de la escena. Los Sharpe no quedan en segundo plano ante nadie».

Me inundan las palabras de Chandler y siembran la duda de si debería estar ahí.

—¿Cómo dices?

Deja caer la cabeza por un instante.

—Eso no es lo que he querido decir.

—Entonces, ¿qué es exactamente lo que has querido decir? Porque la última vez que lo comprobé, yo también era dueña de la mitad de esta propiedad.

—Así es. Los dos lo somos. Al cincuenta por ciento. —Se ríe y levanta una mano delante de él. La sonrisa que ya conozco se abre paso por la expresión apenada de su rostro.

A pesar de la sonrisa, ya estoy a la defensiva. Preparada para una discusión reservada para Chandler que Ford no merece.

—Entonces, ¿por qué te comportas como un capullo? Estabas en mi habitación. En mi ducha. Usando la toalla que yo me he traído. —Señalo la que sostiene sobre el pene.

—Bien. Aquí tienes tu toalla —dice, y me la tiende sin inmutarse. Le sostengo la mirada y, por mucho que la mujer que hay en mí quiere mirar, me niego a dar marcha atrás ante el desafío que brilla en sus ojos. Sin apartar la vista y, en un repentino momento de valentía, para no quedar eclipsada por él, mi socio, dejo caer la toalla.

Emite un siseo para controlarse y una sonrisa juega en la comisura de su boca mientras abre los ojos de par en par.

—¿Qué? —pregunto de forma inocente. Tengo que reunir todo el valor para quedarme ahí de pie. No soy modesta en absoluto, pero estar frente a un hombre tan atractivo como él por voluntad propia es una hazaña en sí misma. Juega con mis inseguridades—. Es lo justo, ya que, a partir de ahora, todo entre nosotros será al cincuenta por ciento.

—A partes iguales. —El atisbo de sonrisa se convierte en una más amplia. Es el juego de la gallina. ¿Quién mira primero? ¿A quién le ganará la curiosidad? ¿Cuál de los dos desviará la atención antes?

—Bien. —Le devuelvo la sonrisa y el atrevimiento que la tiñe—. Ahora que todo está resuelto, ahí tienes la salida. Voy a darme una ducha.

—No olvides las toallas. No me gustaría que no tuvieras nada para secarte —añade mientras retrocede un paso y baja la mirada brevemente.

«Ha desviado la vista».

Y rápidamente hago lo propio. Sí. Sigue siendo hermoso. Sigue bien dotado. La definición de la perfección.

Volvemos a mirarnos a los ojos. Dios. ¿Y ese distanciamiento que acaba de mostrar? Se ha esfumado. El hombre sabe cómo mirar a una mujer y hacerla sentir como si fuera la única en la habitación.

De acuerdo, lo soy, pero estoy hablando de forma figurada.

Hay una intensidad en su mirada. Un deseo que no debería estar ahí, pero que yo siento con la misma profundidad.

Está fuera de los límites.

Cada increíble centímetro de él.

—Gracias por tu preocupación, pero puedo arreglármelas sola.

—Anotado, pero ya lo sabía. —Da un paso atrás, vuelve a bajar la mirada y se le dilatan las fosas nasales en consecuencia—. Buenas noches, Ellery.

—Estás desnudo —le grito como advertencia mientras abre la puerta. Y me doy cuenta de mi estupidez segundos después de decirlo. El hotel está vacío.

No hay nadie más ahí fuera. No va a salir a un pasillo lleno de gente. Cuando se da la vuelta, lo único que veo es la sonrisa de su rostro y la diversión en sus ojos.

—Y tú también.

Capítulo 17

Ford

Todo ha ocurrido en unos segundos. Encontrarme con Ellery. Aterrizar encima de ella. Obtener la prueba de que nuestros cuerpos encajan a la maldita perfección.

Gimo.

Puede que solo hayan sido unos segundos, pero eso es todo lo necesario para prender una cerilla y que se enciendan las llamas.

Y, joder, si se han encendido.

Deseo. Necesidad. Ganas. Avidez. Esas cuatro sensaciones han luchado en mi interior durante esas fracciones de segundo. Al diablo con el decoro. Al diablo con la sociedad. Lo que se me ha pasado por la cabeza era de todo menos respeto a la sociedad.

Lo que hubiera dado por inclinarme y besar sus labios. Por enredar los dedos en su pelo, separarle los muslos con la rodilla y probarla allí.

Y apuesto a que su sabor sería tan adictivo como la sensación de hundirme en ella. O de escuchar sus gemidos mientras lo hiciera, mientras me deleitara en su calor resbaladizo, al mismo tiempo que nos lleváramos al borde del abismo.

Ellery desnuda.

Dios. No puedo sacarme la imagen de la cabeza. Su piel cremosa de melocotón solo acentúa el tono rosáceo de sus pezones y la hermosa curva de sus caderas.

Las curvas son mi kriptonita y, maldita sea, si tiene.

Me vuelvo a mover y las sábanas se deslizan por mi cuerpo mientras se me pone dura y la imaginación vuela.

Solo puedo pensar en ella.

Una pared entre nosotros.

Una cama de distancia.

Una puerta cerrada entre los dos.

Y me ha tentado. Dios, cómo me ha tentado su cuerpo bajo el mío, suave, cálido y seductor, hasta que he mirado la muñeca que estaba sujetando con la mano y he vuelto a la realidad.

A la línea bronceada de su dedo.

Al artículo del *Daily Transcript* que he leído esta mañana y la imagen que lo acompañaba. Un artículo sobre Chandler y su prometida, Ellery Sinclair, mientras él aceptaba el premio al arquitecto del año.

Y ese recordatorio ha sido como un jarro de agua fría a pesar del calor que se extendía entre nosotros.

Capítulo 18

Ford

Doce años antes

Sé que está ahí de pie. Aunque no hubiera escuchado el sonido de la puerta principal ni su respiración, sabría que estaba ahí. Sin duda, la presencia de mi padre es tal que se adueña de cualquier habitación a la que entra.

Incluido mi apartamento.

—¿Quién te ha dejado entrar? —gimo mientras me coloco bocarriba en el sofá y me tapo los ojos con el brazo

—Soy el dueño del edificio. Lo último que necesito hacer es pedirle permiso a nadie para entrar.

Esa idea nunca me había molestado hasta ahora. Hasta este momento, cuando simplemente quiero hundirme en la miseria y beber hasta el olvido sin él aquí, siendo *él*.

—Invadir mi privacidad no forma parte de los deberes del propietario.

—Entonces contesta el teléfono, y no tendré que aparecer aquí.

Escucho cómo se abren las persianas eléctricas y ya lo odio por hacerlo. Además de la resaca continua que he estado sufriendo, creo que no he visto la luz del sol desde hace días.

—Puedes ahorrarte la charla. Ya sé lo que vas a decir. —«Levántate. No permitas que una mujer te robe tus méritos. Que le den si no aprecia lo que vales».

Bla.

Bla.

Bla.

—No estoy aquí para darte una charla, hijo.

—Ja. Qué gracioso. ¿No es «charla» tu segundo nombre?

—Eso no es precisamente justo. —Lo escucho moverse por la habitación. Siento cómo el cojín del sofá se hunde bajo su peso—. Me gusta pensar que es algo más que eso.

Eh. Su voz tiene un matiz diferente. ¿Acabo de insultar al gran Maxton Sharpe y le ha afectado?

Su suspiro flota en el aire estancado de mi casa.

—Es inevitable, ya sabes.

—¿El qué?

—El desamor.

—Gracias por la brillante observación. ¿Podemos pasar a la parte buena en la que te vas?

—No seas irrespetuoso.

—No entres en el apartamento de un hombre sin previo aviso.

—Ford. —Extiende la mano hasta mi espinilla y la aprieta—. Siento lo de Jennifer.

—Sí, bueno, acabas de decir que el desamor es inevitable, así que…

—Hijo. —Se detiene por un instante—. Tienes la increíble habilidad de mostrarte tal y como eres. De ser tú sin reprimirte y sin importarte lo que piensen los demás. Eso es admirable.

¿Qué tiene eso que ver con que me rompan el corazón? ¿Estamos de nuevo en una situación en la que solo quiere oírse a sí mismo?

—No creo que sea nada admirable —digo, y me cubro la cabeza con la almohada.

Eso es lo último que siento. El dolor es lo primero y lo más importante. Luego está la incredulidad, seguida de la ira, antes de volver al dolor.

Él permanece en silencio, pero no deja de apretarme la pierna con la mano.

—Me ha engañado. Engañado. Después de dos años juntos... —Las imágenes arden en mi cerebro. Abrir la puerta principal y escuchar el sonido inequívoco de los gemidos. Seguir dichos sonidos para encontrar a Jennifer a horcajadas sobre uno de mis compañeros de clase del máster. Joder.

—Eso me han dicho tus hermanos.

—Con un compañero de clase nada menos.

—¿Y cómo te sientes? —Levanto una ceja. «¿Cómo cree que me siento?» Creo que nunca he escuchado esas palabras salir de su boca. ¿Desde cuándo es terapeuta?—. Te he hecho una pregunta, Ford, y espero una respuesta.

—Molesto. Enfadado. Con ganas de tirarme a alguien para vengarme de ella.

Pero de ninguna manera haría eso. Ni siquiera después de lo ocurrido. Yo no soy ese tipo de chico. Soy demasiado leal como para acostarme con alguien por venganza. Sólo tenía que romper conmigo, por el amor de Dios. ¿Tan difícil era hacer eso?

Por otro lado, es una mentirosa, por lo que probablemente sea demasiado cobarde para terminar una relación antes de empezar otra.

Frunce los labios y asiente con la cabeza.

—Sigue así, pero eso no te va a hacer sentir mejor.

—Entonces, ¿qué lo hará? Porque han pasado días y me duele igual que cuando lo vi con mis propios ojos.

—Ella no te merece.

—¿Se supone que eso ayuda?

—No. Pero es un hecho.

—Más sabias palabras por parte del todopoderoso. —Gimo mientras me siento y la cabeza me da punzadas. Entrecierro los ojos—. Dime algo, sabelotodo. ¿Cómo te has enterado exactamente?

—En primer lugar, esta será la única que vez que me hables con esa falta de respeto. Estás herido y con el corazón roto, pero no me importa. Te he educado mejor, así que ojo con hasta dónde llegas, Fordham.

«Entonces déjame en paz, cojones». Cierro las manos en puños y reprimo la necesidad de ser más capullo y descargar mi frustración con él.

—En segundo lugar, ella no era la indicada. Te lo podría haber dicho desde el primer momento.

Resoplo.

—Papá, cuéntame. ¿Cómo lo supiste exactamente?

—Porque era una interesada. Te miraba como un vale de comida y tú a ella como alguien que encajaba en el papel.

—Eso es una tontería —pronuncio las palabras con más convicción de la que siento.

—¿Ah, sí? Porque nunca la vi como la persona por la que atravesarías el fuego solo por verla un minuto.

Estoy a punto de echarme a reír, pero cuando lo miro, esos ojos ambarinos como los míos me devuelven la mirada con una intensidad inigualable.

—¿Echas de menos a mamá? —le pregunto, de repente, y me siento como un idiota por no haberlo visto antes.

Una suave sonrisa se dibuja en sus labios.

—Siempre extrañaré a tu madre. Eso es un hecho. Pero no, no se trata de mamá. Se trata de ti.

—¿Habrías atravesado el fuego por ella? —pregunto con la voz en un susurro.

—Sí. —Se le quiebra la voz en esa única sílaba.

Cada día que pasa, cada año, su recuerdo se debilita más, a pesar de lo mucho que trato de aferrarme a él. El sonido de su voz. El aroma de su perfume. La forma en la que nos abrazaba, como si su vida dependiera de eso. El amor que ofrecía. Dios, sabía cómo hacerte sentir querido.

—Sí, lo habría hecho. —Me pregunto si el amor que compartían y que al parecer todavía siente fue solo una anomalía—. Lo habría hecho entonces y lo haría ahora. Haría un viaje de ida y vuelta al infierno por ella. Algunos días siento que lo he hecho, después de vivir todo este tiempo sin ella. Veros crecer, disfrutar cada minuto de ello y saber que ella se ha perdido todo eso.

—Siento lo que has perdido tú —murmuro.

—No lo hagas. Al menos tuve la oportunidad de tener ese tipo de amor. —Se aclara la garganta para dejar claro que la sesión de cumbayá ha terminado—. Y eso es lo que quiero para ti. Para tus hermanos.

—¿De verdad crees que Callahan sentará la cabeza? —resoplo.

—Encontrará a alguien que apacigüe su fuego, mientras que tú necesitas a alguien que avive el tuyo.

—¿Qué se supone que significa eso?

Su media sonrisa no me dice mucho.

—Cuando la encuentres, lo sabrás.

—¿Sabré el qué? —Ahora solo se está inventando cosas para parecer paternal cuando eso es demasiado para él—. Si conoces la respuesta, por favor, despliega tu sabiduría.

—Hijo, cuando el temperamento de una mujer te haga amarla más, cuando su desafío te provoque querer desafiarla y cuando su sonrisa te haga desear ganarte todas y cada una de las que pueda ofrecerte, entonces estarás seguro de que se merece que atravieses el fuego por ella.

Sus palabras me incomodan, porque estoy segurísimo de que no me sentía así con Jennifer.

—Entendido.

—En algún momento, la encontrarás. Y cuando lo hagas, solo espero estar cerca para verlo.

—Sí, sí. —Le hago un gesto con la mano.

¿Puede irse ya y dejar que me regodee en la miseria?

—Capto la indirecta. Me voy. —«Gracias a Dios». Pero cuando alcanza la puerta, se gira para mirarme—. Prométeme algo, Ford.

—¿Qué?

—Nunca te rebajes a ese nivel. Robarle la mujer a otro demuestra el hombre que eres en realidad… o, más bien, el que no eres. Y la mujer que esté dispuesta a engañar a su pareja no vale la pena de todos modos.

Capítulo 19

Ellery

La propiedad es un hervidero de gente.

Por todos lados hay contratistas y obreros. En los pasillos. En las habitaciones. En el exterior. Por todos los putos lados.

El aire está cargado de sonidos procedentes de la demolición de las paredes interiores de las futuras *suites,* de las alarmas de la marcha atrás de los camiones que sacan el escombro y de los martillos neumáticos que pican el hormigón de lo que será la cafetería.

Es un caos total y absoluto, pero agradezco cada segundo de ello.

Sobre todo, porque nos mantiene ocupados a Ford y a mí, en diferentes partes de la propiedad, en casi todo momento.

Cada vez que entro en una habitación, él sale de ella.

Y eso es probablemente lo mejor, ya que siempre que lo veo, se me viene a la cabeza lo que ocurrió hace unas cuantas noches. El recuerdo de su desnudez, la arrogancia de su sonrisa y la provocación en su mirada.

«Los socios están vetados».

¿No es ese el lema que acuñé anoche mientras estaba acostada en la cama, fantaseando con mi socio absurdamente atractivo?

Entonces, ¿por qué deseo mandar el lema a tomar por culo con tantas ganas?

Pero ahora que necesito hablar con él, no está por ningún lado. Camino por los pasillos con el suelo revestido y paso junto a los trabajadores que se llevan los muebles para revenderlos.

—¿Sabes dónde está Ford? —pregunto a varias personas con las que me cruzo y solo obtengo como respuesta gestos que señalan hacia lo que será el bar de la azotea—. Ahí estás —digo cuando lo veo. Tiene polvo de yeso en el cabello, la camiseta manchada de sudor alrededor del cuello y los vaqueros rajados por la rodilla.

Y mis ovarios estaban listos para explotar.

Ford está guapísimo vestido con camisa y corbata.

Con una sudadera de Wharton sobre la piel sudorosa, es tentador.

Y, sí, Ford desnudo está más que delicioso.

Pero Ford el contratista, vestido como un chico normal, alcanza un nivel de delicia totalmente diferente.

«Los socios están vetados».

—Te he estado buscando por todas partes. —Sostengo el portapapeles con la lista cada vez más larga—. Tengo que preguntarte unas cuantas…

—No, no tienes que hacerlo. —Me ofrece una sonrisa y desvía la mirada—. Decide tú, Sinclair. Tengo plena confianza en todas y cada una de las decisiones que tomes. —Mira a su alrededor como si estuviera buscando a alguien—. Ahora, si me disculpas, me necesitan abajo.

—Espera. —Extiendo el brazo y agarro el suyo cuando comienza a alejarse de mí—. ¿Qué ocurre? Es el primer día y ya estás evitándome. Pensaba que, al menos, tendríamos una o dos buenas semanas antes de que te cansaras de mí.

No obtengo la risa que buscaba. En su lugar, encoge el brazo que sujeto mientras aprieta la mandíbula. Odio que no me mire.

—Más bien, se trata de intentar hacer las cosas bien.

—¿Qué se supone que significa eso?

Levanta la vista hacia mis ojos y, cuando lo hace, desearía poder descifrar su mirada. ¿Confusión? ¿Incomodidad? ¿Por qué sería algo de eso?

—Mira. Es un día ajetreado. Tengo muchas cosas en mente. Y de verdad que confío en ti para que tomes las decisiones necesarias.

—Entonces, ¿por qué siento que me estás evitando y rechazando?

Deja caer la cabeza y suspira antes de volver a levantar la vista hacia mis ojos.

—¿Recuerdas que tú tenías «cosas»? Bueno, yo también tengo cosas, y antes de pagar mi frustración contigo, prefiero evitarte por el momento, por tu propio bien. —La sonrisa que ofrece no le llega a los ojos—. Sí, Ford el gruñón ha vuelto.

Frunzo el ceño, con el deseo de seguir preguntando, con la necesidad de entender, pero me obligo a morderme la lengua. En mis treinta años, puedo contar con los dedos de una mano las veces que un hombre me ha expresado verbalmente que necesita espacio. La norma ha sido arremeter y comportarse de forma irracional para alejarme.

Así que, por mucho que me mate, por mucho que me pregunte si soy la culpable de lo que lo haya irritado, simplemente asiento con la cabeza y le concedo lo que ha pedido.

—Vale.

Lo observo alejarse, todavía con curiosidad, y mi sentido común me dice que soy muy arrogante al asumir que su problema es conmigo en vez de con otra cosa.

Así que trabajamos en equipo pero por separado, cada uno abordando diferentes facetas del día uno. Ford trabaja con coordinación y fluidez, mientras que yo hago lo que mejor se me da: lidiar con comercios individuales, de uno en uno.

Pero hasta con el cronograma acelerado y la ampliación acordada de las horas de trabajo, en algún momento, el ruido empieza a disminuir. Las cuadrillas comienzan a apilar su equipo en las esquinas para dejarlo ahí durante la noche. Se oye el rugido de los motores en el aparcamiento cuando arrancan los coches y se dirigen a casa.

Y nosotros nos quedamos con un hotel destruido en completo silencio.

Avanzo por la primera planta y el salón, donde Ford y yo nos conocimos dos meses atrás. Es el único lugar que todavía no se ha tocado con un mazo o una sierra. Las sillas de color burdeos están apiladas en un rincón, a la espera de que la tienda de segunda mano las recoja mañana, y la barra permanece parcialmente llena de botellas medio vacías, colocadas en los estantes de madera oscura.

Tiene la misma apariencia que la noche de la tormenta.

Exhausta pero todavía emocionada por el ajetreo del día, abro la puerta que da al paseo marítimo, saco una de las sillas y me la llevo con torpeza a lo que queda del antiguo patio. La noche ha caído y la luz de la luna ilumina la arena blanca y brilla en el agua del horizonte.

Cuando me hundo en la silla, me pregunto si alguna vez me levantaré. Estoy muy cansada. El silbido y el choque de las olas contra la orilla son como una canción de cuna.

—Toma.

Doy un respingo ante el sonido de la voz de Ford. Debo de haber estado tan perdida en mis pensamientos y el cansancio que no he oído sus pasos detrás de mí.

Cuando me doy la vuelta, veo que me ofrece una copa de vino tinto mientras lleva otra copa con algo distinto en la mano contraria.

—Gracias —murmuro mientras la acepto, sin saber muy bien dónde estamos a estas alturas de la noche.

Desaparece por un momento y regresa para colocar una silla junto a la mía. Su gemido suena exactamente igual a lo que he sentido cuando me he sentado hace unos minutos.

Espero a que entable conversación, pero cuanto más tarda, más me pregunto si simplemente vamos a quedarnos sentados en silencio bajo un dosel de estrellas. También estoy de acuerdo con eso.

Levanta su bebida y la gira en el vaso antes de dar un sorbo.

—La sensación es increíble, ¿verdad?

Ni siquiera tengo que preguntar a qué se refiere porque he estado disfrutando de ella todo el día.

Propiedad. Tener algo que es mío. Hacer y deshacer como yo considere necesario.

—Así es. Nunca he tenido algo propio a lo que pudiera meterle mano de principio a fin.

Extiende el brazo y choca la copa contra la mía.

—Por los nuevos comienzos —dice.

—Por los nuevos comienzos. —Me río entre dientes sin dejar de darle vueltas a lo mucho que mi vida ha cambiado en los últimos dos meses.

He comprado una propiedad, me he tomado un descanso del trabajo, he roto un compromiso, he ganado un socio, me he asegurado mi sitio en Haywood y he pasado interminables horas planificando la transformación del edificio que tenemos detrás.

Cuanto menos, ha sido un torbellino.

Y todavía queda mucho por hacer.

—¿Qué significa eso? —pregunta.

—¿Qué significa el qué? ¿La risa? —Capto cómo asiente en mi visión periférica y pienso en dónde tendría que haber estado hoy en lugar de aquí, sentada junto a él—. Se suponía que hoy era la prueba final del vestido de novia.

Se aclara la garganta.

—No estoy seguro de qué debería responder a eso.

—No es necesario que digas nada.

—Entonces, ¿has reprogramado la cita para poder estar aquí el día de la demolición? Eso es tremendamente generoso por tu parte.

—No. No la he reprogramado.

—¿No?

—Eh, esto… —¿Cómo le explico que iba a casarme por casarme? Eso no me deja exactamente en buen lugar.

—Puedo preguntar si quieres hablar de ello, si esa es la «cosa» con la que estabas lidiando aquella noche, pero no soy quién, así que voy a sentarme aquí, a disfrutar de una copa contigo y a relajarme.

—Gracias. —Me reclino y apoyo la cabeza en la silla mientras centro la mirada en las estrellas que hay en el cielo.

La necesidad de hablar está ahí, de explicarle para que lo entienda, pero ni siquiera estoy segura de comprender la razón que hay detrás de lo que hice con Chandler.

—Te oigo pensar, Elle.

Sonrío.

—Trataré de pensar más bajo.

—Para que conste, no me debes ninguna explicación.

—Lo sé.

Al igual que él tampoco me ha dado ninguna hoy.

—¿Crees que quedará algo de Chex Mix tras el mostrador? —Me río. No sé por qué el comentario me hace tanta gracia, pero así es—. Probablemente esté rancio.

—Y lleno de *pretzels.*

—Qué horror. —Simulo un escalofrío.

—Ahí está esa sonrisa tuya —dice, lo que me incita a mirarlo directamente por primera vez desde que se ha sentado—. Ya era hora de que apareciera.

Nos sostenemos la mirada mientras se me acelera el corazón. Doy gracias por tener la copa de vino para poder hacer algo con las manos además de moverlas inquietas, porque esa confesión me afecta de una forma que ni siquiera estoy segura de entender todavía.

—Solo estoy cansada, eso es todo.

—Exhausta. —Gime y se pasa una mano por el pelo—. Y comenzarán bien temprano, a las siete de la mañana.

—Dentro de diez horas. —Hundo los hombros.

—Tú eres quien quiso un cronograma acelerado.

—Los dos. Los dos lo quisimos —le corrijo.

—Creo que no entendimos lo agotador que sería. —El gemido se convierte en una risa.

—No hay descanso para los cansados, Sharpe. Aunque los cansados seamos nosotros.

Capítulo 20

Ford

—¿Y va todo bien con Snaggletooth? —pregunta Ledger.

—Sí. Bien. Avanzamos poco a poco.

—¿Eso significa que hay problemas en el paraíso?

—No. En absoluto.

—Eso no suena muy convincente.

—No necesito convencer a nadie de nada.

—Vaya.

—¿Qué demonios quieres decir con eso, Ledge? Estoy cansado y no estoy de humor para tonterías.

Su risa resuena a través del teléfono.

—Ha pasado mucho tiempo desde que estuviste en el nivel cero. Es mucho trabajo.

—Así es. ¿Para eso me llamas? ¿Para burlarte de mí? ¿O hay algo más?

—Todavía no has confirmado asistencia.

—¿Y cómo sabes eso?

—El editor ha llamado. Han pedido que estemos todos allí.

—Puede que esté ocupado aquí. No estoy seguro todavía, ya que acabamos de empezar.

Me imagino la cara que está poniendo ahora y la forma en la que se está mordiendo el interior de la mejilla mientras piensa en cómo dominar una situación de la que no tiene el control. Eso debe de estar matándolo.

—¿De verdad te lo vas a perder?

Me encojo de hombros, aunque él no me vea. Lo último que quiero es ir a la fiesta del lanzamiento de la biografía de papá. Tal como están las cosas, no puedo escapar del revuelo que se ha formado. Está por todas partes. Preguntas para entrevistas o peticiones, comentarios para usarlos como introducciones de artículos…

¿Por qué nos necesitan para promocionarlo? ¿No es suficiente con la historia de mi padre y su éxito para causar intriga? Claro que todo el asunto de los trillizos increíblemente guapos y exitosos juega a nuestro favor.

Pero no.

Es porque la gente está obsesionada con el dinero. No hay nada que capte más a la audiencia que una dinastía familiar y el drama que ello conlleva.

Y me niego a contribuir con la imagen familiar que temo que quieren pintar.

—Ya dije que no lo sé. Si eso no te basta, no sé qué más puedo hacer.

—No seas capullo.

—Mira quién habla. —Me río entre dientes.

—Mira, sé que todavía estás molesto por lo de «solo Ford». No puedo cambiar eso. No iba a decírtelo hasta que fuera seguro, pero hablé con el biógrafo y le pregunté si podíamos tener copias de todas las entrevistas grabadas de papá.

—¿Para qué?

—Tiene más de cincuenta horas de cintas. Pensé que estaría bien escuchar nuevas cosas sobre papá en su propia voz. Cosas que quizá no sabíamos. Tener algo que nos ayude a mantenerlo vivo para nuestros hijos algún día. —Cuando no digo nada, continúa—. No tenemos mucho de mamá, así que no creí que estuviera de más preguntar.

—Estupendo. —Siento que se me cierra la garganta. ¿Las cintas probarán que, a ojos de mi padre, solo era un mero espectador en esta familia?—. Oye. Tengo que irme.

—¿Y la fiesta de lanzamiento?

—Pregúntame la semana que viene.

Cuando corto la llamada, la ansiedad me consume. Estoy inquieto. No me acostumbro a estar encerrado en esta pequeña habitación de hotel y necesito algo de aire fresco.

¿Pero no me he sentido así durante todo el día, hasta cuando he estado al aire libre?

Ellery.

¿No es eso lo que me ha provocado esta inquietud? ¿Esta… irritación?

Debe de haber una respuesta simple a por qué canceló la prueba del vestido. La falta de explicación por su parte solo ha servido para enturbiar más las aguas.

El deseo es muy hijo de puta cuando no puedes darle rienda suelta.

Una carrera. Algo de ejercicio.

Eso es lo que necesito para aclarar la mente. El mar. La luz de la luna. Algo de esfuerzo. Alejarme de ella y de ese olor suyo, que me llega de vez en cuando.

Llevo aquí menos de una semana y ya siento que voy a volverme loco. Sabía que la deseaba. Sabía que sería tentador tenerla tan cerca. Lo que no sabía era que cada vez que se me acercara, iba a provocar un terremoto en todo mi sistema.

Hablando de tortura.

Abro la puerta de la habitación y me dirijo hacia el pasillo. Llego a la esquina y me detengo cuando me encuentro cara a cara con Ellery.

Está allí de pie, con la cara recién lavada, sin maquillaje y el pelo recogido en lo alto de la cabeza. Lleva una sudadera ancha y torcida, de forma que enseña un hombro, y un par pantalones muy muy cortos que muestra sus piernas matadoras.

Sí, definitivamente el deseo es un hijo de puta.

—Hola —me saluda con una sonrisa tímida mientras le da un mordisco a una barrita de helado.

—Hola.

¿Quién diría que un simple hombro podría ser tan *sexy?*

—Estoy tomándome una barrita de helado a hurtadillas. Me has pillado.

—¿Por qué tienes que hacerlo a hurtadillas?

—Porque eso es lo que hacemos las mujeres. Si nos la comemos y nadie nos ve, entonces las calorías no cuentan.

—¿Así que solo cuentan si alguien os ve?

Al asentir con la cabeza, se le mueve el moño.

—Y ahora me has ahorrado la molestia de tener que esconder el envoltorio en la basura.

—Es toda una rutina, ¿eh?

El moño vuelve a moverse mientras ella me mira de arriba abajo.

—¿A dónde vas?

—A correr.

—Como si eso me hiciera sentir mejor. —Resopla—. Esa es la razón por la que tienes músculos definidos y yo tengo curvas blandas.

—No hay nada blando en tus curvas, Ellery. —El comentario sale sin pensar. Se le encienden las mejillas, pero no aparta la mirada.

Asiente con la cabeza.

—Entonces, tal vez debería comerme otra barrita de helado mientras tú corres. Ya que estas calorías cuentan, pero las otras no lo harán porque no las verás. Y consumir unos cuantos miligramos más de calcio nunca está de más.

—Creo que deberías.

—Nunca animes abiertamente a una mujer a comer más helado. Puede provocar un vínculo irracional y obsesivo con la persona que la alienta. —Muestra una sonrisa que me recuerda a la primera noche, cuando pensé que era adorable antes de verla *sexy*.

Ahora trato de aferrarme a esa imagen de adorable, porque esta mujer me provoca cosas que no deberían ser legales.

—Trataré de recordarlo.

—Deberías. Te salvará algún día.

—Estoy eternamente agradecido. —Me llevo una mano al pecho y simulo una reverencia.

—Ve. Corre. Antes de que mi irracionalidad tome las riendas —dice mientras yo me limito a mirarla y niego con la cabeza—. ¿Qué? ¿Por qué me miras así?

«Porque mientras más te conozco, más me sorprendes, y eso no es nada malo».

—Por nada. —Echo a correr a su lado al mismo tiempo que se mueve hacia la derecha para permitírmelo. Qué mal que yo también me he desviado a su derecha.

Chocamos el uno contra el otro y la barrita de helado queda entre los dos. El frío me golpea la piel y, al mismo tiempo, ella grita y retrocede con un salto.

Ambos miramos hacia abajo, a la mancha de helado de vainilla justo en el centro de mi pecho desnudo.

—Dios. Lo siento mucho. Deja que… —Extiende la mano desnuda para limpiar el helado, pero cuando me toca, se da cuenta de que no va a servir de nada.

Me invaden la mente unas imágenes de su lengua sobre mi piel mientras lame el helado, y se apoderan de mis pensamientos. El calor de su lengua, la sensación. Dios.

Me obligo a tragar saliva mientras su mano sigue inmóvil y levanta esos ojos azules para encontrarse con los míos.

El tiempo se detiene por un breve instante mientras noto que tengo la mano sobre su muñeca y su rostro a escasos centímetros del mío.

«Está vetada, Ford».

«Puto veto».

Respiro de forma entrecortada. Abro la boca, pero las palabras no salen mientras la tensión casi se puede cortar entre nosotros.

¿Tiene idea de lo mucho que la deseo? Desde esa primera noche que nos quedamos atrapados aquí. Desde que la vi de nuevo en la subasta. Cada minuto de cada maldito día pienso en ella de alguna manera, forma o modo, y la idea de su lengua en mi pecho no ayuda en nada.

—Ups —dice al fin con una amplia sonrisa, pero sus ojos están puestos en los míos.

—No te preocupes —murmuro mientras trato de retirar los dedos de su muñeca y doy un paso atrás—. La próxima vez, ya sé que tengo que ir hacia tu izquierda. —Asiente con la vista en mi pecho y luego me mira a los ojos—. Y ahora sí que necesitas otro, ya que acabo de destrozar este.

—Sí, claro. Vale. —Le salen las palabras forzadas y entrecortadas.

Necesito salir de aquí antes de hacer algo de lo que me arrepienta. Como sujetarla contra la pared y besarla hasta que la barrita de helado sea un charco derretido en el suelo.

Doy otro paso atrás con una sonrisa tensa en los labios.

—Me voy. A correr.

Asiente y se pasa la lengua por el pulgar, donde el helado ha goteado. Aprieto los dientes.

—Yo me voy a por otro helado.

—Guárdame uno, ¿vale?

Le da un mordisco a lo que queda de la barrita. Cierra los labios alrededor del chocolate de forma inocente mientras yo me limpio el helado de la mano con la camiseta, pero ya se me ha disparado la imaginación.

—Entonces eres uno de esos.

—Eso no suena exactamente como algo positivo.

—La mayoría de la gente no sale a correr y luego come helado. —Me clava la mirada en el torso—. ¿Los abdominales también aparecen de la nada mientras duermes? Ahí hay un abdominal. Ups, y otro. Es decir, ¿cómo puedes dormir con todos esos abdominales a la derecha y a la izquierda?

Echo la cabeza hacia atrás y me río, agradecido porque el comentario trivial interrumpa mis pensamientos.

—Es un trabajo duro…

—Pero alguien tiene que hacerlo —murmura.

Le lanzo una última mirada antes de girarme y abrir la puerta.

Correr.

Distancia.

Necesito mantener las distancias con ella para no arruinar las cosas. Si salgo a correr cada minuto de cada maldita noche mientras esté aquí, lo lograré, y entonces supongo que seré el maldito chico más en forma del planeta. Con unos abdominales que al parecer aparecen solos. No es que me importe que se haya dado cuenta de ellos.

Parece justo, dado que también observo su cuerpo pecaminoso cada vez que puedo. Curvas blandas, y una mierda.

Capítulo 21

Ellery

—Estás de broma, ¿no?

—Ojalá lo estuviera, señora Sinclair…

—Ellery —corrijo al capataz del equipo de demolición por enésima vez. Si algo sé sobre ser mujer en el mundo de la construcción, es que no hay que dejar que nadie te llame señorita ni señora. Y, por supuesto, nada de cariño ni cielo. Cualquier ocasión que le des a un hombre de reafirmar que eres una mujer es una oportunidad para que te traten con guantes de seda cuando lo que quieres es que lo hagan como a uno más de los chicos.

—Ellery —dice mientras asiento con la cabeza—. Ojalá fuera así.

Giro los hombros y lo miro a la vez que siento que la cabeza me va a explotar.

—Vamos a ver si lo entiendo. ¿Toda la cuadrilla ha contraído la gripe estomacal al mismo tiempo?

Él asiente, pero no me mira. La pregunta es: ¿por qué?

—Sí, señora.

—¿Y no tienes otra cuadrilla para reemplazarlos?

Suspira con pesadez.

—Pues no. No. Ya sabía que le estábamos haciendo un favor y que salíamos de nuestra zona habitual. Todos se alojan en el hotel de la ciudad. El bicho pasó de uno a otro.

—Bueno, joder.

—Sé que eso la pone en una situación difícil. Puedo hacer algunas llamadas a empresas que conozco por aquí, pero con el sindicato de la zona en huelga, no sé si seré de mucha ayuda.

Frunzo los labios y pongo los brazos en jarras mientras me giro y contemplo el caos que me rodea: un ambiente cargado del polvo de los escombros procedentes de los paneles de yeso.

—Mañana vendrán los fontaneros y encofradores para trabajar en esa ala, y no tienen margen de maniobra con nuestros plazos —respondo más para mí misma que para James. Este es el problema con una obra urgente. Las empresas no llegan, terminan el trabajo y se van una vez que todo está completado. Tienen que ir y venir en todo momento para cada una de las distintas reformas en diversas ubicaciones. Eso nos permite que una tarea se termine en su totalidad mientras que las demás habitaciones están en fase parcial.

En teoría, es perfecto.

Hasta que no lo es.

Y ahora… no lo es.

—Ya lo sé. Créame, lo sé. —Su suspiro refleja el mismo estrés que se me acaba de acumular en los hombros—. Pero estoy aquí. He encontrado a dos jornaleros que pueden ayudar con algunas tareas menos técnicas. Entre ellos y yo… y tal vez alguien más que pueda encontrar, trataremos de hacer todo lo que sea posible.

—Gracias. Déjame ver qué puedo hacer. —Me alejo unos pasos, ya agotada, cuando solo son las siete de la mañana.

Apoyo la espalda contra un marco tosco y suspiro mientras escribo un mensaje rápido.

Yo: ¿Mi cuadrilla de demolición?

Joshua: ¿Qué pasa con ellos?

Yo: Todos han enfermado. Es la cuadrilla que utilizas a menudo.

Joshua: Tal vez no les gusta trabajar contigo.

Yo: No me fastidies, idiota.

Joshua: No es necesario. Ya lo fastidiarás todo tú solita.

Yo: Capullo.

Joshua: Cierto, pero yo no he tenido nada que ver.

Miro la pantalla con los labios fruncidos y me debato entre si creerlo o no. ¿Es tan estúpido como para intentar fastidiarme cuando piensa que mi éxito lo beneficiará en última instancia?

No. Puede que no sea su mayor admiradora, pero es demasiado egoísta para hacer cualquier cosa que ponga en peligro sus beneficios.

Y ahora me quedo con una cuadrilla al mínimo, un cronograma que no puedo modificar mucho y solo unas horas para descubrir cómo solucionar el problema.

¿Cuál es la peor parte?

Que tengo que buscar a Ford para abrumarle con la noticia que se ha publicado esta mañana de que se aproxima una tormenta de verano que nos azotará en los próximos días. Eso no será exactamente un obstáculo para los trabajos en el interior del hotel, pero ralentizará las cosas en la cafetería, la cocina y el bar de la azotea.

Claro, la primera semana empezó fuerte. Fue productiva. Además, nos las ingeniamos con el calendario de trabajo y acordamos las decisiones sobre interior, para que el diseñador pudiera encargarlo todo. Mobiliario, apliques de luz y demás. Tenemos poco margen para el error y los desacuerdos si queremos dar un giro radical y poner en funcionamiento este lugar tan rápido.

Y, sí, Ford y yo nos sentamos uno al lado del otro o frente a frente en la mesa mientras tomábamos estas decisiones, pero el resto del tiempo hemos guardado una distancia saludable. No más choques en el pasillo mientras él va a correr y yo me como mi helado. No más bebidas en el paseo marítimo. Solo gruñidos como respuesta y él siempre ocupado con alguna llamada cuando necesito hablar con él.

Ford el gruñón ha regresado con ansias de venganza.

Lo único que puedo señalar como causa externa de su irritación es la biografía de su padre. Las pocas veces que se ha mencionado el libro y su inminente lanzamiento en el televisor del viejo bar, conservado para entretenernos, su reacción ha sido apagarlo al momento. Hasta las llamadas a sus hermanos, o al menos las que he podido escuchar, parecen breves.

O eso o la fase de luna de miel ha terminado, la novedad ha desaparecido y se está dando cuenta de que simplemente no le gusto.

Suele pasar.

Pero es preocupante cuando tenemos tanto camino por recorrer, un contrato y esta propiedad que nos une.

—Ford —digo mientras pasa con la cabeza gacha, respondiendo un mensaje.

Se detiene y levanta la vista.

—¿Sí?

—Malas noticias —anuncio, y le explico la situación con la ayuda de James.

—Puedo echar una mano. Ponme a trabajar —afirma Ford cuando hemos acabado—. No te ofendas, James, pero no creo que atravesar un panel de yeso con un mazo sea ciencia espacial.

—No me ofendo, pero, ¿de verdad quiere hacerlo? —pregunta James, claramente sorprendido de que un Sharpe esté dispuesto a ensuciarse las manos.

—Sí. —Ford muestra una sonrisa—. Me vendría bien algo que destrozar para descargar mi frustración.

—Entonces, sígame —dice James.

El trabajo puede parecer fácil, pero resulta agotador. No es solo el peso del mazo lo que cansa los músculos, sino sacar la herramienta una vez que está clavada en la pared de yeso. Es la vibración de la sierra de sable mientras cortas las paredes que no son de carga y los martillazos a los muros para sacarlos de su lugar.

Y, por supuesto, como todo el mundo está manos a la obra, también decido ayudar. Ford no debería ser el único que tenga que cambiar de registro.

—Por enésima vez, Ellery, puedo hacer esto solo. —Ford gime cuando gruño mientras trato de liberar un corte de dos por cuatro de una patada.

Me duelen los brazos y me arden los ojos a pesar de las gafas de seguridad, pero me niego a mostrarlo.

—Sé que puedes, pero ¿por qué deberías divertirte tú solo?

—¿Divertirme? —resopla.

Esto es de todo menos divertido. Sin embargo, siento la necesidad de demostrar que me estoy esforzando al máximo, en especial ahora, con el ambiente tan raro que hay entre los dos. Y si esto sirve para dejarlo claro, entonces aquí estoy.

—Sinclair.

Me aparto el polvo que flota en el aire de la cara con una mano y miro hacia uno de los fontaneros que está trabajando en la planta superior.

—¿Sí?

—Acabo de pasar por el vestíbulo. Alguien te busca.

—¿A mí?

—Un tipo con traje. No le entusiasma demasiado el polvo. —Se ríe.

—Gracias. —Dejo el mazo contra la pared y me limpio el polvo en la parte delantera de los vaqueros por costumbre, a pesar de lo inútil que es. Cuando levanto la vista, Ford está de pie al otro lado de la habitación, mirándome, y simplemente me encojo de hombros mientras salgo de la futura *suite* de lujo.

Al doblar la esquina, me detengo cuando veo a Chandler, rígido y definitivamente fuera de lugar, en la entrada del hotel.

Se está limpiando algo del hombro de su traje perfectamente confeccionado y no hay dudas de que sus zapatos Bruno Magli se están ensuciando con el yeso solo con estar ahí de pie.

Un pez fuera del agua.

—¿Chandler? ¿Qué haces aquí? —pregunto mientras me dirijo hacia él a buen ritmo. Casi como si necesitara llegar a él antes que nadie porque no pertenece a este lugar.

Una idea totalmente irracional, pero es lo que siento.

Es el último sitio en el que quiero que mi pasado se mezcle con mi futuro.

—Sorpresa. —Extiende las manos a los lados—. Quería venir a ver cómo iba todo.

—¿Por qué? La última vez que hablamos, me dijiste que esperabas que me engañaran para que volviera corriendo a ti con el rabo entre las piernas.

—Vamos —dice cuando me detengo ante él—. No exageres. —Su expresión se vuelve amarga mientras me mira con detenimiento de la cabeza a los pies—. Perdóname por no darte un abrazo, pero estás sucia.

¿Cuándo se ha convertido en una prima donna?

Sonrío a modo de respuesta.

—Lo sé.

Me estudia con una intensidad e incredulidad que son casi cómicas.

—¿La farsa ha terminado? Me refiero a que —me señala— esta no eres tú en realidad.

«Pero sí soy yo». Y es culpa mía, porque estaba dispuesta a casarme con un hombre que nunca se tomó la molestia de verlo.

Muestro una sonrisa apaciguadora. Condescendiente.

—Estamos tremendamente ocupados hoy.

—Puedes sacar tiempo para mí.

Se me congela la sonrisa cuando el capataz, Roddy, pasa y nos observa allí de pie. Ya siento cómo nos juzga sin que pronuncie una palabra. Hace tres meses, no me habría pensado dos veces estar de pie junto a Chandler, pero ahora siento que es una persona distinta a la que acepté como futuro marido.

Es una locura cómo la perspectiva puede hacerte eso.

—Está claro que estáis progresando —comenta Chandler para llenar el silencio incómodo.

—Umm.

—Sharpe ha tomado una buena decisión al cambiar la elevación frontal del edificio. Tendrá líneas más limpias y una estética más atemporal. De verdad sabe lo que…

—Eso lo decidí yo.

Chandler me mira a los ojos y su risa condescendiente me dice que no me cree. No piensa que sea capaz de tomar decisiones instruidas como esa, ni que Fordham Sharpe permitiría que una mujer tomara decisiones por él.

Nada se aleja más de la verdad.

Y eso me cabrea.

—Como ya he dicho, hoy estamos hasta arriba. Toda la cuadrilla ha enfermado y tenemos un plazo importante que cumplir. Gracias por pasarte, pero…

—Vamos, Ellery. —Extiende el brazo y trata de entrelazar los dedos con los míos. Me pongo rígida en respuesta. Lo único que siento es repulsión—. He hecho el esfuerzo de venir hasta aquí, lo mínimo que puedes hacer es enseñarme el lugar.

Capítulo 22

Ford

Maldito idiota.

Golpeo el mazo contra el panel de yeso.

«Prometida y un cuerno».

El ruido sordo del golpe contra el yeso no hace nada para calmar los celos que me han atravesado cuando él le ha colocado una mano en la espalda.

Chandler, con esa sonrisa pretenciosa y ese tono condescendiente. Probablemente practica esa sonrisa engreída ante el espejo todas las mañanas.

Lo que no sabe es que le hace parecer un imbécil.

¿Cómo le puede gustar?

¿Cómo puede querer a un hombre que la mira como si fuera inferior a él en vez de como a una igual?

Porque está claro que es así. Lo ha demostrado en las estúpidas preguntas que le ha hecho. En los comentarios condescendientes que le ha ofrecido, con los que claramente ha cuestionado sus habilidades. En la forma en la que ha dado a conocer que era suya a cada persona con la que ha hablado.

Ha conseguido que me hierva la sangre.

Y el hecho de que esté con él y tenga un aspecto tan miserable a su lado, me enfada más.

Se merece mucho más. Se merece… a mí.

Gruño mientras levanto el martillo de nuevo, en un intento de superar la ira que me provoca verlo por aquí. «¿Por qué lo ha invitado a venir?».

Un trueno retumba en el exterior mientras la tormenta avanza. Muy apropiado para mi estado de ánimo. Apropiado como excusa para seguir a pesar de que todos ya se han marchado.

«Levantar. Golpear. Tirar».

Creo un ritmo de destrucción. Una banda sonora que acompaña mis pensamientos desenfrenados.

El plan es hacer esto hasta que me desmaye por agotamiento. Hasta que no pueda pensar más. Hasta que ya no quiera.

Al menos, en teoría.

Siento satisfacción al realizar el trabajo que nunca esperé hacer. En derribar algo para volver a construir. En ensuciarme las manos y sudar la camiseta.

Sé el instante en el que llega.

Huelo levemente su perfume, hasta con el polvo que cubre la habitación, antes de escuchar sus pasos.

Pero no me doy la vuelta. No miro. Sigo trabajando.

«Levantar. Golpear. Tirar».

El deseo, la ira, la confusión y la necesidad. Reprimo todas esas sensaciones, y es mejor que sigan así.

—¿Estás disfrutando del espectáculo o vas a decir algo? —le gruño.

«Levantar».

—Tenemos un problema.

«Golpear».

—Por supuesto que tenemos un problema. —«Se llama Chandler».

«Tirar».

—¿Recuerdas a los obreros de hoy? ¿Los jornaleros que hemos conseguido para que nos ayudaran?

—¿Qué pasa con ellos? —Ni siquiera me detengo para mirarla.

—Han, eh... han derribado la pared de tu habitación.

—Excelente. Perfecto. Algo jodidamente normal. Puedo dormir en la playa, ya me da igual.

—Podrías hacer eso.

—Mejor que estar aquí contigo… —murmuro.

—¿Cuál es tu puto problema, Sharpe? —pregunta mientras entra en mi visión periférica.

«No mires, Ford».

—¿Mi problema? —«No. Mires»—. No tengo ningún problema.

—No me tomes por tonta.

—No sería difícil ahora, ¿verdad? —gruño mientras golpeo el último trozo grande de panel de yeso todavía intacto.

—¿Quieres parar un momento? —grita.

—Tengo que hacer esto. Tengo que cumplir con los plazos. Cumplir… —Me tira del brazo cuando lo tengo en pleno movimiento. Dejo caer el mazo con un ruido sordo y me giro hacia ella, con una bola de furia en las entrañas—. ¿Estás loca? —exclamo.

—Claro que sí, por haber accedido a desarrollar este proyecto contigo, un hijo de puta, capullo y gruñón.

—Siento que haya parecido un insulto… No era mi intención.

—No importa. —Se lleva las manos a las caderas y resopla.

—Sí, sí importa.

Da un paso hacia mí, y me clava el dedo en el pecho con cada palabra.

—No, no importa. —Resoplo y niego con la cabeza. Parece que eso basta para hacerla enfadar—. Eres la persona más testaruda y frustrante que he conocido.

—¿Yo? —Le doy una patada a un trozo de madera—. Todo tiene que hacerse a tu maldita manera. Seguir tus tiempos. Y Dios me libre de no valorar tus opiniones o aportes…

—¿Qué estás…?

—No recibo órdenes de nadie, Sinclair, y mucho menos de ti.

—Mala suerte. Estás aquí atrapado conmigo.

«Ahí yace el problema».

—¿Mala suerte? —respondo.

—Ya me has oído. Puedes coger toda la mierda de «Yo soy un Sharpe y dirijo el mundo» y metértela por donde no brilla el sol.

Echo la cabeza hacia atrás por la risa y me tiembla el cuerpo. Es como una bola de fuego en un cuerpo de duende y, Dios, cómo deseo ese cuerpo.

«¿Por qué es así conmigo y no con el capullo de su prometido?».

—Eres una verdadera joya, Elle.

Sonríe con el mismo sarcasmo que tiñe sus palabras.

—Sí. Claro. Esta joya se pondrá a trabajar con mucho gusto en vez de evitarte a toda costa como tú haces conmigo.

—Perfecto. Por favor, hazlo. Pero tienes que mover los pies para lograrlo... Corre.

—¿Perdona?

—Ya me has oído.

—¿Sabes qué? No importa. Me voy a quedar aquí solo para molestarte. Ya que no te gusto...

—¿Que no me gustas? —grito mientras me paso una mano por el pelo y doy unos pasos para alejarme de ella—. ¿Que no me gustas? Maldita sea, Ellery, lo único en lo que pienso durante todo el día, a todas horas, es en lo mucho que me gustas. —Me doy la vuelta para mirarla a los ojos—. Lo mucho que te deseo. Pero estoy tratando de respetarte. De respetar nuestra asociación. Y el hecho de que estés prometida con ese capullo pretencioso que ha estado aquí antes. Así que, perdóname por mantenerme alejado de ti, por evitarte, pero, Dios, un hombre tiene un límite.

Está frente a mí, hecha un desastre. Se le sale el pelo de la coleta, tiene polvo de yeso en las mejillas y un arañazo con sangre seca en el brazo. Lo único que hace es parpadear como si estuviera totalmente loco.

Bueno, eso es lo que parece.

—¿Qué acabas de decir? —susurra.

—Ya me has oído. —Mi voz es diez veces más alta.

—No, en realidad no.

—He llamado capullo pretencioso a tu prometido, el que ha venido a marcar su territorio para que todos lo vean, mientras camina por aquí como si fuera el dueño del lugar cuando, de hecho, lo eres tú. Y yo. Eso es lo que he dicho.

—No es mi prometido.

Me río fuerte de forma burlona.

—Sí, claro. Eso no es lo que decía el periódico en la ceremonia de entrega de premios al «capullo del arquitecto del año».

Ellery me mira con una claridad que no he visto antes.

—No es mi prometido. Fui con él para que pudiera guardar las apariencias. —¿Guardar las apariencias? «Será patético y pretencioso». Da unos pasos hacia mí—. Pero eso no es lo que he querido decir cuando te he preguntado qué has dicho. Repítelo.

—¿El qué? ¿Que es un capullo pretencioso?

—No, cabezota. La otra parte.

Está cerca. Demasiado. Extiendo el brazo para quitarle un trozo de panel de yeso del pelo mientras me devano los sesos para recordar el vómito de palabras que acabo de soltar.

Cierro los ojos con fuerza, pues soy muy consciente de lo que he dicho. Desesperado por repetirlo. Aterrorizado al mismo tiempo.

—¿Te refieres a la parte sobre lo mucho que te deseo?

Asiente y traga con fuerza mientras dirige la mirada a mis labios.

—Somos socios, Ford.

—Soy consciente.

—Sería un error… —Se le quiebra la voz y yo asiento.

—Así es, pero también sería una farsa no hacerlo.

Me recorre el pecho con una mano.

—¿Tú crees?

—Mhm —murmuro mientras extiendo el brazo y le sujeto la mejilla con la mano.

Ella se inclina y la calidez de su aliento me golpea los labios cuando susurra:

—Pero prefiero los errores a las farsas.

—Gracias a Dios por eso. —El gemido que emito mientras la arrastro contra mí se acentúa con el trueno que retumba fuera. Se me tensa el cuerpo cuando mis labios encuentran los suyos. Cuando mi boca se apodera de la suya, introduzco la lengua y lo único que siento es deseo.

Dios mío. Tenía razón.

Esta mujer. Su sabor. Son jodidamente adictivos.

Y no me basta.

El polvo de los paneles de yeso cae a nuestro alrededor cuando enredamos las manos en el aire y nos besamos una, otra y otra vez, en lo que parece ser una batalla campal en la que estamos perdidos. En la que no queremos que nos encuentren. Retrocedemos mientras nos acariciamos y nos besamos con avidez y exigencia.

Más.

Ahora.

Necesito más.

De ella.

De esto.

Del momento.

Quiero follármela.

—Ford —gime mientras le dibujo un reguero de besos con la boca abierta por la línea expuesta de su cuello—. No quiero desearte, pero estoy cansada de intentar que no sea así.

La agarro del pelo y tiro hacia atrás para mirarla a los ojos.

—Entonces deja de intentarlo.

Y, joder, sus labios me tientan. Me poseen. Me exigen que me domine todo lo que pueda mientras que, al mismo tiempo, me piden que pierda el control.

«Entonces deja de intentarlo».

Sigo mi propio consejo y ahondo con la lengua, los labios y las manos mientras me quita la camisa por la cabeza y yo busco a tientas el cierre del sujetador debajo de la suya.

Golpeamos la puerta mientras nos bajamos los pantalones y tropezamos al tratar de deshacernos de los zapatos.

Busco algún sitio donde tumbarla. Alguno que no esté cubierto de polvo o sea peligroso, porque el tiempo es esencial, y simplemente no tengo fuerza de voluntad para esperar ni un segundo más.

Tal y como están las cosas, siento que llevo esperando toda la vida.

—Aquí —murmura mientras desliza una mano por mis calzoncillos y me agarra la polla.

Emito un gemido gutural, pero no tiene nada que ver con las emociones que me abruman en este momento.

El sabor de su beso.

El olor de su piel.

La exigencia de su caricia.

El sonido de sus súplicas.

Joder, esta mujer va a volverme loco si no la penetro ahora mismo.

—Ellery —digo mientras chocamos contra la puerta que está abriendo y entramos en su habitación.

Nos quitamos los pantalones con manos torpes mientras mantenemos las bocas ocupadas con los besos que nos damos sin parar ni para tomar aire.

Una desesperación hasta ahora desconocida para mí me devora, me araña y me consume.

—Espera —murmura mientras se aleja y se dirige al baño, desde donde me ofrece una excelente vista de su trasero con el vaivén de sus caderas.

Aprovecho el momento, por breve que sea, para sacudirme el polvo de yeso del pelo lo mejor que puedo y luego me acaricio la polla mientras la espero.

Cuando regresa a la habitación, levanto la vista para encontrar a Ellen Sinclair, la señorita prevenida, con un condón entre los dedos y una sonrisa tentadora en los labios.

—¿Has traído condones? —pregunto mientras se lo quito y rasgo el envoltorio con los dientes.

—Esto era inevitable. Lo sabía. Estaba preparada. —Me rodea el miembro con la mano y lo aprieta—. Y, Dios, cómo lo deseo.

Si no estuviera ya excitado, lo estaría en un instante con ese comentario y su seguridad.

Me observa mientras me pongo el preservativo y, en cuanto termino, tengo sus manos en mi trasero y me empuja hacia la cama mientras sus labios me dicen lo que quiere.

—Quiero que me folles, Ford. Largo. Profundo. Duro —murmura contra mis labios mientras le acaricio los pechos con la palma de las manos. La sensación le entrecorta la respiración.

—Ya tendremos tiempo de preliminares en otra ocasión, pero hora mismo… Ahora mismo, solo te quiero a ti. Esto.

Desliza las manos sobre mi pene y pierdo todo el control.

—Súbete a la cama —le ordeno. Se sienta y retrocede, con las rodillas flexionadas, con lo que deja a la vista el coño.

Joder.

Ese cuerpo que vi la semana pasada, con el que soñé y fantaseé, es incluso mejor de lo que pensé cuando yace ante mí desnuda y deseosa.

Y, madre mía, cómo voy a disfrutar de cada centímetro de él. La línea de su muslo. La curva de su cadera. La curvatura de su espalda. El pezón endurecido de su pecho rosado. El sabor insaciable de su lengua.

—Eres… impresionante —susurro mientras me arrastro hasta la cama, le beso el interior de una de las rodillas y le recorro el otro con el dedo—. Hermosa. —Otro beso en la cima de su montículo. La respiro. La excitación y Ellery son una combinación adictiva—. *Sexy.* —Un beso en el vientre antes de lamerle alrededor del pezón y succionarlo. Arquea la espalda y se le escapa un suspiro de la boca realmente excitante—. Increíble —digo contra sus labios antes de deslizar la lengua entre ellos en un beso lento y lánguido, que me pone todos los nervios en alerta máxima.

Ella me araña el pecho, hace que mi polla se sacuda por la anticipación y me clava las uñas en los muslos, rogando por tenerme.

No tiene que pedirlo dos veces.

Me pongo en cuclillas y uso la mano para pasar la punta del pene de arriba abajo por su abertura. Su excitación brilla en la penumbra mientras me abro camino entre sus labios rosados. Me adentro muy despacio en ella y el único estímulo que necesito es el gemido de «qué bien» de Ellery.

Cuando ya estoy totalmente en su interior, después de que se le entrecorte la respiración y arquee el cuello, mientras se acostumbra a mí, levanta la vista y me sostiene la mirada con una expresión que me desafía a llevarla al límite.

Su calidez.

Su tensión.

Su humedad.

Joder, sí, lo haré.

Empiezo a moverme con embestidas suaves y lentas para prestarles atención a cada uno de sus nervios. Le agarro la carne de las caderas mientras dirijo la mirada al rostro teñido de placer para luego desviarla hacia donde nuestros cuerpos se unen y sentir la indescriptible excitación de verme penetrándola y saliendo de ella.

La sensación es… increíble. Me gustaría ir rápido pero trato por todos los medios de hacerlo lento para que el placer dure. Para llevarla al límite conmigo.

—Ford. Sí —susurra mientras agarra las sábanas junto a ella, lo que me impulsa a acelerar un poco el ritmo.

A llevar el pulgar a la parte superior de su raja y añadir fricción sobre el clítoris. El jadeo y la respiración entrecortada es todo lo que necesito para saber que le estoy dando lo que desea mientras tomo lo que quiero.

La follo con más ganas y me aferro con fuerza a sus caderas mientras la desesperación se apodera de mí. La habitación está cargada de los sonidos de nuestros cuerpos unidos. La hábil retirada y la siguiente penetración. Las respiraciones entrecortadas.

Una y otra vez.

Dentro y fuera.

Sí. Ahora. Más duro. Justo ahí. Dios mío.

Cierro los ojos con fuerza para contenerme, para esperar mi turno, pero es una maldita batalla brutal mientras juego con su clítoris más rápido y más duro.

Tensa las piernas y arquea la espalda segundos después de que sus gritos retumben en las paredes de la habitación.

Su vagina se contrae a mi alrededor y, madre mía, estoy perdido. Estoy absoluta y totalmente perdido.

—Elle —digo cuando, por sus ojos cerrados, la boca laxa y los pezones endurecidos, sé que no me escucha. Está inundada por su propio placer—. Elle —pronuncio la palabra mientras cada parte de mí me duele y quema de la mejor de las maneras, arde desde la parte baja del vientre hasta la polla y las pelotas.

Sacudo las caderas, la consciencia se desvanece y absorbo una oleada de dicha absoluta tras otra, que arden al rojo vivo mientras me atraviesan.

Una y otra vez.

Al igual que sus músculos palpitantes a mi alrededor.

Arrastro una mano hacia el centro de su pecho y se le pone la piel de gallina.

Dios. Qué mujer.

Sabía que sería increíble, que el sexo con ella sería increíble. Lo que no sabía era que, al momento de tenerla, iba a desearla de nuevo.

Creo que esto podría ser un problema.

Pero joder, es algo que estoy dispuesto a superar acostándome con ella una y otra vez.

Capítulo 23

Ellery

¿Qué acaba de ocurrir?

Es decir, sé lo que ha pasado, pero... Santo Dios, ¿ahora qué?

En mis labios se dibuja una lenta sonrisa mientras observo la barrita de helado que tengo en la mano, muy consciente de que la satisfacción que alguna vez encontré en ella ha sido reemplazada por un nuevo anhelo. Un nuevo deseo que quiero disfrutar en la oscuridad y guardármelo para mí.

Cierro los ojos y sonrío, deseosa de revivir cada delicioso momento que acabamos de vivir juntos. Y no me andaré con rodeos, ha sido increíble en todos los sentidos de la palabra.

Pero, ¿ahora qué?

¿Cómo seguimos adelante en calidad de socios cuando acabamos de agregar algo a la mezcla que ninguno de los dos esperaba?

Me muevo en la silla de la pequeña sala que hemos diseñado como cocina. No es nada especial: una mesa, varias sillas y una nevera, pero tiene unas vistas increíbles de la playa, incluso ahora que estoy sentada en la oscuridad.

—¿Ya te arrepientes? —El profundo sonido de su voz retumba en la sala, seguida del aroma a jabón de la ducha que acaba de darse.

No respondo. Ni siquiera estoy segura de qué decir, así que continúo mirando por la ventana frente a mí y le doy otro mordisco a la barrita de helado.

—Vale —murmura cuando el silencio se prolonga, antes de dar un paso a mi lado, girar una silla y sentarse a horcajadas—. Supongo que estaremos aquí sentados hasta que averigües qué quieres decir.

¿Por qué tiene que ser tan encantador?

Es un gran problema, lo hace irresistible.

Se supone que es mi socio de negocios. Se supone que debe ser instruido y experimentado, no increíblemente bueno en el sexo. No se supone que tiene que ser encantador, tentador y comprensivo cuando me quedo sin palabras.

Sin preguntar, agarra la barrita de helado, da un mordisco y luego me la devuelve como si nada.

Al parecer, no tiene problemas en compartir… a menos que sea con Chandler.

Chandler.

¿Es él quién empezó todo esto? ¿Es a él a quién tengo que agradecerle haber echado uno de los mejores polvos de mi vida? Me refiero a echar un polvo por primera vez con alguien que es un poco raro y no siempre agradable. Está claro que, en el sexo, las dos personas saben dónde tiene que ir cada cosa, pero el ritmo no suele ser el adecuado. La coordinación y el conocimiento de lo que necesita la otra persona no está ahí.

Dejemos que Fordham Sharpe haga añicos esa idea.

Aprieto los muslos solo de pensarlo.

—No me imagino lo que debes pensar de mí —digo finalmente.

—¿A qué te refieres?

—Me refiero a que Chandler ha venido aquí y, al minuto, estábamos… ya sabes, haciendo lo otro.

—Sexo, Elle. Se llama sexo. Un sexo bastante increíble, debo añadir. ¿Debería preocuparme el hecho de que, ahora mismo, estés pensando en Chandler en vez de en mí?

—No estoy pensando en él —suspiro—. Estoy pensando en ti. En lo que probablemente pienses de…

—En primer lugar, creo que necesitas dejar de pensar. —Se ríe—. Y, en segundo, estoy empezando a dudar de mí mismo y mis habilidades si estás así de deprimida.

Me río.

—No es eso. Es solo que…

—Te preocupa que hayamos estropeado las cosas, ¿verdad? —pregunta mientras apoya una mano en la zona baja de mi espalda. Una descarga eléctrica me atraviesa por su caricia.

—Bueno… No es que hayamos hecho lo más inteligente.

—¿Ya te estás arrepintiendo? Dios. Deja, al menos, que el brillo postcoital se desvanezca antes de empezar a desear que nunca hubiera existido —bromea—. Hablando de un golpe al ego de un hombre. Si el subidón no dura más que un escalofrío de arrepentimiento, definitivamente no lo estoy haciendo bien.

Lo miro y no puedo evitar la sonrisa que se me dibuja en los labios.

—No me estoy arrepintiendo. No. Y tu ego puede seguir intacto. No tengo ninguna queja.

—Entonces, ¿por qué estás aquí sentada en la oscuridad como si estuvieras revolcándote en las emociones femeninas que no creo que me importe entender?

—Porque los dos sabemos que acabamos de cometer un gran error.

—Tal vez sí o tal vez no. Solo el tiempo lo dirá —murmura.

Me giro para mirarlo de frente por primera vez. Lleva el cabello húmedo y ondulado. No se ha afeitado y su mirada es limpia. ¿Cómo es posible que un ser humano sea tan atractivo?

—Ford —suspiro, insegura—. ¿Exactamente, cómo vamos a trabajar juntos cuando acabamos de vernos desnudos?

Me ofrece una sonrisa torcida.

—Olvidas que ya nos habíamos visto desnudos y parece que hemos podido trabajar bien el uno con el otro.

—No me refiero a eso y lo sabes.

—¿No? —Finge ingenuidad.

—No.

Se mueve en la silla de tal modo que choca su rodilla con la mía.

—Entonces, ¿te refieres a cómo se supone que vamos a mirarnos, a trabajar codo con codo, sin que yo recuerde lo que se siente al estar dentro de ti? ¿O recordar a qué sabes? —Me sostiene la mirada mientras siento dolor en cada parte de mi cuerpo al recordar y ser consciente de nuevo de todas esas cosas—. ¿Ahora qué? Podría plantear un pequeño problema, pero tengo la sensación de que lo llevaremos bien.

Está claro que este hombre habla muy bien. Por desgracia para mí, sé que también puede dar marcha atrás.

—¿No estás preocupado por lo que suceda después?

—¿Te refieres a la parte donde nos acabamos el helado y nos vamos a la cama? Sí, ya no tengo habitación porque han derribado la pared, así que claro que estoy preocupado. Resulta que no tengo sitio para dormir.

—No tienes gracia.

Se ríe.

—Sí que la tengo. Sabes que la tengo. —Me aprieta el muslo y deja la mano ahí—. No estoy seguro de lo que quieres que diga, Ellery. No hay nadie aquí para vernos hacer el paseo de la vergüenza. Francamente, tampoco hay necesidad de eso, porque, no sé tú, pero yo no me avergüenzo de lo que acabamos de hacer. —La sonrisa juvenil que muestra debería ser ilegal—. Además, se me han acabado las letras escarlatas para colocarte en el pecho, así que, a menos que hayas traído alguna en la maleta, nadie lo sabrá.

—¿Por qué es tan fácil para ti?

—Probablemente por la misma razón que es difícil para ti.

—¿Qué significa eso?

—Significa que te he deseado desde la primera noche. Bueno, al principio no. Al principio, estaba enfadado con mis hermanos y quería que me dejaran en paz. Lo último que me apetecía era charlar con una mujer desconocida. Y, entonces tú… —Ríe—. Digamos que mejoraste una situación de mierda.

Aquí está otra vez, siendo honesto cuando la mayoría de los hombres habrían respondido con un gruñido.

Abro la boca y luego la cierro. ¿Cómo respondo a eso?

—¿Sería más fácil si dijera que sí, que ha sido un error? ¿Que nos picaba, nos rascamos y ahora estamos saciados? ¿Que ha sido algo puntual, una curiosidad satisfecha, y que ahora podemos avanzar como si nunca hubiera ocurrido?

Está comentando todo lo que yo ya me he dicho mentalmente, pero suena ridículo al escucharlo en voz alta pronunciado por él.

—Sí, claro —suelto.

Su sonrisa me cuenta que no cree una palabra de lo que estoy diciendo. Yo tampoco.

—Genial. Entonces, así es como jugaremos a esto. Ha sido un error. Un error inmoral, atroz y satisfactorio. —Se inclina hacia delante y, por un instante, contengo la respiración mientras espero uno de sus besos abrumadores. Me digo a mí misma que no quiero pero, que me maten si no me siento decepcionada cuando sus labios encuentran mi oreja y su cálido aliento me hace cosquillas en la piel.

—Ford…

—La mejor parte de los errores es que en ocasiones tenemos que cometerlos un par de veces para saber si son buenos o malos. No soy exigente, Elle. Si se trata de ti, me conformaré con lo que sea. —Se inclina hacia atrás y asiente con la cabeza—. Ahora, si me disculpas, tengo que encontrar un lugar para dormir esta noche. —Exhalo lentamente mientras se aleja, con la mirada todavía puesta en mis ojos—. Buenas noches, Ellery.

Lo observo moverse hacia la puerta. Me siento como si la cabeza, el cuerpo y el razonamiento me dieran vueltas, por lo que no encuentro el equilibrio.

—Ford —lo llamo cuando llega a la puerta. Me levanto mientras se gira para mirarme.

—¿Hmm?

—Rompí con Chandler hace semanas. —Cambio el peso de un pie al otro y retuerzo los dedos frente a mí—. No estoy segura de por qué siento la necesidad de decírtelo. Yo fui la que rompió la relación.

—¿Por qué? —Son solo dos sílabas, pero siento que hay muchas cosas en juego en la respuesta. No puedo leer la expresión de sus ojos a esa distancia, y lo agradezco.

—Esa es la parte a la que no le encuentro sentido. La razón.

Deja caer la cabeza por un segundo y luego vuelve a levantarla. La alegría que había hace unos momentos se ha desvanecido.

—Estaba manteniendo las distancias porque le pertenecías a otra persona, y yo no soy de los que engañan. Tal vez necesites explorar la razón.

Volvemos a mirarnos a los ojos mientras destellan los relámpagos.

Cuando se gira para marcharse, me esfuerzo al máximo para no ir tras él. Para darle una explicación. Para justificarme.

Pero sé por qué no lo hago.

Sé que si lo digo en voz alta, entonces no tendré otra opción que enfrentarme a la verdad.

Y no estoy preparada para hacer eso todavía, porque me asusta muchísimo.

Capítulo 24

Ellery

Doce años antes

—¿Ellery?

—¿Qué? —Tengo los ojos llorosos y, después de haber estado mirando el ordenador durante horas, siento que tengo una tonelada de arena dentro. Los exámenes finales son despiadados este año. ¿No lo son siempre? Pero en el hogar de los Sinclair/Haywood no se permite nada menos que la excelencia. Ni siquiera cuando son los últimos finales que voy a hacer como estudiante de secundaria. Manchar el apellido Haywood con la mediocridad no es algo que se pueda tolerar, como ya me dijeron con tanto descaro—. He dicho qué —espeto.

Sé que me reprenderán. Garland Haywood siempre exige respeto. Ser sarcástica o replicar no se considera respetuoso, ni siquiera aunque sean las dos de la maldita madrugada.

—¿Elle? —Su reacción es todo lo contrario a lo que esperaba. Habla en voz baja cuando esperaba que hablara fuerte. Suena apagado cuando esperaba agitación. Levanto la vista y sé que algo va mal.

Detengo los dedos en el teclado.

Se me tensa el cuerpo.

Y antes de que diga algo más, ya lo sé. Ya he tenido esta sensación antes.

—¿Mamá? —Su nombre es un susurro ronco, y el mundo se desploma lentamente bajo mis pies.

—Ellery…

—Deja de decir mi nombre —grito, con la esperanza de no volver a escucharlo. Nunca.

Empieza a hablar, pero me cubro las orejas como una niña pequeña. Como hice cuando mi madre me dijo que mi padre había muerto.

Entra en la habitación, con los ojos puestos en mí y, para un hombre normalmente desprovisto de emociones, la lágrima solitaria que se le escapa y le recorre la mejilla confirma lo que ya sé.

No.

No.

¡No!

Esto no puede estar pasando.

¿Por qué está pasando?

Otra vez no.

«Por favor, otra vez no».

«No me hagas esto, mamá».

«Joder, no me dejes tú también».

Me levanto del escritorio. Cada paso que da hacia mí es otro que yo retrocedo mientras niego con la cabeza y repito la palabra no.

—Lo siento, Elle. Ha habido un accidente de tráfico. Un conductor ebrio ha cruzado la mediana… Lo siento mucho.
—Lo golpeo en el pecho con los puños mientras trata de abrazarme contra él.

No lo quiero.

No quiero su consuelo.

Solo quiero a mi madre.

«Mamá, ¿cómo puedes dejarme aquí tú también?».

No puedo. No puedo hacer esto de nuevo. Este constante dolor interminable.

«¿Por qué me has abandonado?».

Ya he hecho esto antes. Conozco la rutina. Los pasos a seguir. Las palabras que decir para fingir que estoy bien. El dolor que aparece cuando la puerta se cierra y todos se van. La sensación de las cálidas lágrimas que se deslizan por las mejillas y sobre la almohada.

Fingir que todo va a salir bien cuando sabes que tu mundo ha cambiado de forma trágica e irrevocable.

Nunca superaré esto de nuevo.

No me queda nadie a quien perder.

Ahora estoy verdaderamente sola.

Todos a quienes he querido han muerto.

Entumecimiento.

No hay otra palabra para describir lo que siento. Ni siquiera tengo la fuerza de preguntar cómo. Me siento…

Gris.

El mundo ha perdido el color sin ella para iluminarlo.

«Todos se marchan».

Amarme no es razón suficiente para quedarse.

Capítulo 25

Ellery

Los siguientes días son un caos absoluto.

Hay una razón por la que en las obras se sigue un cronograma establecido de cuándo y qué es lo que se va a hacer. Dónde recae el trabajo en el esquema de las cosas. Si se realizan diversas tareas al mismo tiempo, el lugar se llena demasiado.

Pueden ocurrir accidentes.

Pero no estamos en un lugar normal.

Tenemos demasiadas fases distintas dentro de nuestro pequeño mundo. Algunas habitaciones se han echado abajo hasta los cimientos, mientras que otras se están revisando y preparando para pintarlas de nuevo y cambiar el suelo.

Todas las empresas están aquí, en todas partes a la vez.

Me alegra el caos. Los gritos de que alguien está en el camino de otro. Las preguntas sobre cómo diablos es factible esto. La cacofonía de los ruidos que me llevan de aquí para allá.

Y estar ocupada es bueno. En este momento necesito no tener ni un solo segundo para pensar, porque cada vez que tengo un momento libre, mi mente vuelve a él.

A Ford.

A unas cuantas noches atrás. A las sensaciones que evocó y a la pregunta abierta que me dejó. A la revelación que supuso y las preguntas todavía sin responder.

¿Esa es la razón por la que me he estado «marcando un Ford»? ¿Por eso he estado evitándolo y manteniendo las distancias? ¿Asegurándome de que no nos quedemos solos más de unos cuantos segundos y estemos siempre bajo la supervisión de los obreros?

¿Y esa es la razón por la que él está en la misma onda? Al menos creo que así es, porque cada vez que voy a la zona de la cocina después de que alguien se haya marchado o enciendo el televisor para dejar de pensar unos minutos, de repente, él necesita estar en cualquier lugar donde yo no esté.

Lo irónico es que, el hecho de que desaparezca, solo sirve para que desee más su compañía.

Y no solo por el sexo, aunque no me opondría a una nueva sesión una vez que me aclare las ideas.

Si no más por su amistad. Por las conversaciones sencillas que pueden ser profundas o superficiales pero que me hacen reír o sentirme valorada.

La ausencia refuerza el hecho de que, a menudo, estoy sola aquí. Sola. Aislada, en cierto modo.

En casa tengo amigos. Aunque nunca los dejo entrar ni acercarse demasiado, al menos tengo a alguien con quien quedar para tomar unas copas después del trabajo o un café un domingo por la mañana. Nunca he comprendido lo mucho que esa compañía importa hasta que he dejado de tenerla.

Pero aquí estoy yo. Está Ford. Hay un hotel en completo caos y muy poco contacto con el exterior, aparte de un rápido viaje al supermercado, al otro lado de la ciudad, o una conversación ausente con el repartidor de comida.

Es domingo y, por primera vez desde que «empezamos a construir», por así decirlo, no hay trabajadores en el hotel. Debido al cronograma acelerado, vienen diferentes cuadrillas las veinticuatro horas. Y si bien la conmoción es abrumadora, también evita cualquier tipo de inactividad. Evita que me dé cuenta de la soledad del silencio, algo en lo que parece que soy experta. En especial, desde que perdí a mi madre.

Miro hacia el bar de la azotea en construcción, donde Ford ha construido su pseudopiso, donde duerme y trabaja. Donde ahora mismo está ocupado con su otro trabajo, cosas de

Sharpe International. Una videoconferencia con personas del otro lado del mundo, o de Marte, a saber. O tal vez solo está sentado en la misma soledad que yo, pero disfrutando de ella.

Fordham Sharpe.

Se suponía que estaba vetado. Se suponía que solo iba a mirarlo de lejos pero no tocarlo. Y ahora no dejo de pensar en él, y en las raras ocasiones en las que lo logro, por supuesto, es cuando necesita hablarme.

Pero ya soy lo bastante mayor para saber cómo terminará esta historia. Y no tiene un final feliz como la que leí en el libro que no acabé anoche. Por otra parte, no me gustan los finales felices. Yo vivo el presente. Disfruto del buen sexo y del momento. Me quedo con la hipótesis de que la pareja sobre la que estoy leyendo permanecerá junta.

Tal vez esa es la razón por la que nunca leo los epílogos. Tal vez sé que el amor termina en dolor, en abandono, y yo quiero pensar que no será así para mis amigos ficticios.

E incluso sabiendo esto, sabiendo que lo único que busco es lo físico y nunca la conexión emocional, ¿por qué dormir con Ford me asusta tanto?

¿Es porque, por primera vez en mi vida, tengo a alguien a mi lado que cree en mí? «Quizá valoro eso más que un orgasmo fugaz».

Por otra parte, ¿por qué no puedo tener ambas cosas? ¿El apoyo y el sexo increíble?

Estamos en el siglo XXI después de todo.

Tomo un sorbo de vino y observo el mar y su interminable horizonte. Las gaviotas graznan. Mi mente va a toda velocidad mientras una idea se afianza.

Deseo a Ford de nuevo.

—Eh, tú.

Ford se sienta junto a mí y se recuesta con los codos en la arena y los pies cruzados a la altura de los tobillos, antes de que pueda responder algo.

—Hola.

—Es extraño que haya tanto silencio dentro —dice mientras extiende el brazo y me agarra la coleta.

—Lo sé. En parte, esa es la razón por la que estoy aquí.

—¿La otra tiene algo que ver conmigo? —Levanta una ceja mientras me sostiene la mirada y me encojo de hombros—. Exacto.

—Sé la respuesta al por qué, Ford. Tal vez, es solo que no quiero decirla en voz alta porque suena ridícula.

—Como he dicho. —Se mueve de manera que se apoya en una sola mano mientras que con la otra me coloca un mechón de pelo por detrás de la oreja. Es un gesto extrañamente íntimo que realiza de forma casual—. Exacto.

La tensión sexual todavía está ahí. Esa única noche no bastó para apaciguarla. De hecho, creo que conocer la sensación, y cómo me hizo sentir, la avivó más.

¿Por qué no quiero que diga «exacto»? ¿Por qué quiero que me exija una respuesta y luego me arrastre escaleras arriba y me penetre de siete maneras distintas durante el domingo?

«Tal vez quiero que me escuchen».

Extiendo el brazo y le paso la mano por la mandíbula. Se le ensanchan las fosas nasales ante la caricia y abre la boca, justo al mismo tiempo que le rozo el labio inferior con el pulgar.

—Ellery —murmura mientras se le oscurece la mirada.

Sin preámbulos, tomo la decisión por la que hemos estado pasando de puntillas. Me inclino hacia delante y lo beso. El beso es suave, tierno y me deja tomar la iniciativa. Mi lengua es la que busca el acceso primero. Son mis dedos los que se deslizan por sus hombros hasta enredarse en su pelo en la base del cuello.

No hay prisa como la otra noche, no hay un hambre urgente en el beso. Hay placer. Reverencia. Una prueba cautelosa de las aguas en las que ya hemos nadado, pero en las que ahora tememos ahogarnos.

Me sumerjo en el momento. Su mano posesiva en mi espalda baja. El gemido en el fondo de su garganta. La calidez que se extiende a través de mi cuerpo desde el beso. El dolor del deseo que me arde entre los muslos.

El beso termina y ahora tengo sus manos a ambos lados de mi cara y la frente apoyada contra la suya. Nos quedamos así durante unos segundos, sin intercambiar una sola palabra, casi como si todavía estuviéramos averiguando si esto está bien o mal, o algo entre medio.

Y justo cuando estoy a punto de alejarme, de romper la repentina delicadeza del momento, Ford habla.

—Vamos, —dice, y me toma de la mano sin previo aviso para ayudarme a levantarme. Entrelaza los dedos con los míos mientras nos abrimos paso por la arena hacia la parte trasera del hotel.

Por alguna razón, tengo los nervios a flor de piel. Puedo soportar el sexo hambriento. El bestial. La lujuria más salvaje.

Pero si el beso que acabamos de compartir es una indicación del sexo que estamos a punto de tener, eso me pone nerviosa.

Espero entrar por la puerta trasera del hotel, pero Ford me sorprende cuando me tira de la mano para que siga caminando por el paseo marítimo.

—No. Te voy a llevar a un sitio —dice de forma críptica mientras le da la vuelta a la esquina del edificio y se dirige al aparcamiento. Cuando me abre la puerta del coche, me limito a mirarlo—. Hace dos semanas que vivimos, comemos y respiramos en este lugar. Es hora de que nos tomemos un descanso.

—¿Dónde vamos? —pregunto mientras subo al asiento del copiloto.

Se coloca entre mis rodillas que todavía miran hacia la puerta y ladea la cabeza mientras me estudia.

—Estamos tanteando el terreno.

—¿Qué significa eso?

—Significa que nos hemos besado. —Me coloca una mano en el muslo y lo aprieta con suavidad—. Vamos a pensar en eso un momento. Escapar de esta prisión. Y cuando lo digiramos, averiguaremos lo que queremos después.

—¿Como qué?

Su sonrisa es tímida, pero sus ojos son muy vivos.

—Como otro beso, tal vez. Quizá, aún está por verse.

—¿Y si ya sé la respuesta a eso?

Se inclina hacia delante y me besa en la frente.

—Entonces, sígueme la corriente, ¿vale?

Capítulo 26

Ellery

—¿Cómo sabías que esto existía? —pregunto mientras la brisa me hace cosquillas en las mejillas. El sonido del agua golpeando el casco del barco casi me adormece.

—Algunos miembros de la cuadrilla lo mencionaron. Supongo que es una tradición de la ciudad. Algo sobre revivir los primeros pasos del fundador o algo así. —Se encoge de hombros y se lleva la botella de cerveza a la boca antes de bajarla de nuevo y agarrar el timón—. Pensé que estaría bien sumergirse en el agua y alejarse del hostal durante un rato.

—Definitivamente está mejor que bien. —Echo un vistazo a mi alrededor, a la fila de barcos que hay delante y detrás de nosotros. Parecemos patos que se siguen en veleros de tres metros y medio de eslora.

Algunos barcos llevan cuatro personas, otros solo una y algunos jóvenes manejan el timón solos.

Se oyen las conversaciones de un velero a otro, miembros de la comunidad que claramente se conocen. En la orilla de la derecha, la gente de la ciudad que no tiene barco o no está a bordo de uno hace barbacoa y se prepara para una noche de fiesta.

Vuelvo la atención a Ford, que parece completamente a gusto con la driza en una mano y el timón en la otra. O, al menos, creo que así se llaman, porque él me ha lanzado un montón de términos y no recuerdo exactamente cuál es cuál.

Está guapo con el sol de poniente en la cara y la brisa de la tarde revolviéndole el cabello.

—Tienes una mancha en la frente —dice—. Ven, deja que te la quite.

—No es suciedad. —Arrugo la nariz mientras me sonrojo y le hago un gesto con la mano—. No preguntes.

—Sabes que voy a preguntar después de eso. —Ladea la cabeza—. ¿Qué es?

—Es un moretón.

—Vale. —Alarga la palabra—. ¿De qué?

—Anoche estaba leyendo en la cama —digo como si eso lo explicara todo, pero cuando él solo frunce el ceño confuso, continúo—. Me quedé dormida y se me cayó el Kindle en la cara.

Suelta una carcajada que estoy segura de que hace que otros marineros miren en nuestra dirección.

—¿Que qué?

—Ya me has oído.

—No sabía que la lectura era peligrosa. Bueno, ¿al menos era un buen libro?

Pienso en los capítulos que leí. El héroe luchando por la heroína. El tira y afloja. La increíble escena de sexo por odio que le siguió donde admito, con vergüenza, que me la imaginé protagonizada por Ford y por mí. Y entonces el golpe seco seguido del grito cuando me golpeó la cabeza tras quedarme dormida.

—Muy bueno.

—¿Por qué te sonrojas, Ellery? —Ladea la cabeza y me observa con una amplia sonrisa, como si ya lo supiera.

—Por ninguna razón.

Se vuelve a reír, con una mirada implacable.

—Tal vez debería leer ese libro tuyo.

El rubor de las mejillas se intensifica.

—No creo que la literatura romántica sea precisamente un género de tu elección.

—Quién sabe. Soy una caja de sorpresas. Tal vez eso sea una de ellas. —Estira el pie y lo choca con el mío mientras ensancha la sonrisa—. De todos modos, tal vez deberías ocupar tu tiempo en cosas menos peligrosas.

—¿Como qué?

Mi pregunta recibe una sonrisa de oreja a oreja a modo de respuesta y una evaluación lánguida y larga de mi cuerpo, que me hace sonreír y negar con la cabeza.

—Se me ocurren algunas cosas.

«He caído solita en la trampa».

—Seguro que sí.

Una bocina suena a la izquierda mientras alguien grita y luego salta de la proa al agua. Está claro que hay mucho alcohol en ese barco, pero es entretenido, por decir algo.

—¿Quieres intentarlo? —pregunta, y señala el timón.

—¿Intentar qué? ¿Hundirnos?

Me arrastro de rodillas hacia él, aterrorizada por si al levantarme, balanceo el barco y pierdo el equilibrio.

—¿Dónde…?

—Aquí. —Me guía para que me siente entre sus piernas abiertas y apoya mi espalda contra su pecho. Nos saca del desfile de barcos antes de empezar a explicarme lo que tengo que hacer. Me cubre las manos con las suyas para mostrarme cuándo dirigir el timón o girar el foque. Después de un rato, me suelta para que lo haga sola, pero permanece donde está.

—Ahí tienes —me anima mientras tomo el control del foque por primera vez y el barco gira en el agua. Descansa la barbilla sobre mi hombro—. Serás una profesional en un abrir y cerrar de ojos. Parece que eres buena en todo lo que haces, así que no es nada sorprendente.

—Lo que tú digas. —Pongo los ojos en blanco.

—Lo digo en serio. Lo eres, y no es nada malo.

—¿Quién te enseñó a navegar? —pregunto para cambiar de tema, mientras pienso si estoy siendo demasiado brusca—. Pareces muy cómodo en el agua.

—Mi padre. Era un requisito que los chicos Sharpe aprendieran a hacer de todo —me explica con una nota de sarcasmo en la voz. ¿O era melancolía? No sabría decirlo con exactitud.

—Háblame de él —le pido.

Su suspiro es una clara indicación de que no le apetece, así que no lo presiono. Simplemente dejo que descanse la barbilla sobre mi hombro y se haga el silencio.

—Era un buen hombre. Justo pero estricto. Un hombre que empezó de la nada y construyó todo un imperio. Pero casi todos los recuerdos que conservo de él son de Maxton Sharpe, el magnate, y cada año eleva su estatus incluso más que el anterior.

—Quería decir que me hablaras de él como padre —digo, sin interesarme lo más mínimo por su faceta como empresario, porque es evidente que era bueno en lo que hacía—. ¿Asistía a partidos de ligas menores o a barbacoas en el patio? Háblame de él.

Puedo sentir la tensión en el cuerpo de Ford, casi como si la pregunta le sorprendiera.

—Estaba ahí tanto como podía. Ser padre soltero con tres chicos adolescentes no es lo que se dice fácil.

—No me lo imagino.

—Pero sí, hacía lo posible cuando no estaba conquistando el mundo. Al mismo tiempo, trataba de compensar el hecho de que no tuviéramos una madre siendo superior en todo. —Se ríe entre dientes como si estuviera recordando algo, y solo puedo suponer lo que significa «ser superior» cuando se trata de un multimillonario.

—Dime —insto mientras giro el barco un poco más. Pero como la brisa ha bajado, simplemente se detiene.

—Desde fuera, las fiestas de cumpleaños eran absurdas. Un palco en el estadio de los Yankees. Paracaidismo en nuestro decimoctavo cumpleaños. Navidades esquiando o en el extranjero. En cualquier sitio menos en casa, donde recordáramos a la madre que extrañábamos.

—Lo siento.

—Ella era el amor de su vida. Tuvo novias después, pero sabíamos que ella lo fue todo para él hasta el día de su muerte. Nunca dudamos de que fuéramos el resultado de ese amor.

—Eso es precioso —digo con la garganta cerrada por las lágrimas, pues entiendo ese tipo de amor. Vi algo similar con mis propios ojos—. ¿Eso no te asusta?

—¿A qué te refieres?

—¿Que tuvo ese amor y luego lo perdió? ¿Que es muy fácil perderlo?

Ford me rodea la cintura con los brazos y tira de mí hacia atrás para que me relaje contra él. Prácticamente siento el peso de la pregunta sobre él.

—Mis hermanos han dado el paso hacia el matrimonio en los últimos años y parecen anormal y repugnantemente felices. —Su suspiro expresa todo lo que no me cuenta, cuánto los quiere a pesar de las discusiones que puedan tener—. A ver, que tengan mujer no quita que sean unos capullos, pero amar a sus mujeres, crear su propio mundo con ellas, parece que los ha hecho mejores hombres. Así que sí, creo que vale la pena correr algunos riesgos.

—Umm —contesto, mientras trato de ahogar los recuerdos. La pérdida. La soledad que sigue a la pérdida de tus padres.

Claro, tenía a Garland, Joshua y Gregory como familia, pero no era lo mismo, ni mucho menos. Tal y como dijo mi madre aquel día, su matrimonio con Garland era diferente al de mi padre. Y también lo era el batiburrillo de familia que habían creado.

No se decían palabras duras, pero nunca sentí ese amor integral por parte de Garland como lo sentía cuando estaba entre los brazos de mi madre. Fue una figura paterna para mí, pero nunca un padre. Me crio, pero solo pensaba en las necesidades económicas, nunca en las emocionales.

No era un hogar frío. Nos las arreglamos. Vivíamos uno al lado del otro y compartíamos experiencias, pero no se acercaba ni un ápice al ambiente en el que recordaba haber crecido con mi padre.

Y luego, después de la muerte de ella, me convertí en un complemento. Un pensamiento secundario. Y aunque nunca se dijo explícitamente, me mantuvieron como parte de la familia por deber. Por una promesa hecha a mi madre el día de su boda y los seis años que viví bajo su techo.

Por desgracia para mí, era lo único que tenía, así que lo acepté. Lo necesitaba. Tomé los retazos de familia que me ofrecieron porque no tenía otra cosa que aceptar.

Y las acciones de una empresa de la que nunca pensé que sería parte se convirtieron en el nexo de unión con una mujer a la que echaba muchísimo de menos, y creí que solo podría aferrarme a ella formando parte de la única otra cosa que había creado además de mí: Haywood Redesigns.

Mantuve a mis amigos a distancia por miedo a que me hicieran daño o que me dejaran atrás. Todavía lo hago.

Tuve novios a los que les permitía entrar solo para dejarlos fuera cuando los sentía demasiado cerca.

Se volvió mucho más fácil pensar en las relaciones como transacciones, algo que era beneficioso para ambas partes hasta que dejaba de serlo, en lugar de volver a pasarlo mal.

En vez de descubrir si el epílogo de la vida podría ser tan feliz de verdad porque, desde mi experiencia, esa idea es una basura.

De ahí, mi situación con Chandler y que fuera a conformarme con un matrimonio basado en un interés mutuo en lugar de en el amor. Si las cosas salían mal, sería más fácil pasar página de un contrato sin emociones que quedar devastada por uno en el que hubiera entregado el corazón.

Pero entonces llegó la tormenta.

Entonces, apareció Ford.

Y ya no estoy segura de cómo me hace sentir cuando me he mostrado tan reticente a sentir cualquier cosa.

—¿Umm? —Sus labios vibran contra mi cuero cabelludo e interrumpen los pensamientos que no debería tener en este momento—. ¿Qué se supone que significa eso? ¿No crees que el amor o la posibilidad del amor es un riesgo que vale la pena correr? —pregunta, y me da un beso en un lado de la cabeza. No estoy acostumbrada al afecto casual. A besos aleatorios para tranquilizar. A una cabeza apoyada contra la mía como consuelo.

Y cada vez que lo hace, me detengo en seco. Me doy cuenta de lo diferente y genuino, en el mejor de los sentidos, que es Ford.

—No lo sé. Creo que ver el tipo de pérdida que vivió tu padre te haría temer acercarte a alguien.

Asiente con la cabeza y me golpea el hombro con la barbilla.

—O podría darte esperanza. ¿Qué hay de ti...?

—¿Y tu madre? ¿Recuerdas mucho de ella?

Me ofrece una risa suave.

—Era más grande que la vida, y eso dice mucho en comparación con mi padre. Tengo recuerdos vagos de ella. Su sonrisa. Su risa. La forma en la que «trataba» de ver películas de acción con nosotros solo para señalar que eran poco realistas. Y recuerdo cómo nos quería. Era como si supiera que iba a morir joven. Era abrazos, palabras y acciones. Todos sabíamos que nos quería.

—Eso es bonito.

—Lo era. Lo sigue siendo. —Se aclara la garganta—. Mi padre trató de estar a la altura de eso, pero no era mi madre. Y, sin embargo, lo idolatré todo de él. Y no me refiero al hombre que dirigía Sharpe International. A ese lo admiraba. El hombre al que idolatraba era al que veíamos a puerta cerrada. El padre nervioso que trataba de hacerlo lo mejor que podía y el marido devoto que siempre fue. —Cierra las manos en puños con la voz llena de emoción. Parece que hay mucho más que el dolor de haber perdido a su padre.

—Ford... No sé ni qué decir.

—Háblame de ti. Háblame de tus padres. De...

Los dos damos un salto cuando una sirena suena desde el velero de la derecha.

—Es hora de ir a la orilla. La fiesta está a punto de comenzar.

—No nos gustaría perdernos la fiesta —dice Ford mientras coloca las manos sobre las mías y me ayuda a tomar el timón de nuevo.

No estoy segura de por qué suelto un suspiro de alivio cuando me salva de tener que responder.

Aunque sé que tiene mucho que ver con cómo los dos hemos tenido que lidiar con la misma pérdida, pero hemos acabado en diferentes lados del espectro. Y todavía estoy tratando de procesar cómo es posible. Y si alguna vez tendré la valentía de cambiar.

Capítulo 27

Ford

—Vamos, Ellery *Celery* —la reprendo mientras salgo a la pista de baile improvisada. Hay luces colgadas a lo largo de la plaza de hormigón del parque, un grupo de versiones está tocando en el escenario a nuestra derecha y tenemos variedad de comida y bebida por todas partes.

—¿Me estás diciendo que tú, Fordham Sharpe, bailas? —Tiene los ojos muy abiertos y la sonrisa le ilumina la cara.

Ha sido una buena decisión. Salir del hotel. Pasar un rato en la ciudad y hacer algo más que trabajar juntos.

Se sentía atrapada. Lo veía en la expresión de su cara y en la impaciencia al hablar con los contratistas.

Pero era algo más que eso. Es lo que sea que la ha estado agobiando. ¿Lo que le ha pasado con Chandler? ¿Acostarse conmigo? ¿Algo con sus hermanos y su padrastro? No lo sé, y ella no me lo va a decir por voluntad propia.

La mujer es un libro cerrado. Solo tengo que esforzarme para abrirlo poco a poco.

Y esta noche es un comienzo.

Hay fuego en su mirada, uno muy parecido a la primera noche que nos conocimos. Un descaro en su tono que ha faltado estos días.

Y Dios, cómo deseo besarla de nuevo.

—No he dicho que baile bien, pero no tengo problema en hacer el ridículo. Nadie me conoce. A pocos los volveré a ver, así que, ¿qué me importa? —Le agarro la mano y la llevo a la pista de baile. Echa la cabeza hacia atrás y suelta una carcajada fuerte mientras nos movemos al ritmo de una canción pop cursi.

Bailamos durante lo que parecen horas. Nos reímos por lo que parece una exquisita eternidad. Es como si estar fuera de la propiedad nos hubiera quitado un peso de encima que no sabíamos que soportábamos. Los papeles que teníamos que representar han quedado en el camino.

Aquí, en una sencilla celebración del condado, no somos socios ni compañeros de trabajo. Somos amigos… y algo más.

El beso de antes me ha tomado por sorpresa. No tengo ninguna queja, porque esta mujer podría besarme en cualquier momento, en cualquier lugar y no me importaría, pero me ha sorprendido.

Sobre todo, después de que hayamos mantenido las distancias los últimos días a propósito.

Y muy a mi pesar.

Cada bocanada de su perfume. Cada eco de su risa. Cada sonido de su suspiro de frustración ha dejado huella en mí.

Mi espacio en el futuro bar de la azotea está lo más lejos posible de su habitación, y no está lo bastante alejado.

La deseo. Simple y llanamente.

—¿Galleta, nata y dulce de mermelada de almendras? —pregunto mientras miro a través de la vitrina de los helados.

Cuando levanto la vista, Ellery arruga la nariz.

—Puaj. No. Chispas de chocolate con menta, chocolate y mantequilla de cacahuete.

—Eso es una mezcla rara.

—Y la tuya.

—Vale. ¿Qué tal helado de chocolate, *cookies* y nata?

—¿En serio?

—En serio —digo.

—No. Eso es aburrido. Chispas de chocolate con menta, *cookies* y nata.

—¿Esa es tu última propuesta? —pregunto mientras le coloco un mechón suelto de pelo detrás de la oreja. Su sonrisa ilumina la noche mientras recuerda cómo hemos llegado aquí. La otra última propuesta que le he hecho.

—Sí. La última propuesta.

—Sabes negociar, Sinclair, y me has hecho perder uno de mis favoritos.

—Es justo que cada uno tengamos algo y perdamos algo.

—Es cierto. —Asiento con la cabeza—. Al cincuenta por ciento.

Echa la cabeza hacia atrás y se ríe cuando saco el dinero del bolsillo para pagar al cajero mientras sirven el helado.

—Te he dicho que era una buena combinación —afirma Ellery unos momentos después, mientras caminamos por la acera.

—Esto... Hay algo que tenemos que hablar —murmuro mientras le hago un gesto para que se siente en un banco del parque. Ella lo hace y observamos a un grupo de niños que miran qué bengala hace el mejor círculo cuando la giran con los brazos.

Apoya la cabeza en el brazo que tengo en el respaldo del banco y suelta una risa.

—No hablo de trabajo cuando estoy borracha. —Me da con un dedo en el pecho—. Eso es aprovecharse de mí.

Hay muchísimas cosas de las que ahora mismo me aprovecharía y nada tiene que ver con el trabajo.

—Tú eres la que hace propuestas mientras tomamos un helado —bromeo y doy otro mordisco—. Necesita un nombre.

—¿El qué? —pregunta, pero veo que lo entiende en cuanto lo dice—. Pensé que querías que fuera una propiedad de la firma Sharpe.

—Sí, pero aun así se merece un nombre *real.*

—¿Quieres decir que me vas a dejar ayudarte a ponerle nombre?

La miro fijamente a esos ojos azules brillantes y esas mejillas sonrosadas y me contengo para no inclinarme hacia delante y besarla.

—Por supuesto que sí. Al cincuenta por ciento, ¿no?

—Esto... A ver, el buen sentido comercial dice que elimines el nombre de Sharpe, así que yo lo renombraría. No esperaba...

Mis labios encuentran los suyos a pesar de decirme que no lo haga. Es solo un roce, pero me atraviesa tal descarga que necesito de toda mi fuerza de voluntad para apartarme y dejarlo ahí.

—Al cincuenta por ciento —murmuro—. Así que empieza a pensar en un nombre.

Oigo su respiración entrecortada. Me encanta saber que soy yo quien se lo ha provocado. Que mi beso la ha afectado de esa manera.

Es jodidamente excitante.

—Vale. —Asiente con la cabeza y hunde los dientes en el labio inferior mientras nos miramos, con una sonrisa tonta en el rostro—. Gracias. Por esto —susurra.

—Ha estado bien alejarse de allí un rato.

—Así es.

—Pero se hace tarde —digo, aunque ninguno de los dos nos movemos—. Y puede que tardemos un rato en conseguir un Uber en esta ciudad con todo el mundo bebiendo como nosotros esta noche.

—Lo sé, pero no quiero regresar ya. Quiero sentarme aquí en un banco contigo bajo las estrellas, con el sonido de la risa en el aire y la luz de la luna en nuestros rostros.

—¿Por qué eres tan romántica, Ellery Sinclair?

No le pega. ¿Primero la novela romántica y ahora esto? La mujer es una mezcla de contradicciones, y no me esperaba que una de ellas fuera la de ser romántica. Me encanta descubrirlas una a una.

—¿Romántica? —resopla—. Tienes que creer en el amor para creer en el romance.

—Vaya. Esa es una gran declaración.

Se ríe y se encoge de hombros para restarle importancia.

Por otro lado, ¿quién no es cínico después del fin de una relación?

—¿Pero lees literatura romántica?

—Esos autores escriben buenas escenas de sexo.

—Debería haberlo imaginado. —Me echo a reír—. Aun así sigues leyendo ese tipo de libros.

—Pero no los epílogos —contesta, y levanta un dedo para enfatizar el argumento.

—Espera. ¿Qué? ¿Por qué no lees los epílogos? ¿Qué les pasa? —Nos miramos a los ojos mientras su sonrisa ebria desaparece y algo brilla en su mirada. Es casi como si lo hubiera dejado escapar sin querer. Es solo una fracción de segundo, pero lo suficiente para ver cómo baja la guardia. Sé que hay dolor detrás de eso—. ¿Elle?

El muro se vuelve a fortificar en un instante y queda sofocado detrás de una sonrisa sin remordimientos.

—Estoy bromeando. Es una broma. Quiero decir, ¿qué es en realidad el romance? ¿Grandes gestos exagerados para que el chico gane el concurso de quién tiene la polla más grande cuando se jacte ante sus amigos y ella presuma ante sus amigas de lo mucho que la ama? —Agita una mano en mi dirección y luego se termina el agua que tiene en la mano.

Está claro que Chandler no lo estaba haciendo bien.

Pero me ahorro el comentario, del mismo modo que no la cuestiono más sobre el epílogo. Me levanto y le tiendo una mano.

—El amor y el romance no son mutuamente exclusivos. Y no siempre se trata de grandes gestos.

Ella pone los ojos en blanco y me da un empujón en el pecho.

—Enséñame un hombre que sepa cómo hacer eso y me casaré con él. —Se ríe y da un salto a la vez que me tiende las manos—. ¿Un baile más antes de irnos?

Nos dirigimos a la pista de baile y nos movemos al ritmo de la música.

Su cuerpo contra el mío.
Su risa en mis oídos.
Sus palabras en mi mente.
«No lee los epílogos».
«No cree en los finales felices».

Capítulo 28

Ellery

¿Cómo ha sabido que esto era lo que necesitaba? Una noche fuera. Tiempo fuera. Un poco de entretenimiento, una ración de comida espantosa y risas. Muchas risas.

Dejo que la sensación se apodere de mí durante el camino a casa. Tengo la cabeza apoyada sobre su hombro, su mano en mi muslo y al chófer del coche que compartimos no le molestan ni el silencio ni las risas cada pocos minutos cuando Ford me clava los dedos en las costillas.

Hace mucho tiempo que no me sentía así. Despreocupada. Alegre. Y no es que siempre sea seria, pero me cuesta mucho estar lo bastante cómoda con alguien para mostrarme tal y como soy realmente. Para bajar la guardia y ser yo.

Y ahora, mientras nos dirigimos al hotel, nuestra casa, sé que quiero sacar más provecho de esta noche.

Lo quiero a él.

—Estúpida cerradura —murmura Ford mientras mueve la manija sin éxito.

—Probemos por la parte trasera.

—No tengo llaves de la puerta trasera. La acaban de cambiar y no me han dado la llave. —Me mira y nos echamos a reír.

—¿En serio? ¿Estamos atrapados fuera de nuestro propio inmueble, Ford?

Él retrocede, apoya las manos en las caderas con los labios torcidos y frunce el ceño en una mueca de concentración.

—Ya sé.

—¿Qué? ¿Vas a colarte?

Niega con la cabeza de forma exagerada.

—No, pero las ventanas de la segunda planta no están cerradas.

—¿Estás loco?

Se gira hacia mí con una gran sonrisa y unos ojos vivos.

—Solo por ti —dice con una risa antes de correr por la acera hacia el lateral del edificio.

—Espera. —Corro tras él mientras el mundo gira un poco bajo mis pies—. No puedes subir hasta ahí. —Señalo el lateral del edificio con el enrejado al que Ford ya se está dirigiendo.

—¿Por qué no? —Se gira y sonríe—. Conocemos a los propietarios. Disfruta del lado salvaje de la vida, Sinclair.

—No voy a reavivarte cuando te caigas y te rompas la espalda.

—Eso es lo más romántico que he oído jamás —dice entre risas antes de plantarme un casto beso en los labios.

Sin más palabras y con muchas risas, Ford se las ingenia para subir por el lateral del edificio y abrir una de las ventanas recién instaladas.

—¡Ajá! —me grita antes de desaparecer.

Regreso corriendo a la puerta principal, con el abdomen dolorido por las risas, justo a tiempo para que Ford la abra.

—*Voilà* —dice, y hace una reverencia.

—Te has colado en nuestro hotel. —Le doy un golpe de forma juguetona. Él me agarra las muñecas y las sostiene contra el pecho.

—Es difícil ser tan perfecto, Elle.

—Oh, por favor. Tienes un alto concepto de ti mismo. —Pongo los ojos en blanco, pero cuando volvemos a mirarnos, todo se ralentiza. Siento su aliento sobre mis labios. Siento cómo se le acelera el corazón bajo las palmas. Veo que el deseo se oscurece sus ojos.

—¿Sabes qué me hará caer en desgracia?

—¿El qué?

—Cometer un error —murmura mientras me devora con la mirada.

—¿Ah, sí? —Nos movemos el uno hacia el otro.

—Sí. —Dirige la mirada hacia mis labios—. Creo que es difícil ser perfecto cuando sigues cometiendo errores.

Me inclino para salvar la distancia que separa nuestros labios.

—Entonces supongo que es hora de que cometamos otro.

—¿De veras? —pregunta al tiempo que cierro la puerta a mi espalda y me pongo de rodillas. Se le entrecorta la respiración cuando lo miro desde abajo, con una sonrisa en los labios mientras con las manos trato de desabrocharle los botones de los pantalones—. Dios, me encantan los errores.

Me echo a reír mientras libero su miembro y no tardo en llevármelo a la boca. Cierra la mano en mi pelo, casi como una respuesta automática, cuando me lo meto hasta el fondo de la garganta con la primera succión.

—Elle —gime, y ese sonido solo aumenta el anhelo por tenerlo que me quema por dentro—. Dios, Elle.

Paso la mano por la base de su miembro mientras succiono el glande. Me sorprende el sabor salado del líquido preseminal mientras aprieta el puño. Miro hacia arriba con la polla gruesa y dura en la boca y me excita lo que veo. Los ojos entrecerrados y embriagados por el deseo mientras se clava los dientes en el labio inferior. Tiene los tendones del cuello tensos y los bíceps flexionados mientras mueve la mano con la mía sobre la polla para meterla y sacarla de mi boca.

—Como no pares, me voy a correr. —Sus palabras me alientan a succionar más fuerte. A meterla más profundamente. Siento cómo se hincha y endurece cuando creía que ya no podía estar más tiesa. Con el siguiente gemido, me agarra por las axilas y se lleva mi boca a la suya, tragándose mi jadeo mientras desliza la lengua por mis labios.

El beso es una mezcla de exigencia y depravación. De control y caos. De deseo contra necesidad.

Este hombre es dueño de todos mis sentidos.

De todos mis nervios.

De todos mis pensamientos.

Me deja un reguero de besos con la boca abierta por la línea del cuello y utiliza una mano para apretarme un pecho y succionarme el pezón a través de la tela de la camiseta.

Me estremezco ante el calor húmedo de su boca mientras trato de quitarme los vaqueros. Me ayuda a quitármelos con la otra mano y luego me empuja hacia atrás, hasta que estamos contra la barra.

Con la boca todavía sobre la mía, me levanta y me coloca el trasero desnudo sobre el mostrador helado. Grito por la sensación de frío y luego gimo. Antes de poder procesar el pensamiento, Ford me coloca los pies sobre sus hombros y me recorre la abertura con la lengua.

—Oh, Dios —emito las palabras de forma prolongada, mientras me apoyo sobre los codos para mirar cómo me deshace con sus lametones y los dedos dentro de mi centro.

Es erótico. Es *sexy*. Es casi sensacional. Me mira por encima del montículo mientras forma círculos con la lengua en el clítoris y me penetra con los dedos.

Mi cuerpo se encoge con cada caricia, con cada pasada de la lengua y cada bocanada de aire que echa sobre mi carne más íntima.

Le tiro del pelo, levanta la cara y veo cómo le brilla la prueba de lo que está haciendo en la barbilla y la boca.

—Fóllame. Ahora. Por favor —suelto las palabras. Rogando. Pidiendo. Demandando.

Su risa es lo único que necesito para saber que está preparado y también lo desea. Grito cuando me da una palmada en el coño supersensible. El leve golpe es inesperado, pero tan jodidamente excitante que casi me corro ahí mismo. En ese instante.

Pero antes de que mi sistema se recupere, Ford ya se está abriendo paso hacia mí como un hombre con una misión.

Y no me voy a quejar por ello.

Empieza a moverse una vez que me adapto a su tamaño. Arremetidas lentas y constantes que me penetran profundamente cuando se inclina y captura mi boca con la suya. Mueve la lengua al ritmo de sus embestidas.

Le araño los costados del torso mientras mi cuerpo se eleva cada vez más. Como una pelota de deseo que se contrae más y más.

—Vamos, cariño —murmura contra mis labios antes de enderezarse. Deja una mano en mi hombro para sostenerme en el sitio mientras empieza a penetrarme.

Las sensaciones me abruman.

La dicha aumenta.

El deseo explota en el mejor tipo de devastación.

El clímax se libera cuando el grito resuena por toda la habitación vacía y una marea de placer me arrasa. Me siento inundada en todos los aspectos imaginables por las sensaciones y la respuesta del orgasmo tan potente.

—Ahí tienes —susurra mientras se mueve muy despacio fuera y dentro de mí a la vez que me frota el pulgar sobre el clítoris para ayudar a liberar todo el clímax.

Me tenso a su alrededor. Una, otra y otra vez. Mi cuerpo está agotado y volando al mismo tiempo.

Y son esos leves pálpitos a su alrededor lo que lo llevan al límite. Su gemido es salvaje cuando comienza a follarme con fervor y urgencia.

Hunde los dedos en mi carne. Sus muslos chocan contra los míos. Me mete la polla hasta que no puede soportarlo más.

—Ellery —gime. Las paredes casi tiemblan por la reverberación del orgasmo que lo golpea y atraviesa.

Parece un dios griego entre mis muslos. Con la cabeza hacia atrás. La nuez pronunciada. Los hombros tensos. Los labios laxos.

Y creo que jamás he visto algo tan *sexy*.

No creo que lo vuelva a ver.

Se desploma encima de mí. Nuestros cuerpos están empapados de sudor y la camiseta que todavía llevo puesta está mojada. Descansa la frente sobre mi clavícula y se balancea hacia delante y hacia atrás.

—Dios mío, mujer. —Me da un beso entre los pechos—. Joder, Dios mío.

Le paso una mano por el pelo y me deleito en la sensación del latido de su corazón contra el mío. De nuestros pechos moviéndose al unísono.

—¿Debería tomarme eso como un cumplido? —bromeo mientras le retuerzo un mechón de pelo en un dedo.

—Ummm. Errores. Qué bonitos son, ¿no?

—Solo cuando se trata de ti.

Capítulo 29

Ford

Veintiséis años antes

El mundo se mueve hacia delante y hacia atrás con cada empujón del pie en el porche. El columpio cruje con el vaivén y, si cierro los ojos, siento como si estuviera dando vueltas en el espacio. Pero el olor de la barbacoa y el sonido de mis hermanos jugando a Marco Polo en la piscina me traen de vuelta a la tierra antes incluso de que pueda fingir lo contrario.

Mi madre juguetea de forma ausente con los dedos en mi nuca.

—Por favor, no le digas a papá que he llorado.

—Ford. No debes avergonzarte por mostrar tus emociones. —Miro a mi madre y me encojo de hombros. Lleva el pelo rubio castaño recogido en una coleta y me sostiene la mirada con esos ojos marrones.

—Soy un chico. Los chicos no lloran.

—Eso es una tontería y lo sabes.

—Papá dice que los hombres no deberían mostrar sus emociones. —Sollozo.

—¿Quieres que te cuente un secreto? —pregunta, y asiento con la cabeza—. He visto a papá llorar.

—Sí, claro. —Pongo los ojos en blanco. Ni de broma.

—En serio. Lo recuerdo con claridad. El día que nos casamos. Se le saltaron las lágrimas cuando me vio llegar al altar. Estaba frente a cientos de personas, pero no le importó.

Dijo que era porque sabía la suerte que tenía de pasar su vida conmigo.

Qué asco. Las cosas del amor no cuentan.

—Eso fue una vez.

—Y recuerdo el día que nacisteis. —Me encanta la expresión de su cara. No sé lo que significa, pero parece feliz. Como cuando sostenía al bebé de su amiga y hacía ese sonido extraño mientras la acunaba—. Estabais todos en unos moisés en fila, uno al lado del otro, en la habitación del hospital. Él se quedó frente a vosotros con esa expresión en el rostro que nunca olvidaré. Amor. Orgullo. Incredulidad. Como si, a la vez, fuerais su todo y su mayor logro. También lloró entonces.

—¿Tú también lloraste?

—Por supuesto que sí. Fue uno de los días más felices de mi vida.

—¿Crees que también fue el suyo?

—Sé que así fue. —Me revuelve el pelo—. Ahora, ¿quieres decirme qué más te ronda la cabeza, además de que Ledger es malo contigo? Porque llevas todo el día con mala cara y no es por él.

—Es por todo.

—¿Tiene algo que ver con la razón por la que no estás ahí fuera jugando con tus hermanos?

Otro encogimiento de hombros mientras me empuja para mantener el columpio en movimiento.

—Tal vez.

—Vale. —Asiente lentamente con la cabeza de nuevo para indicar que me está escuchando. Si es un asentimiento brusco, estás en problemas. Si es lento, significa que está lista para que hables con ella.

Pero no sé si quiero hacerlo.

Los veranos en Sag Harbor son mis favoritos. Está la playa, las salidas a navegar y jugar en todas partes, siempre y cuando estemos en casa cuando oscurece.

—¿Son tus hermanos? ¿Se están metiendo contigo de nuevo?

—Nah.

—¿Entonces qué es?

—Leí algo que me molestó, eso es todo.

—¿Sobre qué? —Se mueve para rodearme con el brazo y atraerme hacia ella. Huele a los limones que acaba de recoger del limonero y al jabón con el que los estaba lavando en el fregadero.

Me tiro de las perneras de los pantalones cortos mientras se sienta pacientemente, como si tuviéramos todo el tiempo del mundo. Y sé que no es así. Mi padre la necesita. Es probable que Ledger y Callahan también. Pero ella nunca me hace sentir así. Siempre me ofrece tiempo, como si yo fuera el único en el mundo.

—Sobre papá.

Otro asentimiento lento.

—¿Qué pasa con él?

—Sobre que es un indigente.

Se ríe con ganas y reprime la risa cuando la miro confundido.

—Creo que quieres decir inclemente, cariño. Está claro que no somos indigentes —dice, y señala la casa gigantesca que hay a nuestra espalda.

—Sí. Vale. Eso es lo que quería decir.

—¿Qué más decía?

—Solo cosas. —Es más fácil escudriñarme los dedos que mirarla a los ojos.

—Sácalo. —Me da un apretón en el hombro.

—Decía que era una persona in… inclemente, que era un hombre mujeriego, condescendiente, sin escrúpulos, que antepone el beneficio a todo lo demás.

—Bueno, esos adjetivos los has dicho bien. —Se ríe con ganas y me da un beso en la coronilla, completamente imperturbable por las cosas que acabo de decir y que sé que no son buenas.

—¿No estás enfadada?

Mamá se da la vuelta, me aparta el pelo de la frente y me pasa una mano por el lateral de la cara.

—Peque, no estoy enfadada.

—¿Por qué no? Te enfadas cuando Callahan me llama idiota.

—Tienes razón. Así es. Pero eso es completamente distinto.

—¿Cómo? ¿Por qué no te enfadas con los que han dicho esas cosas de papá?

—Me enfada porque no es cierto, pero me da igual que digan esas cosas porque ellos no importan.

—¿Por qué no?

—Porque los únicos comentarios, críticas y palabras que deberían importarte son los que hace tu familia.

—Tú dices muchas cosas cuando estás enfadada —suelto, y luego hago una mueca. No me creo que acabe de decir eso en voz alta.

Pero responde con una risa y me revuelve el pelo.

—Cierto. Así es. La mayoría de las veces, cuando estás enfadado, dices cosas hirientes. No estoy hablando de ese tipo de palabras. Me refiero a las que dice la familia sobre ti. Cómo te describirían a un amigo. Son ese tipo de comentarios los que importan. Todo lo demás solo es ruido.

—Eso no tiene sentido.

—En este mundo, habrá mucha gente que diga cosas sobre ti. Buenas. Malas. Verdades. Mentiras. Eres un Sharpe. Tenemos éxito, y es más fácil para los demás criticar que admirar lo que hemos logrado. Pero al final del día, cuando seas mayor como el abuelo y mires atrás, tu vida, solo importará lo que digan las personas que amas. Lo que piensen de ti, como persona, como hombre, como hermano, como marido, es lo que tienes, lo importante y muestra el verdadero hombre que eres.

—¿No debería importarte lo que digan todos?

Me dedica una sonrisa suave.

—Puede importarte, pero si tu familia no tiene nada bueno que decir de ti, si no puede decir que eras una buena persona que ayudaba a que su mundo fuera mejor, entonces, ¿habrá valido la pena la forma en la que viviste?

Capítulo 30

Ford

Me sonríe por detrás de Roddy.

Me sonríe porque, demonios, casi nos pilla esta mañana.

Nota personal: quitarles todas las llaves a los contratistas. Así no nos pillarán en el acto. Terminando el acto. Disfrutando del acto.

Y, Dios, qué acto. Sus labios alrededor de mi polla. Sus mejillas ahuecadas. Esos ojos azules que me miraban por debajo de las espesas pestañas.

Tener pareja tiene ventajas, pero nunca pensé que esta sería una de ellas.

—¿Me estás escuchando? —pregunta Roddy. Le ofrezco un rápido movimiento de la cabeza para despejar los pensamientos fuera de lugar. Pero no están fuera de lugar en absoluto. Están justo donde quiero que estén, a pesar de que me distraen.

—Sí, claro. —Me río entre dientes—. Se están haciendo tantas cosas a la vez que, a veces, se me va la cabeza.

—No fastidies. Nunca he visto que se intente hacer tanto en tan poco tiempo en ninguna parte.

—El tiempo es oro.

—Sí, pero tengo que reconocérselo a Sinclair. Mantiene un control estricto de la agenda y se asegura de que nadie se cruce con nadie.

—Así es. Tenemos suerte de que lo esté coordinando todo. Este proyecto sería un caos sin ella.

Ellery me muestra una gran sonrisa y agita los dedos antes de caminar por el pasillo.

—Sí —dice Diego mientras se acerca, completamente ajeno al hecho de que ella se acaba de marchar—. Lo que haría por probar un pedacito de ella. Joder. Apuesto…

—Cállate la boca —le ordena Roddy, que le golpea en el pecho al instalador de placas de yeso, justo cuando estoy a punto de decir y hacer lo mismo, o algo peor. La furia nada en mis venas.

—Hermano. No decimos mierdas como esa. Ella no es un pedazo de carne y seguro que se merece más respeto que eso.

—Vamos…

—Diego. —No hay un ápice de calidez en mi sonrisa. Tampoco en mi tono. Le extiendo una mano—. Fordham Sharpe. Creo que no nos conocemos.

A Diego se le desencaja la mandíbula y necesita ensayar más el apretón de manos para mejorar la confianza. Por otra parte, podría ser la expresión de mi rostro, que refleja el deseo de matarlo, lo que provoca que deje la mano colgando y sin fuerza en el apretón.

Mi apellido causa esa reacción a veces. Y ahora doy gracias por eso.

—Señor. —Por fin encuentra la voz y se aclara la garganta.

—Escucha. No te conozco, pero a mí me enseñaron a respetar a las mujeres. A admirarlas. A disfrutar de su compañía. No son un pedazo de algo que puedas conseguir. Así que vamos a dejar algo muy muy claro. —Me inclino para acercarme a él, bajo la voz, le aprieto la mano tan fuerte que estoy seguro de que es posible que le esté cortando la circulación de los dedos—. Si alguna vez te escucho hablar de mi compañera así de nuevo, te aseguro que tu empresa dejará de existir. —Abre mucho los ojos—. Sí, tengo esa influencia. ¿Entendido?

Diego me mira con los labios laxos y asiente con la cabeza.

—Sí, señor —susurra.

—Excelente. Me alegro de que lo hayamos aclarado. Ahora podéis iros —digo mientras le libero la mano, que extiende y aprieta cuando la sangre le vuelve a correr por los dedos. Levanto la barbilla hacia él—. Y, probablemente deberías comprobarte la circulación. Ahora mismo, parece que no va muy bien.

Diego traga saliva y vuelve a asentir con la cabeza mientras tropieza con una caja en el suelo y se escabulle del bar de la azotea donde estamos.

—El pobre chaval tendrá que cambiarse los calzoncillos. Le has asustado muchísimo —dice Roddy entre risas—. Esperemos que eso le sirva de escarmiento.

—Esperemos —murmuro—. Gracias por defender a Ellery. —Acaba de ganar muchos puntos.

Roddy se aclara la garganta con un rubor en las mejillas.

—Ella vale mucho.

Um. ¿Eso significa lo que creo?

—Así es. —Asiento con la cabeza y, con el tema de Elle Sinclair ya zanjado, vuelvo al portapapeles que tengo en las manos—. En cuanto a los armarios empotrados...

—Estoy pensando que si puedo mantener alejados a todos los capullos de ella, tal vez antes que termine el proyecto, tire a matar y le pida salir.

De repente, me entra un ataque de tos.

Acaba de perder esos excelentes puntos.

Incluso están convirtiéndose en negativos.

En segundo lugar, la frase «tire a matar» nunca había sonado tan macabra como ahora.

—Guau. Bueno, está bien —respondo de la forma más estoica posible, mientras odio que uno de mis chicos favoritos de este lugar haya bajado de rango hasta alcanzar el de Diego.

Tal vez está un poco más arriba.

—¿Crees que tengo alguna oportunidad? —pregunta con la mirada ansiosa y una sonrisa esperanzada.

—Casi las mismas que yo. —Le doy un codazo—. Y eso no es mucho.

El pensamiento y la conversación me acompañan el resto del día. Mientras hablo por teléfono para lidiar con responsabilidades de S.I.N., hago una llamada al gerente del complejo de Japón para hablar del último hotel que está a punto de inaugurarse después de una extensa renovación, repaso la nueva campaña de *marketing* para ver si el cambio de ubicación de la marca en Aspen está ayudando a atraer a un nuevo grupo demográfico y hago una llamada de control a mis hermanos, para asegurarme de que estamos de acuerdo en todo. Entre contratar a un gerente para el nuevo complejo, lidiar con un problema de la cadena de suministros y una posible huelga sindical en la propiedad de Napa, esta semana ha sido desafiante como poco. Es pertinente que sepamos lo que está haciendo o ha hecho cada uno para poder intervenir si es necesario.

Luego están las cosas del día a día que hay que resolver en el hotel. Lo recorro con el director de obra para comprobar lo que está terminado y anotar lo que necesita atención. Conversaciones sobre logística. Zanjar la discusión entre una frustrada Ellery y un fontanero que se negaba a seguir órdenes… y, supongo, que seguir órdenes de una mujer, porque cuando le he dicho lo que tenía que hacer, lo ha hecho enseguida. Capullo.

El día ha sido agotador, pero satisfactorio. Como todos los días en este lugar.

¿No es eso lo que esperaba cuando vine aquí? ¿Trabajar con las manos y ver cómo algo se materializa a partir de ese arduo trabajo?

¿Y qué es aún mejor? Hacer todo eso con una compañera, con Ellery, y ver la alegría y la satisfacción que ella también encuentra en el proceso.

Capítulo 31

Ellery

—¿Qué? —Me alejo el teléfono de la mejilla y lo miro, hay que ver para creer, antes de volver a colocármelo contra la cara. Es imposible que lo haya oído correctamente.

He dicho que estaba revisando todo el trabajo de Revlon con Gregory y estoy realmente impresionado de la preparación que has hecho. Un trabajo estelar. Sencillamente estelar.

—Eh. Gracias. —¿Qué está pasando? ¿Por qué me está elogiando Garland ahora, cuando es el tipo de trabajo que siempre he hecho para Haywood?

—Supongo que el proyecto va bien, ¿no?

Siento como si hubiera entrado en una dimensión desconocida.

—Sí. Muy bien. La mayoría de los días. —Me río—. Ya sabes cómo son los proyectos. Siempre tienen sus contratiempos, pero en su mayor parte, sí, la cosa va bien.

—Bueno. Me alegro. Espero que todo continúe así.

—Gracias. —Un incómodo silencio se extiende a través de la línea y lucho por encontrar algo con que llenarlo. Justo cuando estoy a punto de hablar, lo hace él.

—Se acerca su cumpleaños.

Se me cierra la garganta ante sus palabras y la atípica emoción con la que las dice.

—Lo sé.

Otra pausa. Se aclara la garganta.

—Es un día difícil para mí. No me imagino lo que significa para ti.

No tengo ni idea de qué contestar a ese comentario. Nunca ha dicho nada parecido en los años que han transcurrido desde su muerte. Abro la boca. La cierro.

—Solo quería que supieras que estaré pensando en ti, Elle. Y que ella estaría orgullosa de lo que estás haciendo, porque es exactamente lo que ella habría hecho.

—Gracias. —Apenas puedo pronunciar la palabra por el nudo de emoción que se me hace en la garganta.

—No es necesario que me lo agradezcas.

Cuando termina la llamada, me quedo mirando el teléfono mientras reproduzco la conversación en mi cabeza y me pregunto qué significa.

La escéptica que hay en mí diría que solo llama para comprobar cómo van las cosas, porque espera que le dé beneficios en un futuro con S.I.N. Pero la mujer que lee novelas románticas y que finge no creer en los finales felices ha advertido unos débiles matices en su voz.

Garland la amaba.

De verdad.

Si bien es posible que no haya entendido o visto la manifestación de ese amor de una forma convencional, todavía la ama.

Es evidente que hay más de una manera de amar. No todas las relaciones… son iguales.

Sea cual sea su forma, al final la pérdida te devastará.

Tal vez eso sea una prueba de lo que digo.

«El amor es peligroso, algo que hay que evitar a toda costa».

Capítulo 32

Ford

—Está avanzando, ¿no?

Miro hacia Ellery, de pie en la puerta de la habitación que he conseguido para instalarme. Es más grande que el bar de la azotea. He traído una mesa vieja para usarla como escritorio. La cama es extragrande pero, como el dolor de espalda atestigua, el colchón es una mierda. La ropa cuelga al azar en un armario en el que la puerta no hace nada para protegerla del polvo, que lo cubre todo. No es a lo que estoy acostumbrado, pero servirá.

Aunque no es la habitación en lo que estoy centrado ahora mismo. Es en la mujer que está en la puerta, con los vaqueros desgastados hasta las rodillas y la camiseta roja parcialmente desabrochada.

Ella encaja y, sin embargo, de alguna forma no lo hace.

Forma parte del ambiente elegante en el que normalmente vive, pero está muy cómoda con botas de trabajo, polvo en el pelo y un lápiz colocado detrás de la oreja, mientras realiza esta reforma con una perfección que rara vez he visto en los contratistas de S.I.N.

Es inteligente. Es hermosa. Es… *Joder.* Lo tengo crudo.

—¿Tierra llamando a Ford? —Agita las manos delante de sí misma para llamar mi atención.

Lo que ella no sabe es que ya la tiene.

—Lo siento. Estás ahí parada, y me has hecho perder el hilo de los pensamientos. —Me muestra una sonrisa amplia—. Lo siento, ¿qué me has preguntado?

—Espero que la distracción haya sido por buenas razones y no porque tengo pintura en la mejilla o algo así.

—Seguirías siendo guapa hasta con pintura.

—¿Alguien está tratando de ablandarme? —pregunta mientras avanza hacia mí.

—Nunca —digo, y asiento con la cabeza. No a menos que sea necesario—. Y sí, creo que la obra avanza. Mejor de lo que esperaba.

—No seas gafe. —Se ríe—. Prefiero que las cosas permanezcan tal y como están. —Evalúa lentamente el espacio. La cama hecha. El escritorio desordenado. Los pedacitos de aquí y allá que demuestran que existo—. Sabes que no tienes que estar aquí, ¿verdad? Estoy segura de que tu casa en Sag sería más cómoda y menos… —recorre la mesa con un dedo y deja una raya—polvorienta.

—Así es.

—Sé que estás ocupado con muchas otras cosas además de este lugar, así que…

—¿Me estás echando, Ellery *Celery?* —pregunto a la vez que extiendo un brazo y la agarro por la cintura para que se siente en mi regazo. Soy más que consciente de la tensión de su cuerpo mientras la rodeo con los brazos y coloco la barbilla en la curva de su hombro.

El afecto la incomoda.

Es algo que he notado en el transcurso de las últimas semanas desde que hemos estado…, lo que sea que hemos estado haciendo. Es raro que una mujer tan pasional actúe así cuando la tocan en un ámbito fuera del acto sexual.

—No te estoy echando. Solo he pensado que tal vez querrías tomarte un descanso de este lugar porque, bien sabe Dios que vivir y trabajar en el mismo sitio a veces puede volverte un poco loco.

Tiene razón. La tiene, pero no por los motivos que cree. Puedo vivir en cualquier lugar.

El lujo no es necesario, a pesar de lo que la gente piense o con lo que me asocien. Es ella la que me vuelve loco. El deseo de estar con ella todo el tiempo. Cuando trata con los contratistas y puedo admirar la facilidad con la que lidia con ellos. Cuando está sentada a oscuras en la mesa de la cocina comiéndose una barrita de helado, cuyas calorías no cuentan. Cuando tiene plantado el trasero en la arena, con una copa de vino en la mano y el rostro levantado hacia el sol. Cuando me hundo en ella y emite ese sonido desde lo más profundo de la garganta que suena a un placer envidiable.

—Puede —digo—, pero me las estoy apañando bien.

—He oído que has asustado mucho a Diego. Cuando he entrado, me he encontrado a algunos de los chicos riéndose de eso, pero se han callado en cuanto me han visto. ¿Te importaría explicarme por qué y qué ha ocurrido?

Me río entre dientes.

—Nah. Me he encargado de ello. Eso es lo único que tienes que saber.

—¿Por qué tengo la sensación de que debería indagar más sobre el tema? —pregunta.

—¿No confías en mí para que me encargue de la cuadrilla? —bromeo.

—Ahora sé que necesito preguntar más.

—Ha sido irrespetuoso. Lo he puesto en su lugar con un pequeño incentivo de por qué no debería volver a hacerlo.

—Sabes que puedo arreglármelas sola, ¿verdad? Que es normal que en la construcción traten a las mujeres como a una mierda, ¿no?

—Sí, lo sé, pero eso no significa que vaya a permitirlo en nuestra propiedad. O que te traten a ti así. Llámame anticuado. Llámame capullo. Sé que puedes arreglártelas y creo que te he dejado en todas las ocasiones que se presentan, *pero*... si no hubiera dicho nada, habría sido tan culpable como él.

Asiente despacio mientras me aprieta la mano contraria con las yemas de los dedos y observa fijamente la unión. Está pensando en algo. La mayoría de los días es como un libro cerrado. Hay veces que siento que puedo hablar de cualquier cosa, pero cuando la conversación se dirige hacia ella, desvía el tema a su favor.

—¿Qué quieres, Ellery? —murmuro con los labios cerca de su oreja.

—¿A qué te refieres?

—Cuando esto acabe. —Se tensa y me echo a reír—. Relájate. Estoy hablando de negocios, objetivos, ese tipo de cosas.

Se toma su tiempo para pensar una respuesta. Es muy distinta a Cathy la charlatana, la que conocí hace meses… ¿Qué ha cambiado?

Suspira antes de responder.

—Quiero terminar esto y… no sé. ¿Conseguir satisfacción, reivindicación o como quieras llamarlo cuando el proyecto se complete? Y si lo hago, ¿será suficiente para consolidarme en la empresa? ¿Garland seguirá pensando que necesito que me vean pero no que me escuchen? ¿Mis hermanos respetarán mis opiniones como una socia igualitaria?

—Pero has dicho que te ha llamado y elogiado parte de tu trabajo. Tal vez la marea ya esté cambiando en ese aspecto.

Aprieta los labios y asiente con la cabeza.

—Tal vez. No sé.

Casi puedo sentir el conflicto.

—Vale, digamos que todo eso fuera cierto. Terminar el proyecto y que sea un éxito. Alerta de *spoiler:* así será. Pero digamos que Garland se da cuenta de verdad de lo que vales y los capullos empiezan a respetar tus opiniones. Si todo eso fuera cierto, ¿te considerarías exitosa?

—Esa es la cuestión, ¿no?

—Mi madre me decía que, al final del día, lo único que importa en la vida es lo que tu familia dice y piensa de ti. Yo lo creía fervientemente pero, para ser honestos, últimamente he tenido problemas con eso. Y luego hablamos y te veo luchar contra la mierda que dicen tus hermanos y tu padre. Te veo. Te conozco. Sé lo que vales y me sorprende que no lo vean.

¿Y no es esa la verdad? Está haciendo que me dé cuenta de que hay una excepción a la norma según la cual mi madre me dijo que era importante vivir mi vida.

La pregunta es, ¿cómo me aplico ese nuevo conocimiento?

Porque estoy empezando a darme cuenta de que parte de la razón por la que la biografía me ha dolido es que siempre anhelé que esas palabras salieran de su boca. Su alabanza. Su aprobación. Los tres lo hacíamos. Y como cualquier hermano, cuando un padre le da a uno algo y a otro no, esto provoca que al que no le ha dado nada se sienta inferior.

Y la falta de palabras sobre mí en la biografía hizo precisamente eso. Me hizo sentir como si no fuera importante. Y el hecho de que mis hermanos no le dieran importancia a lo que sentía sobre ello solo sirvió para abrir un poco más la herida.

Pero entonces aparece Ellery, un ejemplo andante de excepción de la norma.

De no necesitar las palabras de nadie para demostrar su valía.

Y me pregunto cómo puedo aplicar eso en mi vida. Me pregunto si es posible dar un paso atrás e ignorar algo parecido a un desaire, porque si lo que mi familia dice y piensa de mí es la base de cómo me veo, está claro que me hace falta.

—El principio de tu madre es bueno en teoría, pero tal vez solo se aplica a las familias funcionales. —Se ríe . Y Dios sabe que la mía es disfuncional en la mayoría de los sentidos normales. —Empieza a trazar la palma de mi mano con el dedo. Pasan unos segundos mientras observamos lo que hace—. ¿Por qué has tenido tantas dificultades con ese principio?

—Por nada en particular —digo, y le rozo el hombro con la barbilla. Está hablando. Lo último que quiero es desviar el tema hacia mí, pero también encuentro extraño que, por primera vez, de verdad quiero contarle lo de la biografía. Mi reacción. Lo anulado que me siento por ello. Quiero saber lo que piensa, ver si me entiende cuando mis hermanos creen que estoy siendo ridículo.

—No cambies de tema —le pido, y le planto un beso en la nuca—. No has terminado de responder la pregunta. ¿Qué es para ti el éxito profesional? ¿El éxito personal? Quiero saberlo todo, Ellery, y no voy a dejarte en paz hasta que no me lo cuentes. —Le aprieto más la cintura y la acerco a mí.

—En lo profesional, creo que todavía lo estoy descubriendo todo. Y eso está bien. ¿Tengo que trabajar? No. Puedo hacer una llamada para recoger el cheque de la nómina de Haywood y retirar el dinero, pero eso no me satisface. Tal vez haga alguna otra cosa como esta. —Señala el edificio que nos rodea—. A escala más pequeña para no hiperventilar con el precio de venta.

—Estabas un poco pálida.

—Muy pálida. Dios.

—Y entonces me lancé para salvarte el día —bromeo, ya preparado para la reacción porque, si la conozco tan bien como creo, Ellery Sinclair no necesita que nadie se lance a rescatarla.

En tres.

Dos…

—Tú no te lanzaste. No necesito que nadie se lance.

Echo la cabeza hacia atrás y me río.

—Ha sido más rápido de lo que pensaba. —Ella me golpea—. Y, créeme, sé mejor que nadie lo capaz que eres. —Le doy un beso en el hombro—. Así que eso es en el ámbito profesional. ¿Qué hay del personal?

—Me gustaría viajar. Mis padres eran grandes viajeros. Tengo muchos álbumes de fotos de sus viajes. Creo que sería genial hacer lo mismo. Alojarme en los mismos lugares que ellos. Vivir las mismas cosas. Suena ridículo, pero tal vez me permita sentirme un poco más cerca de ellos.

—No. Lo entiendo. Mis hermanos y yo hemos hecho de todo para sentirnos un poco más cerca de nuestros padres desde que murieron. El dolor no entiende de juicios ni de tiempo. Es diferente para todos. Además, creo que es una gran idea tener esa historia a la que aferrarse.

—Veremos si alguna vez lo logro.

—Has comprado un hotel por capricho. Estoy bastante seguro de que lo conseguirás.

—Gracias por el voto de confianza.

—Cuando se trata de ti, eso es un hecho. —Medio resopla, medio suspira y eso me indica que está a punto de refutar el comentario, así que le coloco una mano en la boca.

—Admítelo, Ellery. No importa lo que cueste, pero al final de esta aventura, asentirás con la cabeza cuando diga eso en vez de resoplar.

Su suspiro es todo lo que necesito para saber que me ha escuchado. Y el lento lametón que me da en el interior de la palma hace que la sangre se me acumule en el regazo, sobre el que ella está tan convenientemente sentada.

Me río de forma dolorosa cuando retiro la mano justo en el momento en que se le forma una sonrisa en la cara.

Los intentos de seducción no van a distraerme. Bueno, sí, me distraen, y agradeceré la oportunidad de que vuelva a hacerlo, pero después de esta conversación.

Es un puto milagro que la mujer esté hablando, así que tengo la intención de que siga haciéndolo.

—¿Qué ocurre, Ford? —Mueve el culo sobre mi polla dura—. ¿Algo te está distrayendo?

Cierro los ojos y respiro profundamente mientras el calor de su sexo se filtra a través de los vaqueros y sobre mi miembro.

—No —digo entre dientes y la muevo para sentarla más sobre un muslo que sobre la erección. Es una idea ilusa pensar que ayudará a apaciguar el deseo que me recorre el cuerpo, pero vale la pena intentarlo—. Nada.

«Ledger».

«Callahan».

«Ledger».

«Callahan».

Pensar en mis hermanos es una forma segura de provocarme un gatillazo.

—¿No hay niños ni una cerca blanca? —pregunto entre dientes mientras baja la mano para moverse, y me roza la polla sin querer por encima de los tejanos.

Siseo en un suspiro mientras sonríe más ampliamente.

—Las cercas blancas necesitan demasiado mantenimiento. La pintura y el clima las desgastan. Tal vez una valla de vinilo algún día. O de hierro forjado. Es un poco más resistente.

Me río. Dios, qué mujer. Es estupenda.

—Y los niños…

—Estás tratando de continuar con esta conversación con todas tus fuerzas, ¿no? —murmura mientras recorre el bulto de mis pantalones con la uña. Un sinfín de sensaciones me recorren la zona hasta llegar a las pelotas y la parte inferior del abdomen cuando se inclina y coloca la boca a escasos centímetros de la mía—. ¿Qué tal si dejamos de hablar, Sharpe, y empiezas a darle un mejor uso a esa boca tuya?

—¿Qué tenías en mente? —Desvío la mirada desde su boca hasta los ojos y luego a la lengua, que saca para humedecerse los labios.

«Sea lo que sea, seguro que me va a gustar».

Se inclina y me roza los labios con los suyos.

—Bueno, considerando que somos socios igualitarios…

—Al cincuenta por ciento —susurro contra sus labios.

—Creo que has obtenido tu cincuenta esta mañana y yo sigo aquí sentada sin el mío.

Joder. ¿Me está pidiendo que se lo coma?

No tiene que pedirlo dos veces.

La conversación ha terminado.

La libido está por las nubes.

—Eso es algo que puedo remediar.

—¿Ah, sí?

Otro beso.

—¿Qué tipo de socio sería si no intentara cumplir con mis responsabilidades?

En un momento, deslizo la mano entre sus muslos.

—Uno horrible.

Me lame el labio inferior.

Con las manos en su cintura, la ayudo a ponerse de pie mientras le quito el botón y le bajo la cremallera de los vaqueros a toda prisa.

—Entonces voy a necesitar que pongas el trasero sobre el escritorio aquí mismo para demostrar que merezco la pena.

El cincuenta por ciento nunca sonó tan bien.

Capítulo 33

Ellery

—Necesito que vayas a recoger algo para mí.

¿No es eso lo que Ford me había pedido? ¿Que me dirigiera a la ciudad de al lado para hacerle un recado como favor?

La verdad es que no me ha importado. Llevo deprimida desde el día del cumpleaños de mi madre, así que la oportunidad de bajar las ventanillas del coche y tomar un poco de aire fresco es justo lo que necesito.

Cada kilómetro que pongo entre la propiedad y yo me permite respirar un poco mejor.

El caos parece ser la temática de la semana.

Y juro que es porque Ford nos ha maldecido al decir que todo estaba saliendo a las mil maravillas. Solo esta semana, se ha roto una tubería en la zona de la cafetería, un electricista se ha caído de una escalera y ha necesitado atención médica y nos han negado un permiso por algunos ligeros tecnicismos de las ordenanzas municipales.

Estrés, más estrés y más estrés.

Y todo ello cuando tenemos una inminente fecha marcada en rojo en el calendario para que el mobiliario comience a llegar.

Si las habitaciones no están terminadas, no tendremos donde ponerlo.

Hablando de tareas por hacer, tengo que ir a por lo que sea que me ha mandado Ford. Recogerlo y regresar.

Echo otro vistazo a la dirección que Ford me ha enviado por mensaje y desvío la mirada al edificio que hay frente a mí.

Sí. Es el lugar correcto. Pero no es precisamente donde esperaría recoger algo para una reforma.

El edificio es azul cian con contraventanas blancas y jardineras en los alféizares. Unas cuantas mujeres deambulan por las ventanas, yendo y viniendo.

Una tiene una copa de vino en la mano. Otra lleva papel de aluminio en el pelo.

Levanto la mano y me toco las puntas del pelo. ¿Cuándo fue la última vez que me lo cortaron y secaron? He estado tan inmersa en el hotel, en el tiempo con Ford, que ni siquiera se me ha pasado por la cabeza.

Tal vez pida cita mientras estoy aquí.

¿Pero qué tienen en común un salón de belleza y una reforma? Ford debe de haberse equivocado con los números o algo al enviarme la dirección.

Yo: ¿Estás seguro de que esta es la dirección correcta?

Ford: Sí. Edificio azul. ¿Flores rosas?

Yo: Sí.

Ford: Millie tiene lo que necesitas.

Miro fijamente la pantalla y niego con la cabeza.

—Aquí no hay nada —murmuro mientras salgo del coche y subo las escaleras. El interior está bien ventilado y es amplio. El olor a jazmín de las jardineras perfuma el aire. Se oye el leve zumbido de la charla y los secadores mientras espero que alguien me vea en la recepción.

—¿Puedo ayudarla? —pregunta una mujer con el pelo castaño rizado y una sonrisa amable.

—Sí. Busco a Millie. Estoy aquí para recoger algo para Fordham Sharpe.

Me dedica una sonrisa infinita.

—¿No es el mejor hombre de la tierra? Inteligencia, amabilidad y apariencia, todo en un solo paquete increíble.

—Eh, sí. Supongo —tartamudeo, sorprendida por los comentarios.

Me hace un gesto con la mano.

—Cariño, no pasa nada con que estés de acuerdo. Aquí nadie te va a juzgar. Debes de ser Ellery.

—Sí, ¿Millie?

—Presente —dice con un acento sureño que se intensifica un poco más.

—Solo me llevaré lo que sea que necesita y me iré de aquí. —Sonrío de forma cortés, pero no me emociona especialmente esta mujer que adula al hombre con el que ahora paso más tiempo del que se considera saludable.

Su risa llama la atención de todos los que nos rodean.

—Oh, querida, no vas a recoger nada que puedas llevarte contigo.

—¿Qué quiere decir? —pregunto mientras extiende la mano con lo que parece que es una tarjeta.

La miro con curiosidad mientras abre el sobre y saca la tarjeta.

Elle:

Has estado trabajando sin parar. Te mereces un descanso. Un poco de relax. Millie lo tiene todo preparado para ti. Un masaje. Un tratamiento facial. Una manicura y pedicura. Otras cosas que ni siquiera sé qué son.

Y cuando termines, encontrarás un bonito apartamento a tu nombre para pasar la noche. La comida está pedida y te estará esperando. El vino está fresquito. El dueño me ha prometido que ha dejado algunas novelas románticas excelentes para que te ayuden a relajarte. Disfruta del tiempo alejada del ruido y el polvo.

Alguien dijo una vez que este lugar puede volverte loco. Así es. Tómate este tiempo para relajarte. Nos vemos mañana.

Ford

No sé por qué se me llenan los ojos de lágrimas, pero así es.

—No está nada mal, si se me permite decirlo —comenta Millie en voz baja.

—No. Nada mal. —Parpadeo para contener las lágrimas. Odio que una se escape mejilla abajo, y la limpio en cuanto ocurre.

—Tiene que ser un buen hombre para darse cuenta de cuándo su novia necesita un descanso del día a día.

—Yo no soy... No somos...

Su risa me interrumpe.

—Puedes insistir en que no eres o que no sois todo lo que quieras, pero si un hombre se toma tantas molestias para hacer feliz a una mujer que no es su madre, entonces creo que eres más que una amiga.

Me sonrojo y no sé muy bien qué decir. Asiento con la cabeza.

—Lo dejamos en que soy algo más que una amiga.

—Bueno, algo es. —Me tiende la mano—. El teléfono, por favor.

—¿Por qué?

—Porque si tengo tu teléfono, tendrás una excusa válida para no responder a cuestiones de trabajo. Y porque es lo que Ford me ha pedido que haga, y sabes tan bien como yo que no se le puede negar nada a ese excelente espécimen de hombre.

Le paso el teléfono de mala gana, casi con la sensación de que le estoy dando un brazo o una pierna. En ese momento, mi móvil suena con un mensaje de texto, pero ella se limita a sonreír, lo mete en el cajón y lo cierra.

—Ahora que eso está solucionado, vamos a empezar con los mimos. No hay tiempo que perder.

Durante una ridícula cantidad de tiempo me tratan como a una reina. Cuando pregunto si debo beber agua después del masaje, me dicen «el champán está hecho de agua, así que te servirá». Cuando me preguntan de qué color quiero que me pinten las uñas de las manos y los pies, elijo el rojo, porque sé lo mucho que a Ford le gustó el pintalabios rojo la última vez que me lo puse. Cuando me dirijo a la puerta me preguntan si me siento relajada, y las lágrimas me queman en los ojos mientras asiento con la cabeza y me doy cuenta de lo mucho que necesitaba este respiro de lujo.

Me digo a mí misma que no me lo merezco, que no me merezco toda esta atención y estos mimos, pero estaría mal por mi parte negar lo mucho que lo estoy disfrutando.

Me han deshecho las contracturas de los hombros. Mi piel resplandece. Tengo el cuerpo relajado.

Y todo porque Ford se ha dado cuenta de que lo necesitaba cuando ni siquiera yo lo había hecho.

Pienso en ello una y otra vez mientras subo los escalones principales hacia el apartamento al que Millie me ha dirigido.

Me siento como una adolescente entusiasmada cuando abro la puerta y miro la cama lujosa y la enorme bañera con patas en la que puedo sumergirme. Recorro con los dedos los libros de algunas de mis autoras favoritas de literatura romántica y me deleito pensando en cómo ha sabido lo que me gustaba el que los has traído. Sobre la mesa hay una tabla de embutidos. Junto a ella, una caja de fresas cubiertas con chocolate, un bol de Chex Mix sin los *pretzels* y una botella del cabernet que me gusta. Las puertas del balcón están abiertas y dan al mismo mar que el hotel, pero por alguna razón, tal vez por mi estado de relajación o por el día que he tenido, brilla de un azul más intenso.

Llamo a Ford en el instante en que termino de asimilarlo todo.

—Supongo que no has tenido ningún problema en recoger lo que te he pedido, ¿verdad? —pregunta Ford a modo de respuesta.

—Ford. —Se me quiebra la voz. ¿Por qué parece que esto es lo más bonito que alguien ha hecho por mí? Darse cuenta de que necesitaba un descanso. Ofrecerme ese descanso. No molestarse por tener que soportar la peor parte de ese descanso—. Ni siquiera sé qué decir. Gracias se queda muy corto.

—No es necesario que me las des. Solo espero que te hayas relajado en lugar de pensar en formas de escapar.

—¿Por qué iba a escapar?

—¿Lo dice la mujer que pone A mayúscula en Tipo A?

—Qué tonterías dices.

—¿Sí? Porque me apuesto esa botella de vino que estás descorchando ahora mismo a que has tenido dificultades para darle el control del día a otra persona, aunque esa persona haya sido yo.

Me echo a reír porque tiene mucha razón. Me he preocupado por no estar allí. Por si alguien me necesitaba y no podía localizarme.

—Mira, te conozco bien. Esa es la razón por la que le dije a Millie que te pidiera el teléfono.

—Eso parece. —Me detengo y caigo en la cuenta—. Dios. Ha pasado algo hoy, ¿no?

—Deja de revisar frenéticamente los mensajes de texto. No ha pasado nada. Y si lo hubiera hecho, ¿no tienes nada de fe en mí?

Es cierto. No estoy sola. Tengo un socio que es más que capaz.

—Vale. Ataque de pánico evitado. —Me siento en una silla cómoda y levanto los pies—. En serio, eso, esto… todo ha sido muy considerado. De verdad creo que es una de las cosas más bonitas que alguien ha hecho por mí.

—Bueno, qué lástima, porque es una gota en el cubo de las cosas que te mereces, Ellery.

Se hace el silencio. No es incómodo, pero siento que en ese espacio de tiempo hay muchas cosas que ninguno de los dos somos capaces de pronunciar.

—¿Debería estar celoso por esos libros que planeas leer esta noche? —bromea.

—El que los haya elegido tiene buen gusto.

—¿Ese es el código para decir que tiene unas escenas de sexo geniales?

—Algo así. —Los dos nos reímos. No estoy segura de por qué, en parte, esperaba escuchar un golpe en la puerta y que él estuviera hablando conmigo por teléfono al otro lado.

Pero no hay ningún golpe.

No hay expectativas de que vaya a ocurrir.

Y no estoy segura de si me gusta que no espere nada a cambio por su amabilidad o si estoy decepcionada porque no haya venido a compartir esta noche conmigo lejos del hotel.

—Gracias —digo en tono suave—. Que hagas esto… significa mucho para mí.

—Iba en serio lo que he dicho. Te mereces el descanso y mucho más. Gracias por dejarme mostrártelo. Por dejarme consentirte. Ahora ve a disfrutar de tu noche. Sumérgete en la bañera. Baila desnuda ahora que nadie te observa. Vuelve a llenarte la copa. Y mañana por la mañana nos vemos.

Dios. Alguien necesita escribir eso en una de mis novelas románticas.

No. Espera. No quiero, porque este momento es mío.

Y no quiero que me lo arrebaten.

—Buenas noches, Fordham, el de la universidad.

—Buenas noches, Ellery *Celery*.

Capítulo 34

Ellery

Siete años antes

—No lo entiendo. —Parpadeo una y otra vez como si cada vez que cerrara y abriera los ojos fuera a cambiar la escena que hay ante mí.

Como si fuera a hacerme escuchar algo distinto.

—No necesitas entender, Elle. Lo único que tienes que saber es que esto, nosotros... se ha acabado.

«Va a proponerte matrimonio esta noche, Ellery. Josh Fitzpatrick va a pedirte que te cases con él, viviréis felices para siempre y estaréis ridículamente enamorados».

¿Ha sido hace solo unas horas cuando mi mejor amiga me ha dicho eso con su voz cantarina? ¿Cómo he pasado de eso a esto? ¿De la euforia a la desolación? ¿De hacerme la manicura para tener unas uñas perfectas en las fotos para mostrar el nuevo anillo a mirar el esmalte y sentir náuseas?

—Josh. Yo... no...

—He conocido a otra persona.

—¿Qué quieres decir con que has conocido a otra persona? —grito mientras las lágrimas me brotan de los ojos y el vacío de mi voz resuena en mi cabeza.

—Lo que escuchas. He conocido a otra mujer.

Me paso una mano por la cara y trato de procesar los últimos minutos.

—¿Me has engañado?

—Una relación no debería suponer tanto esfuerzo: o me quieres o no, pero no debería tener que intentar sacártelo. No debería tener que esforzarme tanto para hacer que me quieras.

—Pero te he dado todo lo que he podido. Te he dado todo lo que soy capaz de dar. —Avanzo un paso hacia él y él retrocede otro.

«Lucha por nosotros».

—Mira, sé que tu vida ha sido una puta mierda..., pero tus historias de abandono no son mi problema.

«Lucha por mí».

—Te he dado todo lo que he podido.

«Lo valgo. Valgo la lucha, el esfuerzo, los problemas. Lo prometo».

—Mira, pensé que te quería. Pensé que podría soportar que no me lo dijeras. Pero entonces conocí a alguien... y me di cuenta de que lo que me dabas no era suficiente.

Josh baja la cabeza por un instante antes de volver a mirarme.

—Adiós, Ellery.

Observo cómo se marcha cuando lo que quiero es rogarle que se quede. Sus anchos hombros. Su complexión alta. Entonces, se cierra la puerta.

Te quiero.

«Te quería».

Me obligué a mí misma a creer cuando el pensamiento me asfixió. Me permití pensar en la posibilidad antes que en el miedo.

«Te dejé entrar, Josh».

«Me permití tener esperanza».

«Me permití creer».

«Me permití amar».

Incluso cuando le temía al amor porque sé el dolor que conlleva.

«Me permití amar».

Pensé que quizá, esta vez sería diferente. Que era digna del amor del que todos hablan. Ese que todo el mundo experimenta, pero está claro que no.

«Me di cuenta de que lo que tú me dabas no era suficiente».

Estoy deshecha. Rota. Claro, mi madre fue lo bastante fuerte para tratar de amar de nuevo, pero yo no soy ella. Ella solo perdió a mi padre.

Yo lo perdí a él.

Luego a ella.

Y ahora a Josh.

El amor conduce a la pérdida incluso cuando te esfuerzas al máximo.

Y en especial cuando eres alguien como yo.

«Pensé que te quería. Pensé que podría soportar que no me lo dijeras. Pero, entonces, conocí a alguien…».

Tiene razón. Se merece el amor que no puedo darle con libertad. El mismo amor que para mí es una espada de doble filo. No puedo culparlo por desear más.

Por dejarme.

Lo he intentado.

Me he abierto y lo he intentado de veras.

Lección aprendida.

Al igual que todo lo que he querido en mi vida, se ha ido.

Nunca más.

Capítulo 35

Ford

—Entonces, ¿cuál es la verdadera razón por la que habéis decidido volar hasta aquí y visitarme hoy? —Voy directo al grano, por el que hemos pasado de puntillas durante las últimas horas.

Me ha sorprendido alzar la vista y ver a Ledger y a Callahan de pie en el vestíbulo del hotel, evaluando el progreso.

Solo vamos en pareja cuando las cosas se ponen serias. ¿No saben que yo lo sé? Y han venido en pareja para ir a por mí.

¿Cuál es el puto problema?

¿Por qué están aquí? No han dejado entrever nada durante el recorrido por el lugar. Tampoco durante el almuerzo al que me han llevado. Y nada en absoluto durante la sesión de puesta al día en la que Callahan ha alardeado de su hija y Ledger ha sacado pecho por el hijo que nacerá pronto.

«Señor, ayúdanos, pronto habrá un Ledger en miniatura dando vueltas por aquí». Uno es más que suficiente.

Los dos se miran y luego le echan un vistazo al mar que se ve al fondo desde donde estamos de pie en el bar de la azotea. Ninguno va a mirarme.

Son tan obvios que es ridículo.

—Quién es el poli bueno, ¿eh? —pregunto.

—¿No basta con que queramos ver a nuestro hermano? —contraataca Callahan con una sonrisa poco convincente.

Conozco ese tono y no me inspira nada de confianza.

—¿Tú eres el que va de poli bueno? —Suelto una carcajada y le doy un codazo a Ledger—. ¿En serio? ¿Callahan? —Me hace una peineta. Niego con la cabeza como respuesta—. Entonces, ¿qué pasa? Ya que está claro que habéis venido por alguna razón.

—No respondes a las llamadas —dice Ledger. Todo se reduce a negocios. Me sorprende que haya tardado tanto en ir al grano.

—Respondo a muchas de ellas. —Pero no a las que no quiero contestar.

—Lo diré de otra forma. Estás siendo selectivo con las llamadas y los mensajes que respondes. ¿Mejor? —se corrige Ledger.

—Sabes que nos has echado de menos —dice Callahan.

—Sí. Siempre lo hago. A veces. Excepto cuando me contáis milongas. Como ahora. —Y hasta aquí ha llegado lo de cubrirnos las espaldas. Claro que pasamos por algunas dificultades unos años atrás, pero una vez que Callahan se aclaró las ideas y dejó atrás el resentimiento, estaba seguro de que íbamos en la dirección correcta de nuevo. Que estaríamos ahí los unos para los otros. Pero ahora…, ahora tenemos esto. La biografía. Su desprecio por la forma en la que me ha afectado. Y volvemos a la hostilidad, a la agitación, y no tengo idea de cómo arreglarlo. Lo último que quiero es que lo traigan todo aquí. Ya es hora de que regresen a casa—. Vayamos al grano. Tengo cosas que hacer.

—Estoy seguro —resopla Callahan.

—¿Qué cojones se supone que significa eso?

—Irascible, irritable —dice Ledger mientras se cruza de brazos y me estudia.

—Y se acabaron las contemplaciones —murmura Callahan.

—Dejadme que lo adivine. Tenemos que mostrar un frente unido y hacer una gira de prensa para el libro. Colmarlo de elogios con una sonrisa falsa pegada en el rostro —digo.

—Bueno, en general, el libro es bueno —añade Ledger—. Ninguno de vosotros dijo lo contrario cuando recibisteis la prepublicación.

—Estás de broma —murmuro. ¿No me ha escuchado? ¿No me presta atención cuando hablo?

—No. No lo estoy. No nos tienen que gustar todas y cada una de las frases que hay en él pero, en general, es una representación justa de quién fue papá. El hombre que era. ¿Por qué no querríamos elogiarlo? ¿Promover su legado? No es como si el autor se hubiera inventado un montón de tonterías. Eran las palabras de papá. Es un pedazo vivo de historia que nos ha permitido conocerlo mejor. Es una forma de que nuestros hijos vean al hombre que era con sus propias palabras. ¿No te das cuenta?

Aprieto los puños y arrugo la nariz.

Me doy cuenta.

Claro que me doy cuenta, lo entiendo y todo lo que acaba de decir es cierto.

¿Pero no hace todo eso que duela todavía más? Los hijos de Ledger sabrán de su dedicación al igual que su abuelo. Los de Callahan conocerán su rebeldía y cómo mi padre admiraba esa vena.

¿Y los míos? Los míos sabrán que su padre es «solo Ford». El hombre que era tan corriente que su padre no tenía mucho que decir de él. Y debido a las palabras que mi madre me dijo hace mucho tiempo, lo que me está matando es la opinión que mi padre tenía de mí, o la falta de ella. Y nada de lo que haga cambiará eso ahora. Está muerto. No tengo una segunda oportunidad.

—Me doy cuenta, claro que sí. Veo eso y más. El problema es que tú no lo ves. O mejor dicho, no ves lo que no está. —Me sostiene la mirada y asiente con la cabeza lentamente—. Discusión terminada. Llama a Miguel para que arranque el helicóptero. Tengo un montón de trabajo y estoy seguro de que estáis listos para regresar a casa. Habéis venido aquí para nada.

La risa de Callahan es baja y burlona.

—No para nada, exactamente. Es decir, es bueno saber que teníamos razón en una cosa.

—Déjalo estar, Callahan —advierte Ledger.

Si querían mi atención, seguro que ahora la tienen.

—¿Qué narices quieres decir?

—Vamos, hombre. La tensión sexual entre vosotros dos es tan densa que hace calor aquí.

—No hay nada —gimo. Hemos estado cerca de Ellery durante unos veinte minutos. No hay forma de que hayan notado nada. Simple y llanamente está mintiendo—. Aunque buen intento.

—Dios mío. Estás hasta arriba de mierda. —La risa de Ledger me pone de los nervios.

—¿Crees que no te conozco, Ford? ¿Que no conozco tu estado de ánimo?

Entro en su espacio personal con la voz fría.

—Si ese es el caso, ¿por qué no entiendes la razón por la que promocionar el libro es como si me dieran una bofetada en la cara? ¿Por qué no comprendes que tengo motivos para enfadarme cuando me hacen sentir que no importo?

—Porque es una tontería. Por eso —dice Ledger—. Es nuestra vida. Conocemos a papá. Sabemos lo que sentía por cada uno de nosotros. Eso es lo que debería importar. ¿No es lo que mamá nos enseñó?

—Sí, pero sobre ti sí tenía mucho que decir, ¿no?

—¿Podríais parar de actuar como unas viejecitas? Hay cosas más importantes que discutir como, por ejemplo, que Ford necesita echar un polvo para relajarse.

—Vete a la mierda —decimos Ledger y yo al unísono, y luego nos miramos y nos echamos a reír. Y, a pesar de todo, del viaje para conspirar contra mí, de la biografía, de las peticiones para ir a la gira de prensa..., cuando desaparecen las pretensiones y simplemente me río con ellos, la sensación es muy buena.

—¡Aleluya! —Callahan echa un vistazo al reloj—. Hemos conseguido un gran avance. Solo hemos tardado cinco horas, pero lo aceptaremos. —Sonríe como si fuera el cerebro, cuando está lejos de serlo—. Entonces, ¿qué problema tiene Snaggletooth? ¿Hay tema o no…?

—¿Te la has tirado? —pregunta Ledger, y luego se ríe como un adolescente, orgulloso de su comentario tonto.

No se me escapa el hecho de que hace unas semanas casi le doy un puñetazo a Diego por decir algo parecido. Ahora me estoy riendo de mi hermano y tomándole el pelo.

—¿No?

—Eres un mentiroso hijo de puta —dice Callahan. Y ahí está la telepatía de los trillizos. No tengo que decir una palabra para que sepan la maldita respuesta.

Y tal vez no quiero que la sepan.

Tal vez quiero resolver esto por mi cuenta.

Además, en cuanto se enteren de lo que ha pasado, se abrirá la veda para ellos. Lo último que necesito es que Ellery se amedrente cuando ya es bastante asustadiza.

—Creo que solo he visto un dormitorio. Una cama. Explícame exactamente cómo es eso —dice Ledger.

—Una cama en la primera planta. Una cama aquí. Así es como dormimos —respondo.

—Entonces, hay variedad. Camas. Mesas. Suelo. La arena. Eso siempre es bueno para la vida sexual —comenta Callahan, y se encoge de hombros con indiferencia—. Es decir, Sutton y yo tratamos de asegurarnos de ir a algún lugar nuevo al menos una vez al…

—Demasiada información. No necesito conocer tu vida sexual con Sutton —digo, y levanto las manos a modo de rendición—. Al igual que tú no necesitas conocer la mía.

—Entonces, ¿la tienes? —pregunta Ledger.

—Vete, Ledge —gimo.

—Si no vas a responder, se lo preguntaré a ella. Me conoces. No soy tímido. —Callahan se levanta.

—No te atrevas.

—Eh. Eso será un sí. —Callahan muestra una sonrisa de regodeo. El cabrón engreído. No me creo que haya caído en eso—. Es bueno saber que tenía razón.

—Mira. Acaba de salir de una relación. Lo estamos pasando bien. ¿No puede ser suficiente por ahora? —pregunto, pero sé que es algo más que solo diversión.

Como desear tenerla en mi cama todas las noches. Y a mi lado todos los días.

—Está más involucrado de lo que es capaz de admitir —le dice Ledger a Callahan, como si yo no estuviera en la habitación.

—Está claro. Se ha puesto a la defensiva. Ha entrado en modo protección. Es evidente que está más involucrado —responde Callahan.

—¿No sois vosotros los que dijisteis algunas tonterías como que los rollos pueden ser buenos? ¿Con un sexo fantástico? ¿Sin ataduras? ¿Me he perdido algo? —pregunto.

—Sí. Te has perdido mucho —resopla Callahan—. Oye, ¿Ledge? ¿Cuándo fue la última vez que Fordy mintió sobre alguna mujer con la que estaba saliendo?

—Diría que nunca, Callahan —suelta Ledger con voz burlona.

—¿Y qué? —pregunto.

—Ya estás perdido. Te lo dice un hombre que ha pasado por eso. —Callahan levanta la mano y nos reímos.

Capítulo 36
Ellery

«Tal vez tú, más que nadie, puedas conseguir que Ford entre en razón en lugar de hacer algo de lo que vaya a arrepentirse».

No dejo de dar vueltas a las palabras con las que Ledger se ha despedido al salir del hotel, claramente frustrado con Ford.

¿A qué se refería exactamente?

¿Y por qué pensaba que yo, más que nadie, podía ayudar?

Cuando he hablado con los tres, las cosas parecían ir bien. Me han hecho preguntas, han murmurado palabras de aprobación sobre cómo pensaban que esta idea de la firma Sharpe podría llevar a algo y han entablado conversación conmigo como si fuera parte de los cuatro.

Decir que he sentido un poco de envidia por el vínculo fraternal que comparten es quedarse corto. Nunca lo he tenido. Solo rivalidad, desprecio, competitividad.

Por eso, el comentario de Ledger cuando se marchaba me ha tomado por sorpresa.

Tal vez debería preguntarle a Ford lo que ha querido decir su hermano. Por otra parte, no es de mi incumbencia. Si quisiera hablar de ello, lo haría. Además, preguntarle me involucraría en cosas externas al microuniverso que hemos creado en el hotel. Y no estoy totalmente segura de qué sentiría si dejara entrar algo externo por ahora.

—No has sido de ninguna ayuda —le digo al palo de madera que tengo en la mano, ahora sin el helado y el chocolate que tenía unos instantes antes.

No obstante, tal vez está sucediendo algo y necesite... ¿apoyo? ¿Espacio? ¿A mí?

A mí.

¿Por qué un hombre como él me necesitaría cuando está claro que puede controlarlo todo?

Entre el negocio de S.I.N. y el hotel, trabaja sin parar, sin quejarse ni darle bombo y platillo. Algunos días sale en helicóptero hacia la oficina de Manhattan a las cinco de la madrugada para regresar al mediodía y pasar otras ocho horas o más aquí.

Por lo general, tiene la respuesta para cada pregunta de los obreros, incluso sobre temas o detalles que controlo yo, y creo que nunca lo he escuchado pedir ayuda.

Puede hacerlo todo solo, y es increíble verlo desde la barrera y aprender de él a su lado.

Entonces, ¿de qué cree Ledger que Ford puede arrepentirse? ¿Qué es eso que no me está contando?

Está claro que la parte de los negocios la tiene controlada, así que sea lo que sea, guarda relación con su vida personal. Familiar. Porque no parece que exista nada más para Ford aparte del trabajo, la familia... y yo.

Pienso en ello durante un instante y recuerdo todas las cosas bonitas que ha hecho por mí.

Está lo del salón de belleza de Millie y el apartamento, por supuesto. Pero también, las flores que dejó en la mesa de la cocina después de que mencionara que no había nada vivo en el hotel. Una comida que pidió cuando me cansé de comer lo mismo que teníamos en la despensa improvisada del hotel. Un servicio de lavandería que vino para llevarse la ropa sucia. Una caminata por el paseo marítimo cuando Roddy me cabreó muchísimo y supo que necesitaba airearme. Las noches tranquilas, cuando leo mi libro y él navega por Internet en su portátil, en las que encontramos comodidad en el silencio.

Las cosas sencillas que al final del día me provocan una sonrisa, y hacen que mi día sea un poco mejor.

Ya es hora de que haga algo bonito por él. La pregunta es ¿qué?

Doy un salto ante el sonido que escucho a mi espalda. Estaba tan inmersa en mis propios pensamientos sobre el hombre que lo ha emitido, que no he notado su presencia.

—Lo siento. No sabía que estabas aquí. No pretendía asustarte —dice de forma distraída.

—¿Estás bien?

—Sí. Sí. Claro. —Abre el frigorífico y luego lo cierra. Hace lo mismo con el congelador antes de sentarse y levantarse para dirigirse a la ventana a echar un vistazo a la oscuridad exterior.

—¿No puedes dormir? —pregunto.

—Algo así. No sé. Yo… No sé.

Algo va mal. ¿Es de lo que hablaba Ledger? Ojalá lo supiera. Está claro que Ford está distraído e inquieto.

Igual que la noche en la que nos conocimos.

Parece que fue hace una vida, pero la expresión en su rostro y la mirada tormentosa son casi las mismas de entonces.

Quiero ayudarlo, pero no estoy segura de cómo.

Eso no significa que no vaya a intentarlo.

—¿Ford?

—¿Umm? —Sigue mirando al frente mientras me levanto del asiento, después de haber abandonado la idea de comerme otro helado. Sin pensarlo, atravieso la oscura habitación en su dirección, deslizo los brazos por los suyos y lo rodeo por la cintura.

El beso que le dejo en el omóplato es muy impropio de mí y, sin embargo es curioso que parezca lo correcto, como si fuera algo que él haría para consolarme.

—¿Un día duro? —susurro contra su espalda. Él se encoge de hombros como respuesta—. Cuando era pequeña y tenía un día duro, mi madre me dejaba meterme en su cama. Me decía que no había nada que un buen abrazo no pudiera arreglar.

El recuerdo me viene a la mente de la nada. La enorme cama de mamá. Mi cabeza sobre su pecho con los latidos constantes de su corazón bajo la oreja mientras ella jugaba con mi pelo. La suave melodía de su voz mientras me contaba historietas de cuando yo era un bebé. Sobre su infancia. Sobre su padre. La risa amortiguada que compartimos. La calma que sentía mientras me quedaba dormida con el tono tranquilo de su voz.

Él desliza las manos sobre las mías, que siguen alrededor de su cintura. Vuelvo al presente, pero la calidez de mi madre todavía me rodea, todavía me envuelve cuando no he sentido eso en mucho tiempo.

—¿Quieres venir a abrazarme?

El cuerpo de Ford se tensa un instante. Casi como si supiera cuánto me cuesta hacer esa pregunta. Por mucho que haya disfrutado, y, oh, cómo he disfrutado del sexo con Ford, toda vía no he pasado la noche en la cama con él. Ni he dejado que se quede en la mía. Porque eso parece demasiado… íntimo. Hará que las cosas sean demasiado reales. Por eso la oferta me sorprende hasta a mí.

—¿Estás segura?

—Emmm.

Atravesamos el hotel en dirección a mi habitación. No hablamos. Ni cuando nos cepillamos los dientes. Ni cuando se queda en calzoncillos y yo en camiseta sin mangas y braguitas. Ni cuando nos metemos en la cama. Ni cuando apoya la cabeza en mi vientre, coloca el pesado brazo sobre mis muslos y juego distraídamente con su pelo.

Me atrevo a decir que esto parece algo… ¿normal?

Ni el silencio que nos rodea es incómodo. No estoy segura de por qué pensé que lo sería cuando llevamos dos meses viviendo juntos, pero está claro que no.

La respiración de Ford se estabiliza lentamente hasta que pienso que se ha quedado dormido.

—Mis hermanos están enfadados conmigo —dice en voz baja, y me saca de las primeras etapas del sueño.

—Te escucho —digo.

—La biografía de nuestro padre. Quieren que apoye el libro. Que participe en la gira de promoción y la rueda de prensa como ellos. No quiero hacerlo.

—¿Hay alguna razón en especial por la que no quieras?

El suspiro que emite es abrumador. Esto es de lo que hablaba Ledger. La falta de participación de Ford y su posible arrepentimiento.

«¿Qué demonios sé yo de dar consejos sobre esto?».

—La verdad es que la biografía es genial —dice—. El autor hizo un trabajo increíble al darle vida a mi padre. El público lo malinterpretaba a menudo, como suele ocurrir cuando alguien logra el éxito como él. Rumores, cotilleos y suposiciones. Pero el escritor supo entrelazar todo lo que extrajo de las entrevistas con mi padre para mostrarlo como el hombre que Callahan, Ledger y yo sabíamos que era.

—Qué regalo tan increíble es tener una parte de tu padre viva, en cierto sentido.

Él murmura una incoherencia, pero entiendo que le ocurre algo más.

—Hay cosas en el libro que nunca he sabido de él. Historias sobre él y mi madre que estoy muy agradecido de descubrir. Cosas sobre eventos de los que solo conocíamos algunos fragmentos.

—Entonces, ¿por qué estás tan molesto? ¿Es porque como siempre has vivido con él en el ojo público, querías mantener en privado esas cosas que pertenecían a su vida personal?

—Nunca he pensado en ello de esa manera. Siempre hemos vivido bajo el microscopio y los reflectores, es lo único que hemos conocido. Cada éxito y cada fracaso han sido documentados en alguna página de sociedad de alguna publicación. Demonios, hay fotos por ahí de nosotros en el funeral de nuestra madre. Es un gran fotomontaje de los trillizos afligidos que algún *paparazzi* vendió por una inconcebible cantidad de dinero. Parece que no hay límites.

—Lo siento. Tuvo que ser duro tratar de sobrellevar la situación, llorar y estar en el ojo público al mismo tiempo.

—Así es la vida. No teníamos privacidad, pero sí privilegios. Lo sabemos. Lo hemos aceptado.

—Entonces, ¿qué es lo que te molesta tanto de la biografía?

—Hay un capítulo dedicado a lo que nuestro padre pensaba de nosotros. No me gusta lo que dice ni lo que no dice. Callahan y Ledger no entienden por qué me molesta. Creen que estoy siendo ridículo y que debería superarlo.

Quiero hacerle muchas más preguntas pero callo. Está claro que me cuenta una versión abreviada de lo que quiere que sepa, de cómo le hace sentir. Si estuviera en su pellejo, lo último que querría es que me sometieran a un interrogatorio.

—Tus sentimientos son tuyos con independencia de lo que los demás piensen. No necesitas justificarlos ante nadie. Sé por experiencia propia que cuando alguien me dice que no debería hacer algo, lo único que consigue es que haga lo contrario.

—Comprar este hotel es un buen ejemplo.

—Muy cierto. —Me río en el silencio mientras jugueteo con un mechón de su pelo con un dedo.

Todavía recuerdo de forma muy vívida la reacción de Gregory y Joshua cuando los encontré, después de firmar los papeles en la casa de subastas. El desdén y la incredulidad grabada en sus rostros cuando se enteraron de que, de forma inesperada, me había asociado con Ford, un hombre al que claramente envidiaban.

Que me había hecho con algo para mí, con alguien más, y su opinión ya no importaría. Eso no era así, pero era lo que pensaban.

«Es ridículo que creas que Fordham Sharpe y sus hermanos ególatras van a aceptar cualquier idea que tengas sobre ese hotel abandonado. No te tomará en serio y ¿dónde te dejará eso? ¿Rota y a su merced? ¿Te convertirá en un maldito hazmerreír?».

Antes de embarcarme en este proyecto, antes de dar este salto, solo me sentía acorralada. Sé lo que es estar entre la espada y la pared, y saber que la única forma de dar un paso hacia delante, de ser escuchada, es salir pisando fuerte.

Así era mi vida. Es mi vida.

Y tal vez saber lo que se siente en primera persona me permita consolar a Ford de alguna manera.

—¿Este desacuerdo es la misma razón por la que discutisteis la noche de la tormenta, cuando nos conocimos? —pregunto.

—Sí, lo es.

—Entonces, ahora te diré lo mismo que aquella noche, pero en términos más simples. Que les den. Tienes derecho a sentirte así. A ser lo que quieras ser. Fin de la historia.

—En teoría, tu consejo, tu plan, es perfecto. Aunque, de algún modo, no creo que vaya a funcionar. —Se ríe entre dientes, ya cercano al sueño—. ¿Y por qué siempre estamos hablando de mí, Ellery *Celery?* ¿Por qué siempre te vas de rositas?

—Yo no me voy de rositas.

—Mentira.

—Soy un libro abierto. solo tienes que preguntarme. Lástima que no haya nada interesante que leer en las páginas. —Me río entre dientes.

—Ese es uno de tus muchos trucos de magia.

—¿Cuál?

—Desviar, esquivar y luego cambiar el tema cuando se dirige hacia ti. Hacer un chiste. Reírte. ¿Por qué te da tanto miedo que alguien se acerque demasiado a ti? ¿Que te conozca?

—No seas ridículo. No hago eso.

Pero sé muy bien que sí lo hago. Solo que es la primera persona que me lo echa en cara en mucho tiempo.

Posiblemente porque es el único al que le he permitido acercarse tanto desde… desde Josh.

—Lo que tú digas, Elle. Pero, en algún momento, la gente deja de intentar conocerte cuando no se lo permites.

Sus palabras me golpean casi tan fuerte como el recuerdo inesperado de mi madre. Ella era la única con la que lo compartía todo. Y, al igual que mi padre, se marchó. Esa era la única prueba que necesitaba de que era mejor mantener las distancias con los demás. Porque si no los quieres, si no te permites quererlos, entonces no sientes la pérdida cuando te dejan.

«Pero, en algún momento, la gente deja de intentar conocerte cuando no se lo permites».

Las palabras se repiten en mi mente mientras hablamos de cosas triviales. Equipos de deporte favoritos. Elementos en la lista de deseos. Manías. Primeros amores.

Nos reímos. Nos quedamos en silencio. Nos conocemos a un nivel que no hemos hecho antes. Y solo cuando son las dos de la madrugada, decidimos que es hora de dormir.

—Buenas noches, Ellery *Celery.*

—Buenas noches, Fordham, el de la universidad.

Es reconfortante tener el calor de su cuerpo detrás de mí y el peso de su brazo sobre la cintura.

Y, de repente, a pesar del bostezo de mis labios, no puedo dormir.

Lo único que hago es pensar. En Ford. En esta noche. En todo lo que ha dicho y no ha dicho. En lo cerca que me siento de él.

—Oye, ¿Ford?

—¿Ehm?

—Sé la razón.

—Me alegro de que la sepas.

Me encanta que no me pregunte de qué. Que no me presione cuando la mayoría lo haría. Creo que ese es el único motivo por el que decido contárselo.

Eso es mentira.

Se lo cuento porque es importante que lo sepa.

—Rompí con Chandler porque acepté casarme con él por razones erróneas. No lo reconocí hasta la noche que te conocí. —Respiro de forma profunda y constante—. Sentí más en una noche hablando contigo, escuchándote y riéndome, que durante todo el tiempo que llevaba con *él*, un hombre con el que iba a casarme. Lo dejé porque no sabía que esa sensación existía, y la idea de no volverla a sentir nunca más me aterraba.

La confesión me deja sin aliento. Para una mujer decidida a no permitirse sentir, acabo de cometer un pecado capital y he admitido lo mucho que me hace sentir.

Lo mucho que quiero sentir de nuevo.

Y aunque me aterra mostrarlo a este mundo que ha sido tan cruel conmigo, el hecho de decirlo también me ha hecho sentir un poco de alivio.

Y, al perfecto estilo de Ford, responde de la forma que necesito que lo haga. Me agarra la mano y se la lleva a la boca para darme un beso en la palma.

—Te mereces todo lo bueno que pueda pasarte, Ellery Sinclair. Risas. Felicidad. Amor.

Ojalá pudiera creer que eso es cierto.

Capítulo 37

Ellery

Los días se mezclan unos con otros.

Las mañanas se convierten en días. Los días, en noches. Los momentos que pasamos trabajando juntos y disfrutando el uno con el otro en todos los aspectos.

Lo que no esperaba era que a partir de esa noche que invité a Ford a dormir en mi cama se quedara conmigo todas las demás.

Simplemente sucedió.

La siguiente noche vino a hablar conmigo antes de acostarse. Los dos necesitábamos ducharnos, así que lógicamente decidimos ahorrar agua. Y luego nos acostamos en la cama envueltos en las toallas y hablamos durante horas antes de quedarnos dormidos.

Y la noche después de esa lo llamé para estudiar algo que se me había ocurrido y que quería que viera en mi ordenador. Dio su opinión. Me dijo que confiaba en mis decisiones.

Y entonces nunca se marchó.

No hubo conversación sobre el cambio de habitación. Ningún «Oye, ¿qué te parece si me mudo a tu cama de forma permanente?». Simplemente sucedió.

Y ocurrió de tal forma que no me permitió asustarme por ello. Es más, por más extraño que me parezca, tengo que admitir que es bastante agradable despertarse con él a mi lado. Reconforta tenerlo ahí. Es una sensación de compañerismo. De no estar sola.

—Nos podemos quedar en la casa de Sag Harbor si quieres —me ofrece Ford con el hombro apoyado contra el marco de la puerta—. Sé que hay un buen trecho, pero si vamos juntos, no será para tanto.

Inspecciono el granito recién colocado en uno de los baños de la *suite.* El detalle del borde es correcto. Los cortes son limpios. El calafateo, recto. El detalle del borde es de calidad artesanal.

Estoy impresionada. El instalador ha hecho un gran trabajo.

Ahora vamos a inspeccionar quince más como este, pero en diferentes patrones de granito. Aquí no habrá dos *suites* iguales.

—Te lo agradezco. Es una buena idea en teoría, pero incluso sin tráfico, estaríamos dos horas al día en la carretera. Sería mejor pasar ese tiempo aquí.

Asiente con la cabeza.

—He supuesto que dirías eso, pero quería proponértelo. Tenemos que empezar a trabajar en tu habitación. ¿Cómo quieres hacerlo?

—Sacaré mis cosas. No hay mucho. Puedo ir ocupando las habitaciones que no se esté usando o…

—O puedes quedarte conmigo en el lujoso alojamiento de la planta superior. ¿No acordamos que sería la última habitación, ya que es la que necesita menos cambios?

Asiento con el corazón golpeándome en el pecho. ¿Cuán ridículo es que esté bien que él duerma y se quede en mi cama, pero que el mero hecho de pensar en trasladarme a su habitación me haga entrar en pánico?

Me responderé yo sola. «Es completamente ridículo».

Sonrío de forma tensa.

—Claro. Está bien.

Su risa resuena en el baño vacío.

—A juzgar por tu expresión, parece que acabo de preguntarte si te parece bien que te corte un brazo o algo.

—No es así.

—Sí lo es —dice Ford mientras se dirige hacia mí. Coloca el dedo índice sobre mi barbilla para que lo mire—. Te diría que prometo no morder... —Sus labios rozan los míos y me hacen revivir el mordisco que me dio anoche en el hombro—. Pero sabes que mentiría.

La risa que emite vibra en la zona dolorida que se ha formado entre mis muslos.

¿Quién iba a saber que un mordisco de amor podría ser tan excitante?

—¿Estás tratando de distraerme, Ford?

Otro beso.

Vuelve a deslizar las manos para apretarme el trasero.

—¿Estoy haciendo un buen trabajo?

Todavía no estoy completamente distraída. Veo que hay un hueco en la línea de lechada entre el cuarto y quinto azulejo de ahí.

Desliza la mano por la cinturilla de los vaqueros y la dirige hacia esa zona dolorida.

—Los espacios vacíos son una burla.

Contengo un grito ahogado cuando encuentra el clítoris con los dedos y los desliza en la humedad que hay debajo.

—Y hay que reinstalar el aseo. No está perfectamente nivelado. Sentarse en un aseo que no está bien nivelado es incómodo.

—Detalles. Se te da muy bien localizarlos. —Me muerde el lóbulo de la oreja mientras mete los dedos en mi interior.

Estoy indefensa ante el gemido que ofrezco. No hay forma de luchar contra eso si roza ese nudo de nervios de mi interior.

—Ese sonido me dice que ahora estás distraída —añade, y me recorre el cuello hacia abajo con la punta de la lengua.

—Hay que sellar la mampara de la ducha en el extremo derecho. —Me lame el cuello de abajo arriba—. Hay algo más que puede sellar.

Me río.

Se convierte en un maullido cuando me hundo contra él, le clavo las uñas en los bíceps y apoyo la frente sobre su pecho cuando el placer empieza a acumularse. Mientras siento el orgasmo cada vez más cerca. Mientras me lleva a lo más alto con la respiración agitada y esa diestra mano y luego me empuja al vacío sin previo aviso.

—Dios, Ford —jadeo mientras mi cuerpo absorbe la oleada de sensaciones que acaba de provocarme—. ¿Para qué ha sido eso?

—Tenía que convencerte de por qué valía la pena trasladarse a mi humilde morada. —Guiña un ojo.

Lo golpeo mientras mi respiración se estabiliza.

—¿Sinclair? —grita una voz por el pasillo mientras los dos damos un salto para separarnos.

—Pensé que se habían ido todos —dice Ford mientras saca la mano de entre mis muslos y me abrocha los pantalones a toda prisa.

—Yo también —medio susurro, medio grito.

—¿Ellery? —vuelve a gritar la voz, esta vez más cerca.

—Este baño huele a sexo —dice Ford, que mira a nuestro alrededor como si eso fuera a ayudar a eliminar el olor de la excitación.

—Genial. Bien. ¿Por qué no salimos de aquí para que quienquiera que sea no entre?

Ford me empuja por la espalda.

—Tú primero.

—Sí. Genial. Hola, quienquiera que seas, ¿me queda bien el rubor posorgasmo en las mejillas?

Él empieza a reírse. ¿No es eso lo único que podemos hacer llegados a este punto?

—Bueno, te tengo en mi mano, así que no ayudaré en lo que respecta a deshacerse del olor a sexo. —Su sonrisa dice que está disfrutando con esto.

—Estoy aquí —grito desde la *suite.* Empujo a Ford tras la puerta del baño y me asomo mientras entra Roddy.

—Oh, ahí estás —dice, se detiene y me estudia con una extraña expresión en el rostro—. ¿Te encuentras bien? Pareces algo…

—Estaba haciendo una lista de tareas pendientes para este baño. Los sofocos ocurren en los momentos más extraños. —Agito una mano frente a mi cara para venderle la mentira—. ¿Quieres ir al siguiente conmigo?

Entrecierra los ojos. «Vamos, Roddy. Déjalo estar».

—Claro. Sí. Vale.

—¿Qué estás haciendo aquí? Pensé que te habías ido ya.

—Así es. —Se sonroja mientras juguetea con las llaves antes de levantarlas—. Las encontré.

«¿Qué me estoy perdiendo? ¿Por qué parece tan nervioso?».

—¿Qué es lo que has encontrado? ¿Las llaves? —Pero si había perdido las llaves, ¿cómo se ha marchado a casa en coche antes? ¿Por qué me está mintiendo?

—Sí. Las llaves. Estas llaves. —Vuelve a asentir con la cabeza mientras entra en la otra *suite* de la planta. Al no decir nada más, empiezo a evaluar la instalación del baño para que no piense que miento sobre lo que estaba haciendo. Llámalo cargo de conciencia.

—¿Necesitabas algo más? —pregunto, y lo miro cuando termino de tomar nota en la lista de cosas pendientes de la *suite*.

—No, aunque me alegro de haber venido. La misma señora que ha andado husmeando antes está ahí fuera de nuevo. Le he dicho que esto es una propiedad privada y tenía que marcharse o llamaríamos a la policía por allanamiento.

—¿Qué señora? —pregunto, completamente confundida.

—¿La periodista que ha venido antes? O al menos eso dice que es. He supuesto que Ford te había hablado de ella, lleva ahí acampada desde hace tiempo.

—No, no lo ha hecho. ¿Qué demonios? ¿Qué quiere?

—Quiere una exclusiva con él. O al menos eso es lo que dice.

—¿Sobre el hotel? Sobre el libro…

—Sí. El libro. Quiere saber por qué los otros dos hermanos están promocionándolo y él no. Está jugando al «debe haber problemas en el paraíso» o algo así.

—Um. Vale. No tenía ni idea. —Tampoco tengo una respuesta real a por qué Ford no lo está promocionando con sus hermanos.

—Ford la conoce. Fue él quien nos dijo que la echáramos. —Lanza un vistazo al baño y luego a mí—. Así que, ¿ves? Gracias a que he perdido las llaves, he regresado y he salvado el día. —La broma no tiene gracia, pero su sonrisa nerviosa resuena en la *suite* vacía.

Esto no me huele bien.

—¿Necesitas algo más? —Cambia el peso de un pie a otro y sigue desviando los ojos de los míos—. ¿Roddy?

—No. Sí. —Se mueve nervioso, incapaz de quedarse quieto, y me ofrece una sonrisa forzada—. He disfrutado mucho trabajando contigo en este proyecto.

—Y yo contigo.

—Y como solo quedan un par de semanas antes de que abramos al público, me preguntaba si tal vez te gustaría salir a celebrar el trabajo bien hecho.

—Por supuesto. Ya estaba planeando hacer algo con todos los que han trabajado tan duro en esto. Las grandes mentes piensan igual.

—No es eso, Ellery. —Me mira, luego agacha la mirada y caigo en la cuenta. La inquietud. Los nervios. El regreso a la propiedad a por las llaves perdidas—. Me refería a ti y a mí. Solos.

Tardo más en procesar lo que está pasando que él en hacer la propuesta. Entonces, lo miro fijamente, parpadeando y con la boca abierta, mientras la sorpresa se apodera de mí.

—Eh. Yo… Roddy…

—Oye, Rod. ¿Qué haces aquí? ¿Necesitabas ayuda? —pregunta Ford mientras entra en la *suite,* no sé si consciente o no de que es el momento perfecto de interrumpir esta situación tan incómoda.

Roddy se sobresalta y da un paso atrás.

—Ford. No sabía que estabas aquí. No he visto tu coche en la parte delantera. Yo…

—Está en la puerta lateral. El aparcamiento estaba lleno antes. —Me observa y luego mira a Roddy—. ¿Todo bien?

—Sí. Solo me he dejado las llaves. Nada más. —Las levanta y se le caen por accidente. Hacen ruido en el suelo cuando se inclina y trata de recogerlas—. Estaba… solo estaba hablando con Ellery de que el proyecto ya está casi listo.

—Es una locura lo rápido que ha pasado todo —dice Ford. Por la forma en la que mira a Roddy, sé que ha escuchado lo que me ha pedido. Que me ha pedido salir.

Y no estoy muy segura de lo que siento acerca de los celos que le brillan en la mirada.

Normalmente me enfadaría. No le pertenezco a nadie.

Pero, por alguna razón, en Ford los encuentro *sexys.*

—Así es. —Roddy da unos pasos atrás y revisa la puerta por lo que parece ser la vigésima vez. Está más nervioso ahora.

—Gracias otra vez por lo de antes. La periodista.

—No hay problema. Estaba aquí otra vez. Me he deshecho de ella.

—¿Ves? Sabía que podíamos contar contigo para que estuvieras atento a todo lo que tiene que ver con este proyecto. —La sonrisa de Ford es eléctrica—. Te acompañaré hasta la salida.

Y mientras los dos hombres salen por la puerta, Ford me mira y niega con la cabeza.

Ha escuchado bien a Roddy.

«Y ya que solo quedan un par de semanas…».

El comentario de Roddy se repite en mi cabeza.

¿Eso es lo que me ha estado molestando? ¿Por lo que he estado un poco malhumorada esta última semana? Porque me guste o no, Roddy tiene razón. Solo le quedan unas pocas semanas al proyecto. ¿Y luego qué? ¿Qué hago después? ¿Cómo puedo volver a la vida anterior, con personas que no creían en mí, cuando he pasado los últimos meses con alguien que ha hecho precisamente lo contrario?

Ford me ha permitido tomar decisiones. Ha dejado que me enfrentara a un problema y me ha aplaudido cuando he dado con la solución. Ha aceptado mis éxitos y me ha dicho que siempre supo que podía hacerlo. Me ha pedido sugerencias y ha consentido que le coma la cabeza cuando trataba de encontrar mis propias respuestas a un problema o situación.

Me ha dejado crecer de formas que nadie ha hecho antes. Y cuando he dudado de mí misma, me ha mirado a los ojos y me ha mostrado la mano dura que merecía o me ha ofrecido las suaves palabras de ánimo que sabía que necesitaba.

Y eso solo en términos profesionales.

¿Y qué hay de lo personal? ¿Cómo lo describo?

Ha sido mi amigo. Mi confidente. Mi amante. Esa combinación ha sido algo que nunca he experimentado antes.

¿Qué nos depara el futuro? Eso es algo de lo que no hemos hablado aquí, en «la tierra del proyecto», donde no tenemos que pensar en nada más allá.

Pero ese «más allá» se acerca.

Solo faltan unas semanas para llegar al «más allá».

¿Y luego qué?

No me imagino la vida sin él. Tan simple como eso. Es como si me hubiera convencido para hacer este proyecto con él, me hubiera abrazado fuerte y no me dejara marchar.

Es casi como si me hubiera…

—Bueno, eso ha sido incómodo —dice Ford con una enorme sonrisa cuando entra en la habitación. Pero sus pies vacilan y entrecierra los ojos cuando ve la expresión de mi rostro—. ¿Elle? ¿Qué ocurre?

No.

No.

No.

Esto no puede estar sucediendo.

No puedo estar, no me he, ni de broma estoy enamorada de Fordham Sharpe.

Es imposible.

Yo no hago eso. No caigo en eso. No me enamoro.

No me permito enamorarme.

Esto es sexo.

Es compañerismo.

Es la soledad mezclada con una proximidad forzada y combinada con un excelente sexo y una buena amistad.

—No pasa nada —afirmo con firmeza—. Solo tengo trabajo que hacer.

Su risa es baja y burlona, ajena a la guerra que se está librando en mi interior y, al mismo tiempo, que me hace enloquecer.

—Eso no es lo que has dicho hace quince minutos.

—Tienes razón. No lo es. —Emito una risa nerviosa—. Pero Roddy y su invitación a salir me han matado.

—Me encanta ese chico, pero ahora no es mi favorito.

—Por favor, dime que no te has enfadado con él por...

—No he dicho una palabra. He actuado como si nunca hubiera oído nada. No quería avergonzar al chico.

—Bien. Genial. —Paso junto a él y me agarra la mano.

—¿Qué ocurre?

—No he dicho nada.

—Vamos, Sinclair. Suéltalo. ¿Qué es lo que no me estás diciendo?

—Nada.

Tengo su cara a escasos centímetros de la mía y no hay dónde esconderse. Trato de mantener una cara seria, pero estoy segura de que la expresión es de pánico. Desesperación.

Necesito espacio. Tiempo. Distancia. Cualquier cosa para tener unos minutos y reconstruir ese muro que está claro que he dejado caer.

No estoy enamorada de Ford Sharpe.

Eso es absurdo.

Ellery Sinclair no está enamorada.

Corrección, Ellery Sinclair no se va a enamorar.

Asiente con la cabeza. Tiene los labios fruncidos y me escudriña con la mirada.

—Vale. Aceptaré esa respuesta. Por ahora. Pero te conozco lo suficiente para saber que te pasa algo. Solo espero que confíes lo bastante en mí como para decírmelo.

Una emoción que no quiero reconocer se atasca en mi garganta. La confianza y el amor van de la mano. Así que no, parece que tampoco la quiero. Me deshago de la emoción y enderezo la espalda.

Desviar.

Esquivar.

Redirigir.

—¿El libro? ¿Qué te molesta? ¿Cuál es la razón por la que la periodista está husmeando por aquí? —Me encojo de hombros de forma dramática—. Parece que se podría decir lo mismo de ti, Ford.

Y con ese comentario, me doy la vuelta y me marcho.

Capítulo 38

Ford

Esto es absurdo.

Otra cosa sería que me diera la espalda por lo que sea que esté enfadada conmigo.

Pero no lo ha hecho.

Trabajamos codo con codo. Dormimos juntos. Follamos… bueno, follamos en todas las posiciones habidas y por haber, excepto cuando nos encontramos uno al lado del otro.

Sin embargo, algo va mal con ella. Y la única pista que me ha dado ha sido el comentario de la biografía y que no se lo había contado.

No sé si creérmelo.

Cuando suena el teléfono, miro la pantalla y gimo.

—No estoy de humor para tus mierdas —respondo a modo de saludo.

—Guau. Hola a ti también —dice Callahan.

Salgo del hotel para tener algo de privacidad lejos de los trabajadores que están por todas partes.

—Si llamas para repetirme la misma mierda que Ledger ayer…

—Sí, pero… por otras razones.

—Entonces, ¿volvemos a lo del poli bueno?

—No. Soy el hermano que dice que tienes derecho a estar enfadado. Herido. Lo que sea que quieras. Pero también soy el hermano que va a mostrarte un poco de mano dura y decir esas cosas aunque también quiero que seas parte de esto con nosotros.

Aflojo un poco la mano que me tira del cuello.

—¿Qué ha sido eso?

—Ya me has oído, cabrón. No suelo ser amable, así que no hagas que lo repita.

—¿Por qué? —Es la misma pregunta que le hice a Ellery hace semanas. Tengo el presentimiento de que esta respuesta será igual de importante para mí.

Callahan suspira profundamente.

—Porque solo quedamos nosotros como familia y no nos gusta hacer esto sin ti. Mira, seré el primero en admitir que papá podía ser un imbécil a veces. Nosotros dos no nos llevábamos, precisamente, bien todo el tiempo y, sin embargo, sigue siendo mi padre. Sigo queriéndolo. Al igual que sé que tú también lo quieres.

—Callahan…

—Lo sé. Créeme, hermano, lo sé. Pero estás permitiendo que lo que alguien escribió, lo que alguien eligió no escribir, se interponga entre nosotros tres. Mamá estaría muy enfadada por eso.

Me quedo en silencio antes de emitir un largo y prolongado suspiro y dirigirme hacia un conjunto de sillas que acaban de llegar para la cafetería.

—¿Sabes qué es lo más duro? —pregunto al fin—. Sé que vosotros sabéis lo que papá sentía por nosotros, pero es embarazoso que otras personas también lo sepan.

Él suelta una carcajada.

—Tío, todo el mundo sabe que soy un desastre. Que abandoné Wharton. Que supuse un desafío que se rebelaba a cada oportunidad que podía y se metía en problemas la mayoría de las veces. Incluso contó la historia de cuando me pilló follándome a esa becaria en el escritorio.

—Eso estuvo muy mal. —Me río. No lo puedo evitar. Y es una sensación muy buena…—. Se me había olvidado que eso estaba en el libro.

—Sí. A mí no. Ni a Sutton. Dios —murmura—. Ha sido divertido de explicar.

—Como si eso le sorprendiera.

—Tienes razón. No le sorprendió. Conoce mi pasado. —Se ríe—. Si tan desesperado estás por mostrarte al mundo, te queda lo del vídeo sexual filtrado. Eso siempre funciona para dar a conocer tu nombre.

—Vete a la mierda. —Pero tengo una sonrisa en la cara.

—Haz uno. Podemos conseguir que el ama de llaves de tu casa lo encuentre por accidente y lo venda a la prensa amarilla. ¿No es así como se supone que funciona?

—Como he dicho, vete a la mierda.

—Hablando de sexo —dice completamente imperturbable—¿Todo bien entre tú y ella?

Me detengo por un instante.

—Sí. Eso creo.

—¿Eso crees? Eso suena convincente.

—No. Es que… No sé qué es.

—¿Ha llegado a su fin? A ver, eso sucede a veces. No hay por qué avergonzarse.

—No…

—¿Es solo un rollo de proyecto? He tenido algunos así. Un poco de diversión mientras estás en el lugar, que termina cuando el trabajo también lo hace.

—No es eso. Es…

—Solo sexo. Un buen polvo sin acuerdo verbal sobre la monogamia. Si ese es el caso, chico, asegúrate de usar condón. Es decir, siempre hay que usar condón, pero…

—Maldita sea, ¿vas a dejarme decir una puta palabra? —le grito lleno de frustración porque, de todos los escenarios que ha expuesto, ninguno describe lo que tenemos Ellery y yo.

—O hay mucho más y uno de los dos, o los dos, sois demasiado cobardes para decirlo. O tú lo has hecho y ella no está segura de lo que siente, lo cual es una gran putada, por decir algo.

—Callahan —advierto con la voz acerada mientras me pellizco el puente de la nariz y empiezo a pasear por el pequeño y reciente jardín paisajístico, situado en la parte oeste de la propiedad.

—Entonces, existe la posibilidad de que simplemente la quieras o ella te quiera… y no sepas qué hacer porque el amor no estaba en vuestros planes.

Me flaquean los pies.

Sé la respuesta. Creo que hace bastante tiempo que la sé.

Pero eso no significa que no me asombre.

Me quedo ahí, con el teléfono en la oreja y el mar ante mí, pero sin ver nada.

—A veces solo pasa cuando menos te lo esperas —dice Callahan con voz suave. No tengo que hablar, explicar, ni refutar nada, porque él es mi hermano. Ya lo sabe—. Era lo último en mis planes, eso está claro como el agua, y me golpeó como un mazo. Yo, el egoísta, egocéntrico y capullo de Callahan, me había enamorado de alguien.

—No he dicho una palabra —logro decir finalmente.

—No tienes que hacerlo. Te conozco, hermano. Lo sé —contesta con silenciosa compasión.

—Mierda. —Me paso una mano por el pelo.

Ellery se asustó cuando le pregunté si quería dormir en mi habitación durante unas cuantas noches. No creo que enamorarse de mí estuviera en sus planes.

Pero tampoco estaba en los míos, y mira lo que ha pasado.

—Deja que te dé un consejo, y sé que es difícil de oír cuando viene de tu hermano pequeño, pero solo escucha y utiliza lo que quieras. No puedes forzar el amor. O lo sientes o no. Y no reconocerlo no significa que no haya sucedido. Pero una vez que lo dices, no puedes retractarte. Tienes que vivir con las consecuencias. Tal vez se lo digas cuando lo hayas entendido. Quizá no lo hagas. Tal vez esperes a que ella lo haga. Lo peor del mundo es darle a alguien tu amor y que lo rechace. Eso duele muchísimo.

Sonrío levemente.

—Mírate. ¿Cuándo te convertiste en un experto en esta mierda?

Se ríe.

—No lo he hecho. Nadie es experto en el amor. Esa es su belleza… y también su dolor.

—Tengo que irme.

—No, no es así. Vas a quedarte donde quiera que estés durante los próximos diez minutos y tratar de analizar y luego refutar pero, en algún momento aceptar, lo que acabo de decir. Así eres tú, pero dejaré que me mientas al respecto. —Se detiene—. ¿Ford? Esto es lo que quería decir. Siempre estamos aquí los unos para los otros, como un fuerte unido. Nos ayudamos cuando lo necesitamos. Es una mierda que no seas parte de esto con nosotros.

—Tomo nota, tío. Tomo nota.

—Te quiero, hermano.

La llamada finaliza y me quedo donde estoy durante unos buenos minutos. O como ha afirmado Callahan, aproximadamente diez minutos.

La cabeza me da vueltas. Las cosas que Callahan ha dicho y las verdades ocultas tras ellas.

«Quizá no le digas nada. Tal vez esperes a que ella lo haga. Lo peor del mundo es darle a alguien tu amor y que lo rechace. Eso duele muchísimo».

Entonces, ¿qué diablos hago al respecto?

Capítulo 39

Ellery

—Todavía necesitamos un nombre para el hotel.

Miro a Ford sentado a mi lado en la playa.

—Lo sé. Estoy en ello. Es que no he encontrado nada que sea pegadizo y que vaya con tu mitad tan majestuosa.

—Oh, por favor. —Pone los ojos en blanco y me aparta un mechón de pelo de forma juguetona.

—No hay nada majestuoso en la colección de la firma Sharpe.

—Ajá. Bueno, ahora mismo parece estar en todas partes. Lástima que no podamos tener terminada la reforma y este lugar abierto para sacar provecho de toda esa visibilidad. —Ford palidece ante el comentario pero no dice nada, así que continúo—. ¿Sigues enfadado por eso?

«Habla conmigo, Ford».

—En este momento siento más bien indiferencia.

Frunzo los labios y asiento con la cabeza. La culpa me abruma por la mentira, o más bien por la omisión, que estoy cometiendo.

«Sé por qué estás sufriendo».

La biografía está bien escrita. Las historias y los pedazos de información sobre el grandioso Maxton Sharpe han llamado mi atención durante los últimos tres días desde su lanzamiento. No es exactamente lo que suelo leer, pero me sorprendió lo mucho que lo disfruté.

De hecho, mientras lo leía, capítulo tras capítulo, me encantó conocer la relación que tenían sus padres. Me reí con la rebeldía y las payasadas de Callahan. Me asombró el impulso y la concentración de Ledger. Estaba ansiosa por conocer más a Ford a través de los ojos de su padre, pero las historias nunca llegaron. La información no estaba allí. De hecho, no había nada más que unas cuantas frases genéricas que pintaban a Ford como alguien que no se acercaba al espectacular hombre que había llegado a conocer.

Y, para colmo de males, el autor incluyó una frase en la que Maxton se refería a él como «solo Ford».

Eso es todo. Solo. Ford.

Ford me sostiene la mirada y entiendo completamente por qué se siente indiferente.

Por qué alberga dolor. Yo también lo haría.

Ojalá me hubiera hablado de ello.

—Vale —murmuro—. La indiferencia está bien. —Sonrío con delicadeza mientras le doy un sorbo al vino y le sostengo la mirada por encima de la copa.

—¿Ya has descubierto qué vas a hacer después de esto, Ellery *Celery?*

Me encojo de hombros.

—No. Tengo que sentarme y tener un cara a cara con Garland.

—¿Has hablado con él o con tus hermanos?

—¿Con mis hermanos? ¿Más allá de las llamadas de control habituales y obligatorias? No. Pero me ha sorprendido bastante que Garland me haya llamado unas cuantas veces para pedirme opinión sobre varias cosas.

—¿Y eso?

—¿La ausencia aumenta el cariño? —bromeo, y luego pongo los ojos en blanco—. Pero, en serio, había algunas cosas que quería preguntarme sobre ciertos proyectos en curso y datos, detalles, etcétera, que he hecho en proyectos pasados.

—Cosas por las que tus hermanos se atribuyeron el mérito, supongo.

—Sí, así es. Y cuando no pudieron contestarle, averiguó que había sido cosa mía.

—¿Así que tuvo que llamarte, y ahora sabe que tú fuiste la autora intelectual de todo lo bueno? —pregunta Ford con una amplia sonrisa.

—Bueno, cuando lo dices así… —Me río y me limpio el polvo imaginario del hombro.

Pero qué bien me he sentido cuando me ha llamado para pedirme opinión. Y más aún cuando justo antes de colgar, ha comentado sutilmente que mi ausencia era notable.

Puede que lo haya celebrado a solas.

Puede que me haya saltado uno o dos pasos mientras volvía al trabajo.

—¿Y exactamente cómo piensas utilizar eso en tu beneficio cuando regreses? —Levanta las cejas y espera una respuesta mientras mi cerebro todavía está centrado en «regresar».

En la idea de que esto se va a acabar pronto.

—Por una parte, sé que puedo enseñarle lo que he hecho aquí y es la única prueba que necesito para demostrarle que soy capaz y tengo experiencia…

—Más que capaz.

—Pero, por otra, casi no quiero manchar lo que hemos hecho aquí usándolo para conseguir un mejor equilibrio allí. —Frunzo los labios y miro las olas que rompen en la orilla. Es como si no quisiera compartir esto con ellos.

—Entonces, no lo hagas —dice Ford como solo puede hacerlo un Sharpe. Me da un codazo y me guiña el ojo—. Conozco a alguien que puede darte una gran referencia.

—Gracias. —Me río—. ¿Qué hay de ti? ¿Tus hermanos ya te han programado algo para el próximo año?

Odio que estemos hablando sobre el futuro como estrictos socios de negocios. Como si no hubiera nada más entre nosotros que este proyecto y verlo llegar a su fin en las próximas dos semanas.

¿Pero no es eso lo que quiero?

¿No es eso de lo que he tratado de convencerme durante la última semana?

—Para ser sincero, no hemos hablado de ello. No están exactamente entusiasmados conmigo en este momento. Están trabajando sin parar entre S.I.N. y las ruedas de prensa, y sienten que no estoy contribuyendo.

—Pero tú también estás trabajando sin parar. Para S.I.N. y aquí.

—Ellos no lo ven exactamente así.

—¿No crees que te arrepentirás? ¿De no formar parte de todo lo que lo rodea? ¿La representación pública? ¿Preservar su memoria y todo lo que ello conlleva? —pregunto como si no tuviera idea de por qué no quiere participar.

—El tiempo lo dirá. ¿Que siento como si tuviera una piedra en las entrañas cada vez que pienso en la biografía y en lo que están haciendo ellos y yo no? Sí. No lo negaré. —Se mueve en la arena y se aclara la garganta mientras se pone el sol y el final del mar comienza a mezclarse con el horizonte cada vez más oscuro.

Espero que diga algo más. Le ruego en silencio que lo haga, que confíe en mí lo suficiente para aliviar la carga que pesa sobre su corazón y su alma, pero no lo hace.

—Me has preguntado qué voy a hacer después —dice, cambiando de tema. Es evidente que ha estado cerca de mí durante demasiado tiempo y ha tomado nota de cómo evitar un tema—. Tengo mis deberes habituales con S.I.N.... y tal vez busque otra propiedad para convertirla en una de la firma Sharpe.

—¿En serio?

Asiente con la cabeza.

—He estado pensando en ello. Me gusta el nicho. La idea. Por supuesto, primero tendré que obtener algunos beneficios de esta para ver si es viable financieramente, pero me he divertido trabajando aquí. No esperaba disfrutar de la parte práctica.

Sonrío sin pronunciar la pregunta que tengo en la punta de la lengua: «¿También quieres un socio en tu próximo proyecto?».

—Has sido un profesional en todos los sentidos de la palabra, Ford. Has superado con creces todas las expectativas. En serio, nunca hubiera imaginado que no habías hecho esto antes.

—Lo mismo digo de ti. —Choca la copa contra la mía y me sostiene la mirada con una expresión muy extraña en el rostro. Como si tuviera algo en la punta de la lengua y quisiera decirlo. Pero se esfuma tan rápido como aparece—. Me he quedado muy impresionado, Sinclair.

—Hacemos un buen equipo —digo, y apoyo la cabeza en su hombro.

—Absolutamente —murmura.

Y lo que echaré de menos cuando esto se acabe.

Nuestras tranquilas sesiones de relajación tras una larga y dura jornada.

Las charlas de ánimo que me hacen sentir válida. Incluida. Querida. Escuchada.

En términos sencillos; a él.

Capítulo 40

Ellery

—¿Qué? ¿Nada de celebrarlo con una barrita de helado? —pregunta Ford, que interrumpe una parte bastante jugosa del libro cuando entra en la habitación en la que nos estamos alojando desde que empezaron las reformas en la que dormíamos antes.

—Ni de broma voy a comer aquí. —Levanto la vista y me lo encuentro de pie en la puerta, recién salido de la ducha, con unos pantalones cortos de deporte y todo lo demás maravillosamente desnudo para que mis ojos se deleiten con ello.

—¿Por qué?

Hago un gesto hacia la *suite* que nos rodea. Es el lugar más bonito, limpio y cómodo en el que hemos dormido y vivido durante los últimos meses.

—Lo último que quiero es ensuciarla. —Él resopla y le echa un vistazo a la cama que me hace sonreír en respuesta—. Claro, tenías que pensar en eso.

—Soy un chico. ¿Qué esperabas? Pero sabes que en menos de un mes, la gente pedirá servicio de habitaciones y comerá aquí, ¿verdad?

—Soy muy consciente. —Resoplo internamente y dejo el Kindle sobre la cama junto a mí. Supongo que en un rato podré retomar y disfrutar del polvo rabioso que está a punto de acontecer en el libro. No hay nada peor que te interrumpan en mitad de una escena de sexo.

—¿Estás bien? —pregunta—. Es tarde y has preferido leer a tomarte un helado sin calorías a escondidas.

—He decidido disfrutar de la suavidad de esta cama. —Apoyo la cabeza contra la cabecera y me deleito con la sensación del colchón bajo mi cuerpo—. Recuérdame que le dé un aumento a Katarina. —Me refiero a la diseñadora de interiores que nos ayudó a escoger todo el mobiliario y la decoración—. Hizo un gran trabajo al elegir los colchones.

—¿En serio? Vamos a ver. —Se deja caer en la cama y suspira, como hice yo la primera vez que me senté en ella—. Parece algo celestial pero, claro, creo que cualquier cosa sería de otro mundo en este momento, después de haber dormido sobre lo que parecía madera contrachapada durante los últimos meses.

—Te dije que te quedaras en Sag Harbor.

—Y yo te respondí que si me iba, tú también, y te negaste a hacerlo, así que… nos quedamos.

—Testarudo.

—Cabezota. —Los dos nos reímos, pero a medida que el silencio se prolonga, los párpados de Ford se vuelven pesados—. Hoy lo hemos hecho bien, Elle.

—Muy bien.

—Nos ha llegado hasta el último mueble en perfecto estado, excepto los dos taburetes rotos. Las dos cocinas han pasado la inspección. Han pintado el exterior. Muchas cosas. Siento que está muy cerca.

—Así es, pero todavía necesitamos un nombre para encargar el cartel.

—Lo sé. Lo sé.

Sí, cada día nos acerca más a la gran inauguración, pero eso también es agridulce. Cada elemento tachado en nuestra lista de pendientes, cada operación finalizada y revisada por última vez, cada asombroso recorrido por el hotel debido a la transformación son más agridulces.

Es un recuerdo de que esto está llegando a su fin.

Eso significa… ¿Quién sabe lo que significa para Ford y para mí? Todavía tenemos que abordar el tema.

—He estado pensando —murmura, todavía con los ojos cerrados y el brazo extendido de tal manera que apoya la mano en mi pantorrilla. El pelo mojado está dejando manchas oscuras en el edredón, debajo de su cabeza.

—¿Sobre qué?

—¿Qué tal si nos asociamos de nuevo? —pregunta mientras mi corazón da un salto en mi pecho.

A ver, estoy más que seguro de que tu padrastro aprovecharía la oportunidad de firmar un contrato a largo plazo con S.I.N. ¿Quién no lo haría? —Su arrogancia no conoce límites, pero tiene razón.

¿No es eso lo primero que aproveché para obtener el visto bueno para venir aquí

—Sé que la carga financiera de algo como esto sería abrumadora. S.I.N. podría comprar las propiedades y asumir las responsabilidades fiscales y Haywood Redesigns haría las mejoras, con la salvedad de que trabajaré contigo y con nadie más. Garland estaría esposado y tú continuarías haciendo lo que más te gusta y en lo que eres increíble. Es decir, si estás interesada en trabajar conmigo, Ellery *Celery*.

Lo miro fijamente y luego a sus ojos cerrados y la boca abierta. ¿Cómo puede decir algo así, de forma tan trivial, sin siquiera mirarme?

—Escúchame —continúa al confundir mi silencio de sorpresa por vacilación—. No estoy diciendo que S.I.N. te sacaría de la foto. Obtendrías un porcentaje de propiedad de cada inmueble. Entiendo que pienses que puede parecer que has llegado a esa posición tras haberte acostado conmigo o que solo te lo estoy pidiendo porque me siento obligado o por el mero hecho de que no quiero tratar con tus hermanos, pero eso no podría estar más lejos de la verdad. Eres talentosa y muy buena en lo que haces. Además, me has malcriado. Creo que no podría hacer esto con nadie más. Así que por eso te lo estoy pidiendo.

La emoción ante la idea de hacer esto de nuevo aumenta. De hacer esto con él, todavía más. Tengo un «sí» en la punta de la lengua y quiero gritarlo a los cuatro vientos. Ojalá pudiera decirlo, pero ¿no tenemos que abordar el tema del elefante blanco de la habitación? ¿O más bien el hecho de que estamos en la misma cama, con su mano en mi pierna y básicamente viviendo juntos?

A ver, iba a casarme y a vivir con Chandler con muchos menos sentimientos de por medio que con Ford, así que, ¿por qué tengo dudas?

O mejor dicho, ¿por qué no hablamos de ello?

¿De verdad quiero saberlo? ¿De verdad quiero que me diga que en dos semanas este «rollo» o lo que sea que es se va a terminar? ¿O es mejor esconder la cabeza en la arena?

Tomo el Kindle y selecciono la página donde me he quedado.

Llámame avestruz.

—No estás respondiendo. —Ford inclina la cabeza hacia atrás para mirarme—. Espera un momento. ¿Te pido que seas mi socia y tú optas por leer el libro en vez de responder? —bromea mientras se sienta—. Creo que debería tomarme eso como un insulto. —Y antes de que pueda reaccionar, se da la vuelta y me quita el Kindle de la mano.

—No —grito con los ojos como platos mientras él toca la pantalla y las palabras cobran vida.

Y mi pánico se debe a unas cuantas razones.

Una, dios mío. Va a descubrir lo que he estado leyendo en secreto la mayoría de las noches mientras él tecleaba en su portátil. Y no es que me avergüence pero, ahora lo sabrá.

Y dos, la biografía de Maxton está ahí. En la biblioteca. Y, en este momento, estoy más que agradecida de haber tenido la previsión de abrir y cerrar varios de mis otros libros para que la biografía quede enterrada en la parte inferior de la biblioteca en caso de que él viera la pantalla. Pero, aun así, está ahí.

—Me estás ignorando por… Oh. Guau. —Se sienta derecho con los ojos muy abiertos. Sus mirada se encuentra con la mía y el fantasma de una sonrisa se dibuja en sus labios antes de volver a mirar la tableta.

Trago saliva y se me encienden las mejillas como en diez tonos de rojo.

La escena que estaba leyendo era muy buena. Descriptiva, lasciva y *sexy* hasta necesitar cerrar las piernas.

Se aclara la garganta.

—Esto es algo realmente interesante, Ellery. Y aún resulta más fascinante el hecho de que hayas marcado la página como favorita. —Me mira a los ojos antes de leer en voz alta—. «El grito resuena en el pequeño espacio mientras deslizo la lengua por su raja y luego retrocedo antes de enterrarla en su interior. Antes de adueñarme de cada centímetro de ella. Antes de lamerla y darle placer con los dedos hasta que flexiona las piernas y deja escapar mi nombre una y otra vez mientras la llevo al precipicio». ¡Uff!

Se le mueve la nuez.

—¿Debería ver si has marcado como favorita alguna otra escena de sexo?

—No. —Le golpeo la mano, pero él aleja el Kindle. Lo único que puedo hacer es reírme.

—No te avergüences. El sexo. Querer sexo. Querer sexo conmigo… es completamente natural. Completamente lógico. ¿Y esto? Esto es… —Me sonríe—. Increíble.

Dice eso como si el sexo con él no fuera del mismo calibre.

Porque lo es.

Sí que lo es.

Grito cuando me tira de la pierna con una mano hacia abajo, se monta sobre mis caderas y se coloca a horcajadas.

—Vamos a ver —sigue mientras toca la pantalla. Toma aire y gime—. Esta es picante. «Ah, Lilly. Qué culo tan perfecto. Quiero dejarlo rosado por los azotes. Quiero violarlo con los dedos. Quiero llenarlo mientras meto la polla hasta el fondo en ese coño dispuesto». Dios. —Suelta una risa forzada. Me mira a los ojos. Con una mano sostiene el Kindle y con la otra me recorre de forma lánguida la parte media del pecho, hacia arriba y hacia abajo. Por debajo de un pecho, apenas roza un pezón con el pulgar antes de moverlo al otro. Noto la polla dura, gruesa y pesada a través de la costura de los pantalones cortos—. Está claro que tengo que leerme este libro. Es… sí. —Suelta una carcajada mientras se sonroja. Me encanta que esté un poco avergonzado.

Disminuye el hecho de que yo lo estoy.

¿A quién estoy engañando? No lo hace.

—¿Qué más hemos marcado aquí? ¿Deberíamos mirar? —Mueve las caderas sobre mí y me arde el cuerpo un poco más—. Pito, pito, gorgorito. Oh. Maldición. Aquí.

Se inclina hacia delante y me tienta con un beso, pero cuando trato de profundizarlo, se echa hacia atrás y simplemente tira de mi labio inferior.

Se aclara la garganta.

—Las manos en la pared.

—Solo si me follas —dice con la voz rota.

—Ahora llegamos a esa parte. —Me río, pero luego gimo cuando ella se sobresalta al deslizar el prepucio justo por su abertura.

Todo mi cuerpo se tensa. Trato de luchar contra la violenta desesperación de tomarla con abandono. De embestirla. De perseguir mi propio placer primitivo ahora que ella ya ha encontrado el suyo.

Empujo las caderas ligeramente para penetrarla. El calor húmedo me envuelve la polla centímetro a centímetro hasta que toco fondo y veo las estrellas.

Joder.

El cielo.

El infierno.

Joder.

La agarro por las caderas mientras sus músculos se contraen a mi alrededor. Una vez. Dos.

—Lennox —advierto mientras su risa resuena en la habitación.

Ahora es ella la que lleva el control. En este momento ella me posee. Con su coño. Con su confianza. Con lo jodidamente bien que me siento.

Y yo me rompo.

Pierdo el control.

Golpeo sus caderas con las mías. Empujo una y otra vez a un ritmo castigador, alentado por sus palabras. «Dios mío. Más duro. Sí. Justo ahí. Más rápido. No pares. Voy a correrme otra vez. Rápido. Rápido».

Y cuando esta vez se tensa a mi alrededor, pierdo la batalla pero gano la maldita guerra. Me vacío en su interior, sacudiendo las caderas y perdiendo toda visión, mientras pronuncio su nombre en un gemido de satisfacción.

—«Pierdo la batalla, pero gano la maldita guerra». Eso es bastante poético cuando se trata de follar, ¿no crees? —Se ríe—. Mírame, Ellery. —Se detiene y mueve las caderas para que sienta lo duro que está, lo excitado que está, mientras la presiona contra mi vientre bajo—. Mí-ra-me.

—¿Ehh? —Levanto la vista. Es tan jodidamente hermoso que duele.

—¿Me estás diciendo que puedo hablarte de forma lasciva, puedo recorrer cada centímetro de tu cuerpo con mi lengua, pero te retuerces cuando te leo esas escenas tan eróticas?

—Ford. —Suspiro su nombre mientras se inclina hacia delante, me muerde la oreja y el calor de su aliento envía escalofríos por todo mi cuerpo.

—¿Quieres que te haga esto, Ellery? —Me muerde el labio inferior—. ¿Te excita? —Me muerde el pezón por encima de la tela de la camiseta—. ¿Quieres representar esta escena? —Se inclina hacia atrás y desliza la mano entre mis muslos para sentir el calor, la excitación que me empapa los pantalones cortos—. Bueno, bueno, bueno. Parece que sí.

—Ford —repito con un gemido ahogado.

Vuelve a inclinarse hacia delante y me provoca con los labios y el conato de un beso.

—Solo estoy en problemas cuando dices mi segundo nombre después del primero, y no creo que ahora mismo esté en problemas.

Lo deseo ya. Ya estoy más que mojada para él, pero me sobresalto cuando posa las manos en mi trasero y lo aprieta.

Luego entierra la nariz en la ranura y desliza la lengua desde la entrada hasta arriba. Contengo la respiración. Cada músculo afectado por el paso de su lengua se tensa de anticipación. Cada parte de mi ser arde en deseos.

—Voy a follarte, Sidney. —Vuelve a lamerme—. Voy a enterrar mi polla en ese coño apretado que tienes. —Siento su aliento caliente contra mi carne tierna—. Luego voy a deslizar un dedo por tu trasero. —La suave presión de su pulgar contra el nudo de nervios—. Voy a follarte por delante y por detrás para que cada maldito centímetro de tu cuerpo se corra al mismo tiempo. —Desliza la lengua por mi coño de tal manera que tiene toda la cara enterrada contra mí—. ¿Lo entiendes?

Asiento con la cabeza. La oscura promesa de sus palabras es un afrodisíaco vertido encima de toda la seducción que ya ha utilizado conmigo.

—Umm, umm, umm —murmura mientras me agarra por el pelo y tira suavemente de mi cabeza hacia atrás para recorrer con la punta de la nariz toda la longitud de mi espalda. Desliza un dedo en mi interior al mismo tiempo que me chupa la oreja y empuja la polla contra el muslo—. Nada de asentimientos de cabeza. —Mete y saca los dedos en mí y el sonido de mi coño empapado resuena en la habitación—. Nada de salidas fáciles. —Desliza los dedos hacia afuera y me recorre de arriba abajo el pliegue del trasero con un dedo cubierto—. Quiero que hagas ruido, princesa. —Me da un mordisco en la oreja mientras vuelve a penetrarme con los dedos y tocar el punto G—. Quiero que grites. —Me da un ligero tirón de pelo—. Y quiero saber que sabes quién te está haciendo gritar.

—Siento que aquí hay tema. —Tiene la mirada llena de deseo y la respiración superficial. Recorre la costura de mis pantalones cortos de arriba abajo con los dedos hasta que la tela se humedece. Ya tengo el coño hinchado de deseo. Se levanta de la cama—. Quítate la ropa, Ellery.

Capítulo 41

Ellery

Sus palabras son como echar gasolina al fuego.

Ya estoy preparada, excitada, ¿y ahora me va a dar órdenes? Sí, por favor. No hay nada como un hombre al que le gusta tomar el control en la cama.

Y a mí me encanta.

Me tomo mi tiempo para desnudarme. La camiseta. Los pantalones cortos. Disfruto viendo cómo se le oscurecen los ojos y se le dilatan las fosas nasales mientras lo hago. Entonces, me paso la lengua por los labios y deslizo la mano entre mis muslos.

El sonido de la carne resbaladiza llena el aire mientras dejo caer la cabeza hacia atrás y gimo. Me ha preparado bien. Solo le falta terminar el trabajo.

—Ellery. —Se le quiebra la voz. Esa es la única señal de que está afectado, bueno, aparte de tener la polla más dura que una piedra mientras la acaricia. Captura con el pulgar el líquido preseminal y se lo restriega por el prepucio—. Gírate, ponte de rodillas y agarra el cabecero de la cama.

—¿Que agarre el cabecero de la cama? —pregunto con timidez.

Hunde los dientes en el labio inferior mientras se arrastra hacia la cama, con la polla todavía en la mano.

—Ajá. Vas a necesitar algo a lo que agarrarte. —Extiende un brazo y me aprieta el pecho ligeramente—. No hagas que te lo pida dos veces.

—¿Y si no lo hago?

Antes de terminar la frase, me tumba bocabajo y me da un cachete en el trasero.

—Si no lo haces, yo llegaré antes que tú.

Dios. ¿Quién iba a decir que Ford tenía ese lado?

Me encanta.

—Ahora ponte de rodillas y ábrelas mucho para que pueda admirar lo que quiero follar.

Hago lo que me dice, con el culo en pompa y las manos en el cabecero de la cama. Me sobresalto ante el calor de su boca en mi nuca y la sensación de su cuerpo mientras se acerca al mío con la erección presionando entre los cachetes de mi trasero.

—Te gustan esos libros. Esas escenas. ¿Qué tal si te demuestro que lo que sucede en los libros no es solo ficción? Que también lo puedes tener en la vida real. —Me muerde el hombro y luego chupa la zona dolorida, al mismo tiempo que extiende una mano para frotar los dedos sobre mi clítoris.

Echo la cabeza hacia atrás sobre su hombro mientras juega conmigo. Mientras me prepara. Mientras me predispone para follarme y poseerme.

Gimo cuando el placer me inunda. Mientras mueve los dedos, me lame con la lengua y se le hincha la polla contra mí.

—Eres tan jodidamente hermosa, Ellery. Tu cuerpo. Tu mente. Tu determinación. Este coño —susurra cada palabra contra mi piel. Cada palabra me excita aún más—. Apóyate en las manos. Muéstrame ese precioso culito tuyo.

Obedezco mientras el aire fresco de la habitación golpea la humedad de mi centro e ilustra lo vulnerable que soy ante él. Cuánto debo desearlo para permitirle exigir y yo obedecer.

Un grito ahogado. Eso es lo único que soy capaz de soltar mientras desliza de forma inesperada la lengua por mi centro antes de recorrerla hacia arriba y sobre el tenso nudo de músculos que hay ahí.

—Dios, cómo me excitas. —Me hunde los dientes en la nalga con delicadeza.

—Ford.

Y antes de que la palabra salga de mi boca, Ford me penetra con una única embestida determinada. Los gritos resuenan en la habitación; es el placer personificado.

—¿Cuál es la mejor parte de esta posición? Que puedo llenarte con más profundidad que de otra forma. ¿Lo sientes? ¿Te lleno más? —gime mientras me penetra un poco más y aprieta las caderas contra mi trasero.

Dejo caer la cabeza y absorbo el placer mientras empieza a moverse. Dentro. Fuera. Me agarra por el trasero y separa los cachetes para embestirme con más profundidad.

Siento que me elevo cada vez más. Me hormiguean los brazos y las piernas mientras se me tensa el centro con cada arremetida hacia adentro y hacia afuera.

Me recorre la espalda con la lengua.

—Eres realmente *sexy* —murmura contra mi oreja—. Realmente. *Sexy* —acentúa cada palabra con una embestida.

No puedo concentrarme. No puedo pensar. En este momento solo existen él, las sensaciones y el placer.

Arrastra una mano espalda abajo por el lugar donde acaba de pasar la lengua y se endereza. Emito un gemido confuso cuando presiona el pulgar contra el tenso anillo de músculos justo por encima de donde me está penetrando de una forma tan magistral.

Muevo las caderas contra su pulgar, lo que hace que juegue un poco más conmigo. Que presione un poco más fuerte. Que lo estimule un poco más.

—¿Te gusta? —espeta—. Sabía que sería así.

—Ford —gimoteo mientras empiezo a perder el control. Me flojean los brazos. Se me tensan las piernas cuando mi cuerpo detona en un millón de diminutas explosiones que rebotan por todo mi cuerpo. Una descarga eléctrica brota de mi centro hacia los dedos de las manos y los pies antes de volver a golpearme en el lugar donde no deja de acariciarme, deslizarse y manipularme los nervios del cuerpo de forma magistral.

—Ah, eso. Ténsate a mi alrededor. Fóllame, Elle —me pide mientras empujo el culo hacia atrás y hacia delante sobre su polla para exprimir mi propio orgasmo. Para prolongarlo. Para aguantarlo y absorber cada gramo de su placer.

—Dios, sí —gimo cuando otro orgasmo me golpea de forma completamente inesperada.

Me desplomo bajo el peso de su fuerza, pero Ford me sostiene las caderas en el aire mientras me penetra una y otra vez hasta que su grito gutural resuena en la habitación. Hasta que su liberación se apodera de nosotros.

Alcanzamos lo más alto del clímax para luego bajar poco a poco. Ford me libera las caderas, pero las dejo justo donde están porque no quiero que salga de mí todavía. No quiero perder esta sensación.

Deja un tierno beso en mi espalda mientras siento cómo su miembro se vuelve flácido, poco a poco, en mi interior.

—Dios, ¿sí? —Se ríe—. ¿Debería tomarme eso como un sí, me asociaré contigo, Ford?

Me estremezco con el placer menguante. Le daré lo que quiera con tal de volver a sentir esto.

—Ningún tribunal se tomaría en serio un consentimiento bajo coacción. —Mi voz suena embriagada por el sexo. Saciada.

—¿Coacción? —murmura, y suena muy *sexy* cuando retumba en la habitación—. Nena, eso ha sido cualquier cosa menos coacción. Pero si necesitas que lo vuelva a hacer para que puedas contemplar los méritos de un sí bajo presión, estaré más que encantado de intentarlo.

—¿Qué?

—¿Quieres que te vuelva a follar? —Y, en un instante, estoy bocarriba con su cabeza entre los muslos. Cuando alza la vista hacia mí con una sonrisa en los labios, susurra—: Te reto a que me digas que no.

Capítulo 42

Ford

Qué preciosa es.

No puedo dormir. Me da vueltas la cabeza. Demasiados pensamientos, demasiadas emociones que procesar tan temprano, pero lo único constante es que es preciosa.

Pero, ¿no es eso lo que pienso cada vez que la miro?

Sí, pero no me canso. *Nunca.*

El pelo le cae sobre la mejilla y me entran ganas de apartárselo, pero no quiero despertarla todavía. Prefiero disfrutar de estos pocos momentos en los que puedo estudiarla sin que se sienta cohibida.

Por otra parte, ¿cómo puede sentirse una persona cohibida después del comportamiento tan desinhibido y jodidamente sensual que ha mostrado antes?

Esta mujer es increíble. Y excitante en todos los sentidos de la palabra. ¿Y lo libros? ¿Esas escenas? En una palabra: *preliminares.*

Suspiro profundamente mientras revivo los momentos de diversión que hemos experimentado. Las risas. El sexo. Quedarnos dormidos saciados y satisfechos. Pedirle que sea mi socia. ¿Esa ha sido mi forma cobarde de mantenerla cerca sin admitirle que estoy perdidamente enamorado de ella? ¿Sin asustarla?

Inequívocamente, sí.

Y no me avergüenzo de hacerlo. Para nada. No estoy listo para renunciar a ella todavía. Ni para admitir lo que siento y hacer que salga corriendo en sentido contrario.

Lástima que la vida no sea como una novela romántica, ¿no?

Pero ella ha aceptado.

Y, por ahora, eso tendrá que ser suficiente.

Me coloco bocarriba mientras pienso en las próximas semanas. ¿Qué va a suceder con Ellery y conmigo en el transcurso intermedio entre el final de este proyecto y el inicio del próximo? Tengo un número limitado de reuniones de mierda que puedo convocar sin que se dé cuenta de que es una excusa para verla.

«Simplemente dile que quieres que esto sea algo, Ford». No tienes que decirle que te has enamorado de ella. No tienes que admitir que quieres mucho más que un rollo. Solo dile que no sabes lo que hay entre los dos y que quieres algo más.

Por la mañana. Puede esperar hasta entonces. Hasta que salga el sol y se despierte.

Lo haré cuando tenga esa voz adormilada y las marcas de la almohada en la mejilla. Cuando tenga los labios hinchados y la fina sábana le cubra el cuerpo.

Le lanzo una última mirada, resuelto y sintiéndome un poco más seguro de mí mismo.

Trato de obligarme a volver a dormir una vez que ya lo he decidido. El insomnio es algo con lo que tengo que lidiar de forma habitual. Pensé que el cansancio después del sexo me ayudaría esta noche. Que los diversos orgasmos me adormecerían.

Estaba equivocado.

Porque aparte de las sombras que bailan en el techo y la luz del baño que he dejado encendida sin querer, solo estamos una Ellery dormida y yo, ni una sola ovejita que me ayude a dormir.

Entonces tendré que entretenerme con el teléfono. Pero cuando voy a alcanzarlo en la mesita de noche, noto que el Kindle está donde lo he dejado.

«Esa escena era excitante».

Opto por el Kindle en vez del teléfono. Por las escenas *sexys* del libro en vez de los hechos duros y fríos de las aplicaciones de negocios y el mercado de valores del teléfono. Al tocar la pantalla, casi se me cae en la cara. Está claro que estos cacharros son peligrosos. En mi intento por atraparlo y no terminar con una herida de batalla, de alguna manera, pulso botones, la pantalla o lo que sea y termino en la biblioteca.

Una novela romántica tras otra llenan la pantalla. Me desplazo por las portadas, riéndome de los títulos, comparando la imagen que tengo en mi cabeza de mis abdominales con la de esos hombres de las portadas y preguntándome si me parezco a ellos, y justo cuando estoy a punto de volver a hacer clic en el libro, me detengo.

Maxton.

El rostro de mi padre me devuelve la mirada. El libro en la biblioteca con un «Leído» en la esquina quiere decir que ya lo ha terminado.

¿Qué cojones…?

Presiono la portada con un nudo en la garganta. El libro se abre por donde se quedó leyendo, y hay solo una frase resaltada en la página marcada como favorita.

«Él es… solo Ford».

Observo fijamente las palabras amarillas y una miríada de emociones se apoderan de mí. Rabia. Traición. Confusión. Dolor.

¿Lo sabe? ¿Y aun así no ha dicho nada?

—¿Ford? —pregunta Ellery con voz adormilada junto a mí.

No respondo. Estoy demasiado inmerso en mis pensamientos y trato de contenerme para no atacarla.

La cama se hunde. El edredón se mueve un poco. Y su respiración entrecortada atraviesa la habitación cuando ve lo que tengo en la mano. Cuando asimila las palabras y el resaltado que cubren la pantalla. Cuando extiende la mano para apretarme el brazo, todo mi cuerpo se tensa.

—No me contaste qué te pasaba. —Suena como si estuviera hablando con un animal herido, y eso solo empeora las cosas—. Estabas abriendo una brecha entre tus hermanos y tú, y pensé que si averiguaba qué te pasaba, tal vez podría ayudarte.

—¿Así que invadiste mi privacidad? —No puedo mirarla. No quiero ver la pena en sus ojos ni escuchar el maldito «solo Ford» de sus labios.

—No es privado si es información pública.

—No es asunto tuyo —grito, y aparto el brazo de un tirón.

—Y tanto que lo es. —Se sienta y se envuelve con el edredón—. Yo soy la que está aquí, ¿recuerdas? Yo soy la que está al otro lado de todo esto. Tu estado de ánimo cambia cada vez que ves las noticias. Los comentarios que hicieron tus hermanos antes de marcharse cuando estuvieron aquí. El silencio cuando una reportera aparece o acosa a tu asistente en busca de la razón por la que no participas en la gira de promoción. Así que sí, afecta a tu día a día. Tal vez pienses que nadie más lo ve, pero yo sí, Ford. Y soy la única que está aquí. Así que sí, es asunto mío porque yo soy la que contiene la respiración a la espera de que te golpee de la nada. Y te ayudaré a recuperarte, ya que te niegas a sacarlo todo, desmoronarte y partir desde ahí.

—Déjame en paz, Ellery.

—¿En serio? ¿Eso es lo único que me vas a decir? ¿Déjame en paz? —Levanta una mano—. Te diré lo mismo que seguramente te han dicho tus hermanos: ¿a quién le importa lo que piense de ti una persona de la calle?

—Sin embargo, tú no eres una persona de la calle. Eres… *—La mujer que amo.*

—¿Qué soy? —exige saber, pero cuando la miro a través de la penumbra de la habitación, cuando estoy más que seguro de que la verdad brilla en mis ojos, niega con la cabeza como si eso fuera a borrar lo que acaba de ver ahí.

«Que estoy enamorado de ella».

—No, no, no. —Se balancea hacia delante y hacia atrás antes de levantarse de la cama y tirar del edredón para cubrirse—.

No te atrevas a decirlo. No lo hagas, Ford. Ahora no. Aquí no. No… simplemente, no lo hagas por favor. —Unas lágrimas que no entiendo, pero me gustaría hacerlo, le inundan los ojos.

Hay un miedo indiscutible en ellos. Un pánico genuino.

¿Por qué? ¿Por qué le aterroriza la idea de que alguien la ame?

—¿Entonces qué quieres que diga? —pronuncio las palabras con un tono de derrota.

Ella camina de un lado a otro mientras niega con la cabeza en cada paso, casi como si se estuviera convenciendo a sí misma de no hacer algo. Se detiene y me mira, con ojos suplicantes pero la voz resuelta.

—Creo que te estás olvidando de lo que importa. De la verdadera relación que tenías con tu padre. Estás muy ocupado permitiendo que el ruido externo de la perspectiva de otra persona arruine y contamine los recuerdos que tienes de y con él.

—Allá vamos. Eso es lo que realmente piensas de mí —respondo. Cruzo los brazos sobre el pecho y me apoyo contra el cabecero de la cama con una sonrisa engreída en los labios—. Entonces, ¿crees que soy un cobarde?

—No, Ford. —Niega con la cabeza y suspira—. Creo que tienes el derecho de estar molesto sobre lo que no se dice pero, al mismo tiempo, tienes la oportunidad de rendir homenaje con tus hermanos al hombre al que querías parecerte. Al hombre que idolatrabas. *Tienes. La. Oportunidad.*

—¿Y qué?

Gruñe de frustración.

—Mataría por tener una cuarta parte de esa oportunidad. Por dejar que el mundo supiera lo increíble que era mi madre. Por tener hermanos en los que poder apoyarme. Por saber por qué mi padre… se marchó.

Sus palabras dan justo donde no quiero que lo hagan. En mis entrañas. En mi corazón. Ella también ha perdido a sus dos padres. A una en un accidente y al otro por suicidio.

Escucho lo que está diciendo. Siento lo que dice. Pero igual que pasa con mis hermanos, eso no invalida cómo me siento.

Lo que siento.

Dos personas heridas que tratan de hacerse aún más daño entre sí.

—Eso son solo palabras. Qué fácil de decir cuando no estás en la piel del otro.

Le tiembla el labio inferior cuando me mira.

—Deja de ser tan jodidamente egoísta.

—¿Egoísta? Maldita sea, ¿me estás llamando egoísta?

Mira quién fue a hablar. Una mujer que muestra todo su amor, pero que es incapaz de dármelo porque no ve más allá de sus narices.

—El libro no es sobre ti: es sobre tu padre. Es sobre dejar que el resto del mundo admire y respete al hombre de la forma en la que solo vosotros tres lo hacéis. Así que sí, deja de ser tan egoísta y desviar el tema hacia tu persona cuando el protagonista es él.

—Entonces, al principio esto era sobre la relación con mis hermanos. Ahora es sobre mi padre. —La miro fijamente y me encojo de hombros, con ganas de discutir. Deseo descargar esta rabia con alguien—. ¿Quién cojones eres tú para dar consejos? ¿De verdad me vas a dar un sermón sobre las relaciones y cómo fomentarlas y participar en ellas mientras no dejas de negar que tienes una? Qué típico, Ellery.

—No hagas esto, Ford. —Da unos pasos atrás y se obliga a tragar saliva. Ese pánico familiar parpadea en sus ojos.

—¿Qué no haga el qué? —grito a la vez que lanzo los brazos a los lados—. ¿Hablar de lo que salta a la vista? ¿De lo que hemos estado haciendo durante meses y te niegas a reconocer?

—Esto no se trata de nosotros.

—¿No? ¿En serio? Culpa mía. No sabía que estaba bien que metieras las narices en mis asuntos pero no en los nuestros.

—Esto se trata de ti, de tu familia.

—Por supuesto. ¿No es eso de lo que siempre se trata? Es decir, nunca es sobre nosotros. Ni sobre ti. Cada vez que el tema se desvía hacia ti, lo cambias y te aseguras de que vuelve a mí. Por el amor de Dios, te escondes para no dejar a la vista ni una mínima parte de ti que te haga vulnerable.

Se queda ahí de pie, con el labio inferior tembloroso, pero la mirada fría como el puto hielo.

—Vete al infierno.

—Por qué no lees los epílogos, Ellery, ¿eh? —pregunto. Necesito hacerle tanto daño como ella me lo está haciendo a mí. Necesito alejarla, pues, ahora mismo, está muy cerca—. Quieres que te dé respuestas, pues ya es hora de que hagas lo mismo. ¿Por qué no los lees?

Ignoro la mirada herida de sus ojos, ya que mi propio dolor ensombrece mis pensamientos.

—Déjame en paz, Ford.

—Oh —digo, y me río de forma condescendiente—. *Ahora* se supone que tengo que dejarte en paz.

—No te metas en mis asuntos.

—No. Ni en tu vida. ¿Por qué no los lees? ¿Tanto miedo te da averiguar lo que ocurre después de que se enamoren? ¿De eso se trata? Te autosaboteas y entonces…

—Cállate —grita a todo pulmón, y se le quiebra la voz. Se le saltan las lágrimas, que se le deslizan por las mejillas. Niega con la cabeza de un lado a otro con la mirada todavía fija en mis ojos. La expresión de su rostro me angustia y, sin embargo, sus palabras golpean más fuerte.

—¿Por qué? ¿Para poder salir corriendo y evitar responder la pregunta?

—¿Como tú? ¿El hombre que salió huyendo hasta aquí, que se asoció con una mujer desconocida a la que solo había visto una vez, solo para poder meter la cabeza en la arena y evitar los asuntos de papá?

Si estaba apuntando a la diana, acaba de dar en el clavo.

Hija de puta.

Mi risa es baja e inquietante.

—Eso es un golpe bajo, Elle. Pero eso era lo que estabas buscando, ¿verdad? ¿Enfadarme para que lo deje estar? Porque eso es mucho más fácil que hablar conmigo. Que tener que enfrentarnos a lo que está pasando entre nosotros…

—Lo único de lo que hay que hablar es de la razón por la que no estás ahora mismo de camino a la ciudad para salir en los programas matutinos con tus hermanos.

Claro. La semana pasada le conté lo de las malditas entrevistas ¿y ahora me lo echa en cara? A la mierda. Que le den a esto.

—¿Me estás diciendo que me marche? Bien. Lo has conseguido. —Jodidamente increíble—. Tú ganas. Me iré por la mañana. Haré el circuito de programas matutinos con mis hermanos mientras te quedas aquí a cargo de todo menos de lo que importa.

—Bien.

—Y luego, cuando eso se arregle, cuando haya dejado de ser egoísta, tienes que hacer lo mismo. Tienes que dejar de ser egoísta y averiguar qué cojones quieres, porque estoy cansado de no saberlo. ¿Trato hecho?

—Bien.

—Di algo aparte de bien —grito. Mi voz reverbera por toda la habitación. Mi frustración es de unas proporciones épicas.

Me mira con esa expresión vacía y temerosa en los ojos que me hace desear no ser la causa, pero sé que lo soy. Asiente un poco con la cabeza, pero cuando abre la boca, la vuelve a cerrar. Sé que puede que haya ido demasiado lejos.

Pero, ¿no me merezco saber dónde estoy? ¿Dónde estamos?

Parpadea para contener las lágrimas y susurra:

—Bien. —Antes de salir de la *suite,* se envuelve con el edredón y cierra la puerta a sus espaldas.

Tengo que hacer acopio de toda mi voluntad para no ir tras ella. Para no correr por el pasillo, plantarle un beso en la boca y decirle que sea lo que sea lo que la asusta, lo podemos solucionar. Podemos resolverlo.

Pero no.

Me quedo donde estoy, observando la puerta cerrada, y sé que no debería ser tan difícil querer a alguien.

—Mierda —murmuro a la habitación vacía.

Si buscaba presionarla para que reconociera que éramos algo, es más que evidente que me ha salido el tiro por la culata.

Capítulo 43

Ellery

Me duele el pecho.

«¿Trato hecho?».

Por las palabras que no ha dicho, pero que he visto en sus ojos.

Por la discusión que ha decidido tener porque necesitaba espacio y tiempo para pensar.

Por hacerle ver que no soy ese tipo de chica. Que no puede amarme. Que lo nuestro no puede ser más de lo que ya es.

Por la mano dura que he tenido que mostrar para que viera lo que tiene cuando muchos otros matarían por ello. Yo mataría por ello.

Por la verdad tras la pregunta: «¿Por qué no lees los epílogos, Ellery?».

Y me sigue doliendo durante el resto de la noche mientras estoy sentada en el bar vacío de la azotea, envuelta en el edredón, contemplando la luna, que está muy por encima del mar. Observo cómo su reflejo se ondula con el vaivén de la marea. Escucho el sonido amortiguado de las olas al romper en la playa de abajo. Me sumerjo más si cabe en mis propios pensamientos mientras la nueva estructura cruje y se asienta a mi alrededor.

«Tienes que dejar de ser egoísta y averiguar qué cojones quieres aquí porque estoy harto de no saberlo. ¿Trato hecho?».

¿Esa es la razón por la que he huido? ¿O, mejor dicho, he corrido hacia el bar, lo cual suena ridículo?

Porque, madre mía, sí, se ha acercado demasiado. ¿Y cuando alguien se acerca demasiado, entro en pánico? ¿Es porque estoy enfadada con él por tener una familia con la que yo solo puedo soñar, y que no quiera preservarla? Un poco de todo.

¿O es porque me da miedo creer que merezca un final feliz de verdad? ¿Qué él podría ser mi final feliz? Y me aterroriza tener esperanzas, me aterroriza creer que si lo es, me lo van a arrebatar también.

¿O es simplemente que estoy cuestionando todo lo que ocurrió la pasada noche? La promesa de asociarnos. La sugerencia de atarle las manos a mi padrastro para tener voz y voto en lo que por derecho es mío.

¿Fue todo legítimo? ¿De verdad quiere asociarse conmigo o estaba tratando de unirme a él de alguna manera para que no pueda escapar? ¿Para no tener motivos para alejarme?

Pero, por otro lado, la unión solo sería empresarial, ya que él pondría el capital.

¿Y cómo me hace sentir eso? ¿Infravalorada? ¿Comprada? ¿Sobornada?

Me paso una mano por el pelo mientras la frustración hace mella en mi interior y no dejo de darles vueltas a las mismas preguntas. Y así, hecha un mar de dudas, la oscura noche da paso a las primeras horas de la mañana.

¿A dónde ha ido mi resolución? ¿Cuándo ha desaparecido mi voluntad de simplemente divertirme y disfrutarlo?

Estaba dispuesta a casarme con un hombre decente por meros motivos empresariales. ¿Qué hay de malo en salir con un hombre y trabajar con él al mismo tiempo? ¿Un hombre por el que estoy loca, nada menos?

Fordham Sharpe.

Mucho más que «solo Ford». Ojalá entendiera eso.

Tal vez, pasar la noche inmersos en nuestros pensamientos nos ayude a darnos cuenta de la verdad a la que nos negamos a enfrentarnos. Tal vez nos ayude a encontrar un terreno medio donde podamos reunirnos y ponernos de acuerdo. Uno donde él vea que tiene que irse con sus hermanos y que yo no soy el tipo de chica de los cuentos de hadas, mientras que yo me doy cuenta de que está bien estar con él sin asustarse.

El tiempo lo pone todo en su sitio.

El tiempo lo aclara todo.

Al menos eso espero.

El cielo empieza a aclararse hasta convertirse en una mañana gris miserable antes de que el sol se decida a salir.

Primero, tenemos que aclarar las cosas antes de enfrentarnos a un hotel lleno de trabajadores tratando de terminar esta monstruosa tarea en tan poco tiempo. Tenemos que ser capaces de trabajar juntos incluso cuando no estamos de acuerdo.

Es algo que aún debemos afrontar durante todo este proyecto, las dificultades entre nosotros, pero ¿no es eso de lo que trata una verdadera sociedad? ¿De lo que trata una verdadera relación?

Porque eso es lo que me ha permitido aceptar esta noche. Ford y yo somos algo. La cuestión es qué somos, pero estoy dispuesta a reconocerlo y a llegar a esa conclusión.

Estoy dispuesta a admitir que lo que siento por él es más intenso de lo que he sentido por alguien en mi vida, y eso es mucho. Espero que él me permita dejarlo así. Espero que lo comprenda y acepte que no soy el tipo de chica de la que uno se enamora. Que se dé cuenta como Josh de que lo que yo puedo dar no es, y nunca será, suficiente para una relación. Que, en algún momento, Ford querrá dejarme también.

¿Profesionalmente?

«Sí, trato hecho, Ford».

«Te lo dije anoche».

Aún envuelta con el edredón, me dirijo a la *suite*. Necesito vestirme antes de que las cuadrillas comiencen a llegar, pero más importante, necesito hablar con Ford. Necesito decirle que sí, que haré ese trato. Que si se va y arregla las cosas con sus hermanos, entonces le haré saber dónde estamos. Que tenemos una relación, pero que soy incapaz de darle lo que creo que necesita. Lo que merece. Pero que puedo ser todo menos eso.

Algo es algo, ¿no? Si bien quizá no sea exactamente lo que está buscando, al menos es un punto de partida.

Con cada peldaño de las escaleras que bajo, ensayo las palabras en mi cabeza. Las frases. Las razones que hay detrás. Todo.

Sin embargo, cuando entro en la *suite,* las sábanas, sin edredón, están estiradas, como si la cama estuviera hecha, y Ford no está por ningún lado. El portátil ha desaparecido. Las llaves también.

El pánico me atraviesa.

Se ha ido.

Hemos discutido y se ha marchado.

Camino por la habitación como una loca, solo para encontrar la ropa todavía allí, los artículos de aseo en el tocador y notas de trabajo esparcidas sobre la cómoda.

El alivio me arrasa como el azote de un maremoto.

Tal vez también necesitaba espacio.

No se ha ido.

Se me saltan las lágrimas mientras estoy en la ducha. Es el único momento de debilidad que me permito mientras me aseguro que él va a volver.

Que todavía está luchando por nosotros.

Paso la siguiente hora preparándome porque, aunque Ford y yo hemos discutido, el espectáculo debe continuar. Hay que dirigir a los contratistas.

Hay que resolver los problemas. El día debe seguir adelante.

Tal vez ha pasado la noche en Sag Harbor. Para poner distancia al igual que he hecho yo.

Pero cuando estoy fuera, enseñándole a Roddy cómo hay que arreglar los toldos sobre la puerta de la cafetería, el sonido de un helicóptero nos distrae. Es un sonido común aquí, en el patio de recreo de los ricos, pero este suena especialmente bajo.

Y cuando alzo la vista y veo el helicóptero negro con las letras grises de S.I.N. por encima, sé que Ford me está demostrando que va a cumplir su parte del trato. Así sin más. Sin ninguna discusión adicional. Sin negociaciones. Sin propuestas finales. Ha hecho lo que dijo que haría. Está cumpliendo su palabra.

También me está advirtiendo de que cuando regrese, voy a tener que cumplir la mía.

Capítulo 44

Ford

Se ve diminuta al sobrevolar el hotel.

Tiene las manos sobre los ojos cuando levanta la vista y observa el helicóptero.

Mientras se da cuenta de que voy a cumplir mi palabra.

La observo hasta que no puedo mirarla más porque temo que esta sea la última vez que la vea.

Me preocupa que lo que la aterroriza sea más fuerte que el amor que veo en sus ojos cuando me mira.

¿Y no ha sido ese el quid de la cuestión todo este tiempo?

Capítulo 45

Ellery

—¿Estás esperando buenas noticias o algo hoy, jefa? —pregunta Roddy mientras camina junto a mí.

—¿A qué te refieres? —contesto, y me giro para mirarlo.

—Llevas todo el día mirando el teléfono cada diez minutos como si estuvieras esperando que tu hermana diera a luz o algo.

Me río.

—Teniendo en cuenta que no tengo ninguna hermana, puedo esperar sentada.

—*Touché.* —Se detiene y entrecierra los ojos—. ¿Pero va todo bien? ¿No hay problemas con el proyecto o los permisos o cualquier mierda de esas?

—No. Nada de eso. Solo estoy esperando un correo electrónico sobre la entrega de las marquesinas para la cafetería —miento. De repente, me siento ridícula por haber mirado tanto el móvil hoy como para que alguien se haya dado cuenta.

—También tienen mi número. Eso no es algo con lo que deberías lidiar. Ya tienes suficiente con lo tuyo. Deja que yo me encargue de eso

Hasta aquí la mentira.

—Vale. No más distracciones. —Hago el numerito de sacar el teléfono del bolsillo y ponerlo en modo «No molestar»—. Si voy a predicar acerca de estar atento en el trabajo, supongo que lo correcto es que yo haga lo mismo.

Se ríe y me guiña un ojo antes de que lo llamen a la cafetería para ayudar con algo.

Suspiro y me apoyo contra la pared. A pesar de la falta de sueño de anoche, hoy ha sido un buen día.

¿Todavía me duele y estoy confusa por las cosas que nos dijimos? Por supuesto que sí. No soy un robot.

¿Y el comentario del teléfono? Es porque no puedo dejar de mirar los titulares y las notificaciones de Instagram que me saltan en la pantalla. Decir que hay rumores sobre la primera entrevista con los tres hermanos Sharpe juntos es quedarse corto.

Por el comentario de Roddy, es evidente que estoy demasiado enganchada a ello.

¿Es raro estar orgullosa por algo de lo que ni siquiera formas parte? Seguro que sí, pero lo estoy.

La prensa se está poniendo las botas solo con la parte visual. Tres hombres atractivos, idénticos en su pecaminoso aspecto, exitosos al estilo del sueño americano, sentados en un mismo plano. Solo las sonrisas deben incrementar los índices de audiencia, pero es la pasión y el amor con el que hablan de su amado padre la que se ganará al público si aún no lo ha hecho.

Y solo el ojo entrenado de alguien que se ha pasado casi cada minuto de los últimos noventa días con el hermano mediano, notaría la ligera palidez en algunas preguntas. El revés es fugaz.

En los clips que he visto, me ha conmovido el amor por su padre. La completa admiración y adoración del amor entre sus padres, incluso años después de que su madre muriera. Es reconfortante ver la conexión entre los tres, aunque sea de lejos.

Le he enviado algunos mensajes de texto a Ford diciendo esto mismo. A pesar de que tendré dificultades para cumplir mi parte del trato sin meter la pata cuando regrese, soy lo bastante mayor para no negarle el derecho de saber lo orgullosa que estoy de él por haber dado un paso al frente.

Y, aunque no ha respondido, sé que él también está orgulloso de sí mismo. Se nota en la sonrisa que muestra. En la risa que emite. En cómo niega con timidez cuando los hermanos se burlan de él descaradamente y dejan claro que su padre quería a Ford tanto como a ellos, con independencia de que el libro no lo muestre.

Sí, he pasado gran parte de mi jornada laboral obsesionada con ello, revisando el móvil con frecuencia con el pretexto de intentar localizar un envío perdido y lidiar con los problemas que han surgido del día de la inauguración.

Si alguien me hubiera preguntado más al respecto, me habría pillado.

Pero nadie lo ha hecho, y lo agradezco.

A medida que el día pasa, la ansiedad por ver a Ford aumenta. Mi resolución es más fuerte. Me doy cuenta de que quiero algo más con él de lo que nunca quise con Chandler ni con Josh. Aunque todavía no puedo, ni sé, cómo definirlo. Solo espero que él sea capaz de aceptar los límites.

Me mantengo ocupada con la lista interminable de cosas por hacer para que el hostal esté terminado en la fecha límite.

La lista de tareas pendientes se hace más corta en algunas habitaciones y más larga en otras. Cuando entro en el bar de la planta de arriba veo que todos los operarios están apiñados en torno a un teléfono y, al verme, se dispersan.

Los trabajadores intercambian miradas furtivas.

—¿Qué? —pregunto, de pie en mitad de la habitación, y extiendo los brazos—. ¿Qué es lo que no me estáis contando? ¿Tengo el culo manchado? ¿Hay algún vídeo sexual que nunca he grabado en internet? ¿Qué ocurre?

Ni un solo hombre sonríe en respuesta a las preguntas que he formulado a modo de broma.

Hank es el pobre que me mira a los ojos.

—Tú. —Lo señalo con el dedo—. ¿Qué pasa?

Hank mira a otro carpintero y luego a mí. Está claro que teme lo que sea que sabe.

Ahora, de repente, yo también.

Hank arrastra los pies, con los hombros encorvados, y extiende el móvil.

Me lleva un minuto procesar el titular de la TMZ en la pantalla, con una marca temporal de hace noventa minutos. Se produce un cortocircuito en mi cerebro y se me cae el alma a los pies mientras el mundo se desmorona a mi alrededor.

Accidente de helicóptero en el Hudson

Jadeo de forma audible mientras le arranco el teléfono a Hank y leo. Solo registro ciertas palabras.

«Fordham Sharpe en el manifiesto».

«Dirigiéndose hacia los Hamptons».

«Caído en el Hudson».

«Búsqueda de supervivientes en marcha».

No puedo respirar. ¿Eso es normal? No puedo respirar. No puedo pensar. Siento que tengo un millón de cosas que hacer, como llamar a sus hermanos cuando ni siquiera sé sus números. Ir a Nueva York, cuando la forma más rápida de hacerlo es en helicóptero, y no hay manera de subirme a uno ahora mismo. Sufrir un ataque de pánico porque, si bien no resolverá nada ni responderá mis preguntas, estoy más que segura de que me permitirá sentir algo. Porque aquí, ahora mismo, siento todo y nada al mismo tiempo. ¿Cómo es eso posible?

Me tambaleo hacia atrás hasta que me desplomo sobre una silla. No me importa si les muestro las cartas a la cuadrilla. No me importa una mierda si el jadeo y la palidez de mi rostro demuestran que Ford y yo somos algo más que simplemente socios.

Roddy está a mi lado y ni siquiera sé cómo ha llegado ahí. Me quita los dedos del teléfono.

—Respira, Sinclair. Respira.

—Mi teléfono. Necesito mi teléfono —grito.

—Lo tienes en el bolsillo trasero. Justo ahí. —Señala y lo saco.

La pantalla es una maraña de mensajes. De Garland. De Ledger. Mensajes a los que no les he prestado atención porque tenía el teléfono en silencio. Los observo hasta que la vista se vuelve borrosa. El miedo a lo que puedan decirme me impide desbloquear el teléfono y leerlos.

Cuando levanto la mirada veo que todos me observan. Todos están conteniendo la respiración al igual que yo, y la preocupación grabada en sus rostros es devastadora.

—Fuera todo el mundo —indica Roddy, que hace gestos con los brazos para que salgan de la habitación. No levanto la vista. No los miro a los ojos, pero en mi visión periférica, veo que salen de la habitación poco a poco—. ¿Quieres que me quede o que me vaya? —Se agacha frente a mí, con la mano en mi rodilla y espera una respuesta.

—Necesito... estar sola, por favor.

Asiente con la cabeza y me da un apretón antes de levantarse y salir de la habitación.

Yo soy la que lo presionó para que se fuera. Yo soy la razón por la que estaba en ese helicóptero. Yo soy la razón...

No.

«Tiene que estar vivo».

«Es Ford. El mítico y testarudo como él solo Ford».

Cuando se cierra la puerta, exhalo de forma temblorosa mientras abro el teléfono y me preparo para lo que leo.

Pero antes de poder hacerlo, me suena el móvil. Es un número desconocido, y respondo tan rápido como puedo, con la esperanza de que sea Ford.

—¿Hola? —Jadeo al teléfono.

—¿Ellery? Soy Ledger. —La solemnidad en su voz me hiere hasta la médula. El dolor que flota en ella es indescriptible. El miedo y el pánico se entretejen en cada fibra.

—Por favor... —Son unas sílabas largas y prolongadas. Por favor, que esté bien. Por favor, dime que está vivo. Por favor, dime que está ahí de pie frente a ti.

—En búsqueda y rescate —suelta las palabras—. Lo tienen.

Se me rompe el corazón.

Nada de lo tienen y está bien. Ni lo tienen y está vivo. Solo que «lo tienen».

—Ledger —digo mientras las lágrimas saladas me golpean los labios cuando ni si quiera sabía que estaba llorando—. Por favor.

De repente, los segundos parecen horas, la habitación se ha quedado sin aire y lo único que escucho es cómo me late el pulso en los oídos.

—Está bien. —Esta vez es a él a quien se le quiebra la voz. Es su sollozo entrecortado el que vibra a través de la conexión. Sus palabras me permiten respirar por primera vez en todo este tiempo. En minutos que parecen horas.

De inmediato, comienzo a sollozar.

—¿Has hablado con él?

—No. Todavía no. —Tiene la voz ronca, pero el tono es de alivio—. Se ha venido abajo. El piloto ha podido aterrizar. Las aspas. El agua. No entiendo cómo lo han logrado, pero están bien.

—Tengo que ir allí, verlo... No puedo llegar hasta allí... No puedo volar hasta allí —suelto las palabras.

—Lo sé. Lo sé. Nosotros..., Callahan y yo estamos en el coche. De camino a verlo.

—Por favor —suplico—. Por favor, haz que me llame.

«Por favor. No puedo perder a nadie más».

«Otra vez no».

Capítulo 46

Ford

—No puedo respirar. —Empujo a mis hermanos, pero me mantienen atrapado en el tipo de abrazo que no me dan desde hace años. Desde el funeral de mi padre.

—Que te den —murmura Callahan.

—Doble que te den por asustarnos así —añade Ledger.

Y cuando dan un paso atrás y nos miramos, los tres tenemos lágrimas en los ojos.

—Relajaos. Es demasiado divertido ser un grano en el culo como para dejaros ahora, cabrones.

La risa no es sincera. No sienten ninguna diversión, solo alivio.

Cierro los ojos y me tambaleo hasta sentarme. Sé que quieren más información que la que les he ofrecido por teléfono. Una explicación detallada de todo, pero en lo único en lo que puedo centrarme es en lo que se me ha pasado por la cabeza en esos instantes entre que el piloto me ha dicho que teníamos un fallo técnico y sus palabras «prepárate para el impacto».

Mi madre. Su suave sonrisa. Sus cálidos abrazos. Su gran sabiduría.

Mi padre. Sus maneras inquebrantables. El afecto que sabías que te habías ganado cuando estabas en el extremo opuesto. El legado que temía que no tendría la oportunidad de continuar.

Mis hermanos. Las otras partes de mí. Los que me completan. Mis rocas cuando yo no puedo ser una.

Y Ellery. La quiero y no he tenido la oportunidad de decírselo.

La quiero.

No voy a cometer ese error de nuevo.

—Necesito tu teléfono —le digo a cualquiera de ellos.

Ledger sostiene el suyo.

—Ya está llamando.

Cojo el teléfono y, justo cuando lo tengo contra la oreja, escucho su voz y me vengo abajo.

—¿Ledger?

—Ellery. —Se me quiebra la voz al decir su nombre.

—¿Ford? ¡Ford!

No sé quién se rompe primero. Si ella, yo, o ambos, pero una lágrima se desliza por mi mejilla al mismo tiempo que a ella se le escapa un sollozo.

—Estoy bien.

—Ford.

—Llegaré pronto a casa.

Capítulo 47

Ellery

El mundo todavía parece haberse detenido. No importa que haya hablado con Ford. Ha sido breve y no ha dicho mucho, rodeado como estaba por sus hermanos, pero ha sido el mejor sonido que he escuchado en mi vida.

«Llegaré pronto a casa».

Dejemos que Ford actúe como si sobrevivir a un accidente de helicóptero no fuera nada.

Dejemos que no tenga miedo de volver a subirse a otro para llegar hasta mí tan rápido como pueda.

Cuando el coche llega al aparcamiento, salgo corriendo por la puerta delantera y salto a sus brazos, lo rodeo por la cintura con las piernas y le planto un beso firme. Se tambalea hacia atrás por la fuerza del peso y su risa se desvanece con el beso que le doy sin pensar o sin importar quién pueda vernos. Sin importar quién lo sepa.

El beso dice muchas cosas. Te echaba de menos. He pasado muchísimo miedo. Nunca más. Palabras que todavía me aterrorizan.

Y, cuando acaba, cuando pongo los pies en la tierra, le golpeo el pecho con las manos.

—No vuelvas a hacerme esto nunca, nunca más, ¿me oyes? Jamás.

Suelta una carcajada.

—Un día en casa como otro cualquiera recibiendo tus golpes de una u otra forma.

—Cállate. —Lo empujo y le doy otro beso en los labios. Otro beso para confirmar que está vivo. Que está bien. Que está aquí de verdad, en mis brazos.

Ahueca las manos en mi cara. Me sostiene la mirada. Su media sonrisa se adueña de mi corazón.

—Te quiero, Ellery Sinclair. Te quiero, y estoy harto de no decirlo. Te quiero, y lo único en lo que podía pensar mientras el helicóptero se estrellaba era que no te lo había dicho. Así que te lo estoy diciendo ahora. Te lo digo para que hagas lo que quieras con ello, pero nada cambiará mis sentimientos. ¿Lo entiendes? Porque prefiero cometer un error al decírtelo que vivir una farsa por no contártelo.

Escucho sus palabras. Entiendo lo que dice. Pero estoy muy abrumada por todo lo que está pasando. Estoy tan inmersa en no perderlo, que sus palabras están ahí, pero mi necesidad de que esté vivo lo ahoga todo.

El miedo.

El pánico.

Solo está él.

Solo nosotros.

Solo otro mañana para que resolvamos esto.

Capítulo 48

Ford

Las pesadillas nunca cesan.

Una tras otra. Lo que podría haber pasado. Lo que pasó. Y con cada pesadilla, me despierto y encuentro el rostro de Ellery sobre la almohada, a mi lado. Sus piernas entrelazadas con las mías. La respiración uniforme y los latidos constantes bajo la palma de mi mano son un recordatorio tranquilizador de que solo son eso. Pesadillas.

Y entre el terror y el miedo está el recordatorio de lo que ocurrió anoche. De cómo la coloqué en mi regazo. De cómo nos aferramos el uno al otro. De sus labios contra los míos, al mismo tiempo que se hundía sobre mí.

A la vez que me amaba, con el cuerpo y la emoción en la mirada, pero sin expresarlo con palabras.

Nos movimos en el silencio.

Reaccionamos a las caricias del otro. A los gemidos y a las súplicas del otro.

Reaccionamos hasta que se volvió casi doloroso respirar cuando fui consciente de que había estado a punto de perder esto. De perderla a ella.

Cuando me alejé para mirarla, para contemplar su aspecto inundado de amor, una sola lágrima se deslizaba por su mejilla. Se la besé para limpiársela. Murmuré que estaba bien. Que estoy bien.

Y que la quería.

Pero el placer desapareció cuando llegó la siguiente pesadilla. Cuando me dio un susto de muerte.

Creo que la pesadilla me despierta. ¿O es que la puerta acaba de cerrarse?

Lo primero que noto es que la habitación está empezando a iluminarse por el amanecer.

Lo segundo es que Ellery no está a mi lado. La cama está fría.

Me froto la cara con las manos y saco las piernas por el lateral del colchón.

—¿Elle? —pregunto hacia la puerta entreabierta del baño.

Tal vez tiene las mismas pesadillas que yo. Quizá necesita un recordatorio de que estoy bien.

Pero cuando miro en el baño, no está allí. Me dirijo hacia el pasillo y, cuando echo un vistazo, la veo de espaldas a mí mientras arrastra una maleta tras ella.

El pánico me estrangula. ¿Tiene una reunión que he olvidado? ¿Una conferencia telefónica a la que asistir?

Pero sé que la respuesta es no.

Está huyendo.

—¿Ellery? —Corro tras ella, pero no me mira.

Cuando la rodeo en el pasillo para bloquearle el paso, veo las lágrimas que le corren por las mejillas. La absoluta desolación grabada en las líneas de expresión.

—Nena, por favor. Dime, ¿qué ocurre?

Su expresión permanece estoica a pesar de las lágrimas que le manchan la piel y el sutil movimiento de cabeza.

—Lo siento mucho —susurra.

Esas tres palabras me hunden en la miseria. Borra toda la esperanza a la que me había aferrado.

—No hagas esto. No permitiré que te vayas —digo mientras se me acelera el pulso y se desata la incredulidad—. No después de todo lo que ha pasado. No después de lo de ayer. No después de… nosotros.

Ni siquiera reconozco mi propia voz ahora mismo. La súplica que hay en ella. El miedo entretejido en ella.

—Esto no está bien —murmura mientras intenta pasar a mi lado. Me muevo para bloquearla—. Esto no puede suceder.

—¿Qué es lo que no puede suceder?

—Esto. Nosotros. —Agacha la mirada y las lágrimas salpican la alfombra nueva bajo nuestros pies—. Me niego a permitirme...

—¿A permitirte qué? —Exijo saber. ¿Tener esperanzas? ¿Quererme?

—Amarte —susurra mientras levanta la vista para encontrarse con mis ojos.

—¿Por qué? ¿Por qué no puedes amarme? —la reto, con las manos sobre sus hombros, desesperado por darle una sacudida e infundirle algo de sentido común. Pero ya está bastante asustada.

Igual que yo.

Pero mi miedo se debe a que sé lo que quiero y temo no poder tenerlo. Y la causa del suyo es que nunca lo ha tenido y le aterroriza sentirlo.

—Porque no puedo. —Se traga un sollozo—. Simplemente no puedo.

—Me merezco algo más que eso. Una mejor razón, Ellery, y, maldita sea, lo sabes muy bien. —Inspiro profundamente para tranquilizar mi respiración y calmarme—. ¿Por qué no puedes amarme? —Se me quiebra la voz.

—Porque... porque todas las personas a las que he querido han muerto. Me han dejado. Y simplemente no puedo..., no puedo perderte a ti también. Ayer estuvo a punto de ocurrir. Casi te pierdo. Y me aterroriza quererte y perderte. No puedo pasar por eso de nuevo.

Contemplo esos ojos zafiro que me atrapan. Esos labios cuyos deseos son órdenes para mí. La mujer que tiene todo mi corazón en sus manos temblorosas.

«Hijo, cuando el temperamento de una mujer te haga amarla más, cuando su desafío te provoque querer desafiarla y cuando su sonrisa te haga desear ganarte todas y cada una de las que pueda ofrecerte, entonces sabrás que es digna de que atravieses el fuego por ella».

Mi padre tenía razón.

En este momento, sé que me arrastraría sobre las brasas, me arriesgaría a quemarme y arder, para atraerla hacia mí y apartar esa expresión de su rostro.

«Dios, cuánta razón tenía».

El fuego no es nada comparado con el amor.

Con lo que harías por él.

Con lo que darías por él.

Con cuánto arderás por él.

—Simplemente te quiero. De cualquier forma que pueda tenerte, Ellery. Vale la pena que luchemos por nosotros. Vale la pena luchar por ti. Todo lo demás es solo ruido. Podemos solucionar el resto.

Da un paso atrás y se libera de mi agarre con la mirada todavía puesta en mí.

—Tengo que irme, Ford.

Esa lágrima de anoche… era porque sabía que se estaba despidiendo.

Y así, Ellery Sinclair me rodea y sale del hotel.

Y temo que también de mi vida.

Capítulo 49

Ellery

Las lágrimas no cesan.

Tampoco el dolor del pecho ni el dolor de corazón.

Lo quiero.

Quiero a Fordham Sharpe cuando juré que nunca me permitiría amarlo.

Y casi lo pierdo.

Las pesadillas no han dejado de sucederse. El grito ahogado cuando me he despertado y lo he encontrado ahí, vivo, con el movimiento del pecho al ritmo de su respiración, solo me ha asustado más.

Todo aquel a quien quiero muere.

Todo.

No puedo maldecir a Ford con eso. No puedo maldecir a sus hermanos con eso.

Aparto otra lágrima y luego recorro las letras grabadas en la lápida de mi padre.

Se me viene a la mente la imagen de su rostro. La gran risa y los cálidos abrazos. La estricta disciplina, pero los elogios efusivos que te hacían sentir como si estuvieras en lo más alto del mundo cuando los ofrecía. El apoyo inquebrantable y los inconfundibles consejos que sigo llevando conmigo a día de hoy.

Los hombros de mi madre tiemblan cuando trato de agarrarme a ellos. Cuando trato de consolarla como ella a mí.

Pero ningún abrazo aliviará este dolor.

Ningún beso en la pupa va a hacer que esto desaparezca.

Cierro los ojos con fuerza. Es más fácil que mirar a tu alrededor y ver cómo todos fingen que no nos miran. Las miradas cargadas de lástima. El «qué pena» que murmuran entre sí. Y mantener los ojos cerrados es diez veces mejor que mirar el ataúd negro brillante sobre el suelo frente a nosotras.

¿Tiene frío ahí dentro?

¿Todavía siente dolor?

¿Se arrepiente de haberlo hecho porque ve cuánto daño nos ha infligido? Cuánto lo echamos de menos.

Mamá trata de alejarse de mí. De volver a darnos a cada una el rol que deberíamos: a ella, el de madre, y a mí, el de hija. Y un vistazo a su rostro de ojos tristes, cara hinchada y nariz roja, me dice lo que ya sé: nada volverá a ser lo mismo.

Tira de mí hasta que me sienta sobre su regazo. Su pecho se agita contra mi espalda y yo espero no volver a escuchar el sonido, ese gimoteo contra el que está luchando. Me llevo las manos a las orejas y trato de que pare. Intento fingir que no está ocurriendo.

Es el sonido de la desolación.

De que mi vida va a cambiar.

De una niñita que va a cambiar de forma irremediable.

«¿Por qué lo hiciste, papá?».

Me duele respirar.

«Nos has dejado rotas».

La cabeza me da vueltas.

«La has dejado rota».

Me arden mucho los ojos, pero no tengo más lágrimas que derramar.

«¿Y si nunca puedo volver a recomponerla?».

«Te odio por esto, papi».

—No te odio —murmuro—. Simplemente no lo entiendo. Incluso después de todos estos años, sigo sin entenderlo.

Las lágrimas me caen por las pestañas. El dolor es muy fuerte a pesar de haber pasado dos décadas desde que me vi obligada a despedirme de él.

No, no odio a mi padre. ¿Cómo podría? Pero estoy enfadada porque nos arrebató a mi madre y a mí la oportunidad de compartir más años con él. De pasar más tiempo con él. Dios, te he echado de menos, papá.

Se levanta una suave brisa y una hoja cae en su tumba hasta aterrizar en la de mi madre.

Sonrío. Es casi como si me estuviera diciendo que está bien que ahora visite a mi madre. Me beso los dedos y toco la lápida antes de moverme y mirar la tumba de mi madre.

Es más elaborada que la suya. Garland hizo todo lo posible. ¿Cómo fue para él enterrar a la mujer que amaba junto a su primer amor, en vez de en otro sitio, donde los dos pudieran estar juntos?

En realidad, nunca he pensado en ello. En todo a lo que renunció para ofrecerle esto. En lo mucho que la amaba, aunque sabía que ella siempre querría a otro hombre más que a él.

La idea permanece conmigo mientras arreglo las flores que le he traído en el florero que está fijado a la lápida.

Creo que yo no podría hacer lo mismo. Creo que yo no podría amar a alguien como Fordham sabiendo que también quiere a otra mujer.

Tal vez he estado tan hastiada del dolor durante tanto tiempo que nunca me he parado a considerar el tipo de hombre que es Garland. La persona que fue para ella cuando probablemente necesitaba y quería mucho más.

—Sigue pensando en ti, mamá. Igual que yo. Cada minuto de cada día.

Dejo de preocuparme por las flores y me muevo para apoyarme contra la losa de mármol.

Odio este lugar.

Odio que sea aquí donde aprendí todo sobre la verdadera y absoluta soledad.

Sobre la desolación.

Odio que haya paz. Una tranquilidad que te adormece con la suave brisa en el pelo y el susurro de las hojas en lo alto.

Porque no debería ser pacífico.

Es el lugar donde se rompen los sueños y los corazones se hacen añicos.

Es donde te das cuenta, más que en otro lugar del mundo, de lo oscura y solitaria que es la muerte. Lo permanente que es. Cuántas cicatrices deja atrás. Todo el tiempo.

Odio este lugar.

Me provoca un tumulto por dentro: mi corazón, mi alma y mi ser.

Garland está de pie junto a mí, con las gafas de sol y una mano apoyada sobre el ataúd de caoba. No se mueve. No llora. No habla. Solo se mira fijamente la mano en silencio antes de hundir un poco la cabeza a modo de último adiós y dar un paso atrás.

Se detiene y me aprieta el hombro antes de alejarse para darme un momento con ella.

Para dejarme hacer lo único para lo que no estoy preparada: despedirme.

He intentado mantener la compostura. Una vez más he intentado ser la adulta en una situación que nunca debería haber vivido, y mucho menos dos veces.

Pero mientras estoy ahí de pie y observo el ataúd, lo único en lo que puedo pensar es en lo que daría por un último abrazo. Por escucharla susurrarme un «Te quiero» en la oreja como solíamos hacer. Por echarme hacia atrás y ver el orgullo y el amor en sus ojos, que eran del mismo color que los míos.

—¿Por qué me has dejado? —le susurro al viento—. Eras lo único que me quedaba. ¿Qué hago ahora? ¿Cómo sigo adelante? ¿Cómo… vivo?

Las lágrimas hacen acto de presencia. No sirve de nada contenerlas. Ya he gritado, chillado y maldecido a Dios y todo lo demás por habérsela llevado. Por tener que seguir adelante sin ella.

Me inclino y presiono los labios en la tapa de madera, cálida por los rayos del sol. Odio lo mucho que se va a perder. Cuánto la voy a echar de menos. Cómo se supone que voy a vivir sin ella. Porque esta vez no tengo a nadie que me sostenga mientras lloro.

No hay hombros en los que apoyarse.

Siento cómo la pérdida hace mella en mí. Me envuelve el miedo a amar sin temer a la pérdida que viene después.

Porque, ¿para qué intentarlo?

—Sé que fuiste lo bastante valiente para volver a amar, mamá, pero yo no. Nunca seré tan valiente como tú.

No quiero volver a sentirme así nunca más.

Jamás.

Se vuelve a levantar la brisa y la hoja que ha caído antes sale disparada en dirección contraria y me golpea la pierna.

—¿Estás tratando de decirme algo, mamá? —Sonrío a través de las lágrimas mientras me pregunto qué aspecto tendría ahora. Con finas líneas de expresión y canas por las que se preocupaba cuando le salían. Murmullos sobre por qué no estoy casada y cuándo le daré nietos.

Normalidad.

Cosas que me han arrebatado.

Cosas a las que temo más que a nada.

«He conocido a un hombre, mamá. Es amable, divertido, guapo… y cree en mí más que yo a veces».

Lo quiero.

Lo quiero y estoy tan aterrorizada de ello que voy a perderlo. No puedo hacerle esto. Ni a su familia.

Simplemente, no puedo…

Ahora brotan más lágrimas cuando echo la cabeza hacia atrás y permito que el calor del sol las seque de mis mejillas. Pero creo que no van a parar nunca. En cierto sentido, nunca lo han hecho.

Resulta irónico que este lugar me dé tanta paz cuando también es donde mi vida se vino abajo. Observé cómo el rostro y el cuerpo de mi madre se desplomaban mientras nos despedíamos de mi padre. Tuve que decirle adiós a ella aquí también.

Aquí es donde aprendí que el amor era demasiado peligroso para el corazón.

Aquí es donde acepté que nunca me permitiría amar a nadie de nuevo.

Abro los ojos para ver la hoja que el viento levanta y baila por el aire a unos pocos centímetros del suelo.

Sonrío porque al mirarla, oigo su voz. Se ha desvanecido con el tiempo, pero ahora parece muy real, alta y vívida.

«Está bien que lo ames».

«Está bien temer perderlo».

«Pero no es tu amor lo que lo provoca».

«No es tu culpa».

Niego con la cabeza como si se tratara de una conversación bidireccional y no solo estuviera en mi cabeza. Recorro la losa con los dedos, mientras no dejo de dar vueltas a los pensamientos, con el corazón todavía en carne viva.

—Si eso es cierto, entonces dame una señal, mamá. Dame una señal.

Capítulo 50

Ford

—¿Estás bien, hermano? —pregunta Ledger—. Se te escucha fatal.

—Se ha marchado.

—¿Te refieres a que ha ido a comprar?

—No. Se ha marchado, de verdad.

—¿Marchado, de verdad?

—Sí —digo con un suspiro.

—¿Qué cojones has hecho esta vez? —pregunta con una risita.

—Estar a punto de morir.

Se ríe de forma sonora, casi como si estuviera bromeando.

—Tonterías.

—No. Lo digo en serio. Todas las personas a las que ha querido alguna vez han muerto, Ledge. Todos. No había pensado en ello hasta que me lo dijo.

—Así que teme perderte a ti también si te quiere, y…

—Y no puede soportar perder a nadie más.

—Dios. Ni siquiera…

—El maldito epílogo…

—¿Qué? —pregunta confuso mientras por fin coloco la pieza que faltaba en su sitio.

—Nada, es solo… —«Teme creer en los finales felices. No puede leerlos porque teme ver qué ocurre después de la declaración de amor del último capítulo. Teme ver si todavía siguen juntos. Esa es la razón por la que no los lee».

—¿Es solo qué?

—Nada —repito.

—Bueno… mierda.

—Sí. Tú lo has dicho —murmuro. Los últimos días han sido horribles. Ella es mi otra mitad aquí en todo, y ahora que se ha marchado, estoy jodidamente perdido.

—¿Qué vas a hacer?

—¿Qué puedo hacer? No puedo cambiar un pensamiento de hace años.

—Claro que puedes.

—No sabes lo testaruda que es.

—¿Me estás diciendo que te has rendido? Este no es el hombre que conozco. El hermano que conozco.

—No me he rendido. La quiero, Ledge. —Suspiro y me paso una mano por la barba. Es duro. Realmente duro. Parezco un maldito zombi. Roddy debe pensar que estoy borracho, todavía impresionado por el accidente de helicóptero, con los ojos inyectados en sangre y mi mal humor.

Pero no puedo dormir.

No puedo comer.

Solo quiero que regrese a donde pertenece.

Aquí.

Conmigo.

—Solo necesito darle algo para asegurarme de que entiende que su temor me importa, pero que no me asusta lo más mínimo.

—Si necesitas nuestra ayuda…

—Lo sé, hermano. Lo sé.

Y lo sabía.

Ellery tenía razón. El libro de papá era sobre papá, sobre su vida. Los logros. Los fracasos. Los retos. La relación con mamá y con nosotros. El poco tiempo que dediqué a redactar el comunicado de prensa hizo que me diera cuenta de ello. Aún más importante, ese día me ayudó a sanar la brecha que se había formado entre mis hermanos y yo.

Sé el amor que me profesaba. El amor que ellos me tienen. Y, al final, eso es lo que importa.

Así que cuando Ledger dice que estarán ahí si necesito su ayuda, sé que estarán ahí. Al igual que yo lo estuve cuando ellos necesitaron ayuda con Asher y Sutton. Porque eso es lo que haces por las personas a las que quieres.

Y yo quiero a Ellery.

La pregunta es: ¿qué hago para demostrarle este amor y que no voy a irme a ninguna parte?

Cuando finaliza la llamada, cuando me recuesto en una cama que huele a ella, rodeado por las cosas en cuya creación participó, sé que haré todo lo que necesario para recuperarla.

Hasta caminar a través del maldito fuego.

Capítulo 51

Ellery

Tengo que armarme de valor para salir del coche.

El hotel se erige ante mí reformado en todo su esplendor. Qué irónico que estuviera aquí hace meses, con un bolsillo lleno de esperanza y sin pajolera idea de lo que esta oportunidad iba a ofrecerme, en caso de que lo hiciera.

Me ofreció una nueva percepción de mí misma, una confianza en mis habilidades profesionales que nunca supe que tenía y ahora un gran proyecto en mi haber, que puedo usar como referencia.

Me ofreció la oportunidad de ver que soy capaz de sentir. De recibir amor… y ahora…, ahora necesito prepararme para la persona que quiero, pero temo amar.

Y tal vez esa es la razón por la que todavía estoy sentada en el coche, con un pie fuera de la puerta abierta y el otro en el espacio para las piernas, mientras reúno el coraje para enfrentarme a Ford por primera vez en dos semanas. Claro, hemos hablado a través de correos electrónicos. A través de videoconferencias con varias personas.

Pero no lo he visto. No he tenido ninguna conversación a solas con él.

Hasta ahora.

Hoy es el recorrido de los contratistas. El día en que la gente que ha hecho mi sueño realidad va a ver acabado el producto en el que contribuyó con su trabajo, antes de abrirlo al público.

No me lo perdería por nada del mundo, aunque eso signifique enfrentarme a Ford antes de tener respuestas, o una señal, o cualquier cosa, por ridícula que sea, que me diga que está bien amarlo.

Que está bien tener miedo, pero seguir amándolo.

Miro fijamente este nuevo comienzo para mí. Pienso en los recuerdos que hemos construido. La sociedad que he cimentado. Y lo extraño más de lo que jamás creí posible.

—Es un día para muchas cosas nuevas, Sinclair —murmuro para mí misma mientras respiro profundamente y salgo del coche.

El hotel está increíble. El exterior es impresionante, con el paisaje exuberante y el muro perimetral de piedra recién construido. Sonrío de forma automática. Mi visión ha cobrado vida y siento una repentina punzada de arrepentimiento por haberme perdido las dos últimas semanas. Por no haberme ocupado de los pequeños detalles y problemas que Ford y Roddy se habrán apresurado a resolver. Por no haber estado aquí para terminar el trabajo que Ford y yo empezamos juntos por capricho.

«Solo necesito espacio».

¿No es eso lo que le dije la primera y única vez que hablamos después de marcharme? ¿Cuándo le conté que estaba teletrabajando con Roddy para asegurarme de que sintiera mi presencia durante mi ausencia? ¿No es eso lo que seguí diciéndome cada noche mientras lloraba hasta quedarme dormida? ¿No es eso lo que me he repetido de camino hasta aquí solo para que saliera por la ventana en el momento en que he llegado?

Era mucho más fácil atender mi petición cuando estaba lejos de Ford. Pero ahora que he venido, y estoy más que segura de que él está ahí dentro, soy una mezcla de todas las emociones imaginables mientras muevo un pie tras otro hacia él.

Todavía es necesario arreglar o acabar unas cuantas cosas. Incluso ahora, no dejo de buscarlas en mi cabeza. La contraventana derecha de la cuarta planta, tres ventanas más a la derecha, está ligeramente torcida. Una planta cerca de la esquina izquierda ya se ha muerto. La maceta junto a la puerta principal no está centrada de la misma manera a la derecha que a la izquierda. Y no hay ningún letrero con el nombre del hotel.

Supongo que eso es culpa mía. Él me lo preguntó y yo nunca le di una respuesta. Tal vez sentí que no merecía hacerlo o que él seguiría adelante y lo haría por sí mismo. O quizá temía dejar mi huella de forma permanente en algo que nunca volveríamos a compartir.

«Deja de pensar así, Elle».

Empieza a pensar en positivo. Da este paso adelante. «Has negociado con tu padrastro y oficialmente te has vinculado con S.I.N. para el futuro próximo, con la esperanza de que Ford vea que estás lista para comprometerte a algo con él».

«Si todavía quiere».

Abro la puerta principal, esperando que haya una avalancha de contratistas y sus seres queridos pululando por los pasillos.

Pero no veo a nadie.

Voy de un lugar a otro. El silencio del hotel es ensordecedor, y compruebo el teléfono para asegurarme de no haber cometido un error. De que esta es la fecha que decía la invitación.

Lo es.

—¿Hola? —grito, y me siento como una extraña en un lugar que me pertenece.

Parcialmente.

Al cincuenta por ciento.

El pensamiento me provoca una leve sonrisa mientras escucho: «Aquí arriba».

Me dirijo al bar de la azotea con la esperanza de que la fiesta sea allí, pero entro en un espacio completamente vacío.

Se me entrecorta la respiración mientras me llevo una mano a la boca. Está terminado y es absolutamente precioso. El bar iba a ser la última reforma, por eso me perdí verlo llegar a buen término, pero… guau.

—Es increíble, ¿no? —pregunta Ford desde detrás de mí, y se me hincha el corazón en el pecho.

Agacho la cabeza por un momento mientras me preparo para la reacción visceral que sé que tendré cuando lo mire.

Solo espero unos segundos antes de girarme para tenerlo cara a cara. Está de pie en la puerta con una camiseta de manga corta y unos bonitos vaqueros. Lleva el pelo alborotado como me gusta y su sonrisa ilusionada se apodera de cada parte triste, asustada y esperanzada que hay en mí.

Lo amo.

Tengo la oportunidad de amarlo.

Es lo mismo que me he repetido una y otra vez durante las últimas semanas. Las mismas frases que he estado practicando para no hacer ninguna mueca ni ponerme a la defensiva cuando las pronuncie.

Porque es verdad. Por mucho que me aterrorice, amo a Fordham Sharpe.

—Has hecho un gran trabajo —empiezo con calma.

—No, hemos hecho un gran trabajo. —Sonríe suavemente—. Te veo bien, Ellery *Celery*.

—Tú también, Fordham el de la universidad. ¿Dónde están todos?

Se ríe entre dientes mientras mira al suelo y luego levanta la mirada hacia mí.

—Estarán aquí en media hora. Puede que haya cambiado la hora en tu invitación para verte primero. Ya sabes, soy así de egoísta.

—Ford…

—Es una broma, Elle. ¿No hemos superado eso todavía?

—Sí. —«Por favor, que todavía me quiera. Por favor, dime que no es demasiado tarde»—. Ahora que me has visto primero, ¿qué?

—Varias cosas.

—¿Como qué?

Señala el mostrador del bar donde hay unos papeles en el extremo derecho. No estoy segura de si estoy contenta por esa actitud de hombre de negocios con la que está comprándome más tiempo, o molesta. ¿Qué esperaba después de hacerle daño? ¿Que me atrajera a sus brazos y me dijera que me quiere después de haberlo rechazado una vez?

Respiro profundamente cuando las dudas comienzan a crecer. ¿He esperado mucho tiempo? ¿Ha pasado página? ¿Es demasiado tarde?

Pero cuando se gira y me mira con esa cálida sonrisa en la cara mientras me hace señas para que vaya hacia él, sé que todo va a salir bien.

Tiene la habilidad de hacer eso. De calmar mi pánico.

Con curiosidad, voy hacia los papeles, que en realidad son gráficos, y jadeo cuando veo la totalidad de las presentaciones. Sobre la barra hay unos diez borradores de posibles logotipos y carteles para el hotel.

Pero no son los diseños magistrales lo que hace que se me salten las lágrimas. Es el nombre del hotel que Ford ha elegido.

«Azure. De la Colección exclusiva Sharpe».

Trato de contener las lágrimas, pero no lo logro mientras miro fijamente el nombre que significa tanto para mí.

—¿Ford? ¿Sabes…?

—Sí —murmura mientras se coloca junto a mí—. Delia Azure Sinclair-Haywood. Madre de Ellery Jean Sinclair. Pensé que sería lógico que, dado que yo tengo una forma de honrar a mi padre con el nombre del hotel, tú deberías tener la misma oportunidad.

—¿Así que le has puesto el nombre de mi madre? —pregunto.

—Sí, así es. Espero que no te importe.

«Te pedí una señal, mamá, y esta es una enorme y brillante que no puedo pasar por alto. De forma literal y figurada. Gracias».

—Fordham… —susurro mientras extiendo la mano y paso los dedos por los diseños como si pudiera sentirlos antes de girarme para mirarlo—. Gracias. Es perfecto.

—No me lo agradezcas. La mitad de esto es tuyo. No olvides que…

—Al cincuenta por ciento —digo.

—Al cincuenta por ciento. E imagino que el siguiente puede ser un guiño a mi madre, de algún modo. Y el siguiente, uno a tu padre… y así. Quiero encontrar una forma de rendir tributo a aquellos que hemos amado y perdido, para no quedarnos solo con la pérdida.

—¿Lo dices en serio?

—Sí.

—Pero, ¿por qué…? Es decir…

—Me pediste espacio. Te lo di. Pero ten la seguridad de que no te dejaré marchar. En la vida. —Frunce los labios y juega con las esquinas de una de las representaciones mientras las palabras tácitas flotan entre los dos—. Fui tan rápido como pude a la hora de llamar a Garland para hablar sobre formar una nueva sociedad con Haywood, pero al parecer, alguien se me adelantó.

Ahora me mira a mí, con una ligera sonrisa en los labios y los ojos repletos de esperanza.

—Fui yo. Verás, no eres el único que tenía miedo de dejarlo escapar.

Asiente con la cabeza, casi como si quisiera decir algo, pero se abstiene, como si tuviera miedo de arruinar el momento.

Me toca hablar a mí. Me toca a mí explicárselo.

Tengo los discursos preparados. Explicaciones, excusas y todo, menos un diagrama de Venn, básicamente.

Pero cuando voy a hablar, solo sale una cosa.

Y es lo único que importa.

—Te quiero, Fordham Sharpe. Se le entrecorta la respiración y levanto las manos para que me deje acabar de hablar. Él asiente con la cabeza—. Te quiero y me aterra muchísimo haberte puesto una diana en la espalda por el mero hecho de amarte. Te quiero, y me asusta porque nunca he conocido este tipo de amor antes, y no estoy segura de qué hacer con él. ¿Te lo ofrezco después de haberte alejado y espero que lo aceptes? ¿Te digo «aquí lo tienes» y luego que no tienes elección, porque nunca dejaré que me alejes? ¿Qué hago, Ford? Porque estoy perdida y me aterra pensar que es demasiado tarde y…

Él se acerca y me da un beso.

—Ford. Ahora quiero el epílogo. Leerlo. Amarlo. Vivirlo.

—¿Estás segura?

Asiento con la cabeza con los dientes hundidos en el labio inferior.

—Estoy segura.

La sonrisa le ilumina la cara.

—¿Qué ha cambiado?

Buena pregunta. Una en la que he pensado mucho.

—Tú. Tú eres el que me ha cambiado. Tu fe inquebrantable en mí. El implacable amor que me profesas. Tu paciencia. Tu amistad. Simplemente tú, Ford. Tú eres lo que me ha cambiado.

—Ahora, voy a besarte.

—¿Por qué me estás diciendo eso? —Me río.

—Porque va a ser digno de una novela romántica. De esas de las que luego escribes un fantástico epílogo —murmura contra mis labios.

—Adelante.

Dos semanas es mucho tiempo sin su sabor. Sin sus caricias. Sin su amor.

¿Cómo pensé que podría alejarme? ¿Qué mi miedo a perderlo era mayor que la fuerza de este amor?

Porque el miedo hace eso.

Y, de alguna manera, Ford me ha enseñado que el amor contrarresta ese riesgo.

Cuando el beso termina, cuando recuerdo todos los estragos que este hombre causa en mi sistema y cuánto lo he echado de menos, se aparta y me toma las mejillas entre las manos.

—Dejemos una cosa clara. Tú, Ellery Sinclair, no me has puesto ninguna diana. No me has maldecido, ni hechizado, ni lo que sea que piensas que has hecho. Me has completado, y lo has hecho en formas que nunca habría esperado. Con tu amor por la mezcla de gérmenes y tu afición por las barritas de helado. Con tu sed de conocimiento y tu amor por las novelas románticas. Por querer leer el libro de mi padre para entenderme mejor. Por la forma en que me miras desde el otro lado de la habitación y me haces sentir como si fuera la única persona en ella. Y por cómo no temes mostrar mano dura, incluso aunque solo sea para evitar acercarte demasiado, mientras me envías a una trágica muerte en el Hudson.

—Oye…

—Es broma. —Se ríe y levanta las manos en señal de rendición antes de ahuecar las manos de nuevo en mi rostro—. Tú… eres el mayor grano en el culo y el amor más grande de mi vida. —Me planta un beso en los labios—. Mi padre me dijo una vez que sabría quién sería la indicada cuando estuviera dispuesto a caminar a través del fuego por ella. Estas últimas dos semanas, he tenido la sensación de estar caminando a través del fuego mientras te esperaba. ¿Y sabes qué? Con mucho gusto, lo haría mil veces más solo por escucharte decir esas palabras de nuevo.

—¿Cuáles? —bromeo, y eso hace que me gane una palmada en el trasero y otro beso desgarrador—. Te quiero, Fordham Sharpe. Ahora. Siempre. Aunque me asuste. Aunque me dé miedo. Aunque sienta que ya no podré amar más, te amo.

—¿Qué? ¿Así sin más? ¿Sin negociaciones? —Se ríe mientras me coloca un mechón de pelo detrás de la oreja—. Te estás volviendo blanda conmigo, Ellery *Celery*.

—¿Qué quieres negociar? —Entrecierro los ojos como si fuera en serio.

—Cosas. Muchas cosas. —Me da otro beso tierno en los labios—. Cosas como que deberías mudarte conmigo cuando regresemos a la ciudad.

Debería decir que estoy sorprendida, que mi respuesta natural sería decir que no, pero ¿no estamos viviendo juntos aquí ya?

—¿Vivir contigo? —pregunto—. Solo si podemos tener un perro.

—¿Un perro? —Se ríe.

—Sí. Un perro. Es un requisito.

—Vale. —Asiente con la cabeza—. ¿Qué más?

Mi mente va a millones de kilómetros por minuto. Qué difícil era aceptar este amor, y ahora que lo tengo, qué fácil es caer de cabeza en él.

—Todavía no estoy segura, pero me reservo al menos tres cosas más que incluir cuando pueda pensar con propiedad.

Me pasa un dedo por la espalda y levanta el dobladillo de la camisa para deslizarlo por la piel.

—¿Por qué no puedes pensar correctamente? ¿Te está distrayendo algo?

Me río. Es tan agradable hacerlo.

—Tal vez. Puede que necesite algo que me distraiga más. —Me pongo de puntillas y lo beso.

—La distracción acaba de comenzar. —Su gemido es todo lo que necesito para saber que, en este momento, su cuerpo está tan excitado como el mío. Está tan necesitado como deseoso—. Ojalá hubiera programado que todos los demás vinieran una hora más tarde en lugar de treinta minutos.

—Y eso, ¿por qué?

—Porque quiero hacerte el amor por primera vez, Ellery. —Sonríe—. Es algo muy cursi para un chico, pero al diablo. Voy a usar la palabra «amor» cada vez que pueda para que te acostumbres. Para que ya no te asuste más.

—Mudarme contigo. Adoptar un perro. Hacer el amor de inmediato. Guau, Sharpe. No sé —bromeo, y se me dibuja una sonrisa en los labios—. ¿Es esa tu última propuesta?

—Nena, solo acabo de empezar. —Se ríe mientras retrocede para mirarme y la sonrisa que muestra hace que me flaqueen las rodillas. Las palabras acentúan ese efecto todavía más—. No. La sabrás cuando la formule. —Me da un beso casto—. Y no habrá negociación en la respuesta a esa propuesta.

Capítulo 52

Ford

Tres meses después

—¿De verdad crees que es la mejor opción? —Ellery me mira. Está apoyada contra la cabecera de la cama, en mi, eh, nuestro, apartamento. Tiene el portátil sobre los muslos, el pelo recogido en lo alto de la cabeza y no lleva maquillaje.

Dios.

A veces me quedo estupefacto con solo verla. ¿Cómo he podido tener tanta suerte? ¿Cómo puede ser que me haya elegido a mí?

—¿Por qué me miras así? —pregunta con el ceño y los labios fruncidos.

—Por ninguna razón. —Sonrío—. A veces, solo me viene a la cabeza. Esto. Tú. Nosotros. —Me encojo de hombros.

—Fordham Sharpe, ¿te estás poniendo blando conmigo? —bromea.

—No en lo que importa. —Le guiño un ojo y se ríe antes de hacerme un gesto hacia el portátil—. En cuanto a tu pregunta, sí. Park City es el patio de recreo de invierno de los acaudalados. Es un lugar fantástico para añadir a la colección Sharpe. Caro. Exclusivo. Y si hay algo que indique el éxito de Azure, es que a la gente le gusta hacer alarde de la experiencia «única».

Y vaya si es única.

Azure está completo los próximos dieciocho meses y solo llevamos abiertos dos. Se corrió la voz enseguida entre los círculos de la élite y los famosos.

Y gracias al cielo por eso.

Claro que ha habido algunos problemas, como sucede con cualquier novedad, pero hemos logrado mitigarlos y corregirlos sobre la marcha.

Y no voy a mentir, puede que les haya restregado el éxito a mis hermanos por la cara cada vez que he podido. Al igual que ellos hacían conmigo.

—Vale. —Asiente con la cabeza mientras muerde la punta de un bolígrafo—. Entonces, Park City.

—Sabía que… —El timbre de la puerta suena y el perro que hemos rescatado, Chex, levanta la cabeza como si estuviera pensando si le importa antes de decidir que no y volver a tumbarse.

Las únicas personas que aparecen sin que el portero los anuncie son mis hermanos.

—¿Qué demonios hacen aquí?

—No lo sé —dice mientras aparta el portátil y se levanta de la cama.

En cuestión de segundos, abro la puerta y miro de forma sospechosa a Ledger y Callahan, que están de pie en la entrada.

—Otra vez venís a por mí. ¿Debería preocuparme?

«Allá vamos de nuevo».

—Tenemos algo para ti —dice Ledger, que pasa por mi lado hacia el cuarto de estar como si fuera el dueño de la casa.

—Hola, ¿cómo estás hoy, Ford? ¿Interrumpimos algo? ¿Podemos pasar? —bromeo mientras los sigo. Escucho la risa de Ellery detrás de mí.

—Confía en nosotros —murmura Callahan, y demonios si eso no me preocupa. Le echo un vistazo a Ellery, que se encoge de hombros.

—¿Puedo utilizar AirPlay desde el portátil para transmitir por el televisor? —pregunta Ledger, cuando sabe muy bien que sí puede.

—Claro, pero… ¿Te importa decirme qué narices está pasando?

La sonrisa de Callahan me preocupa. La última vez que sonrió así fue cuando me mostraron la grabación de la cámara de seguridad en la que salía yo en un ascensor con una mujer con la que estaba saliendo. Pensaron que sería gracioso criticar mi técnica.

Menudos imbéciles.

—No es eso —dice Ledger, y se ríe.

—¿No es qué? —pregunta Ellery.

—Mejor que no lo sepas —contesto, y le doy un beso en la mejilla que definitivamente provoca que quiera saber más.

—Toma asiento —dice Callahan, pero cuando no lo hago, me guía y me empuja para que me siente en el sofá.

—¿Qué demonios...? —Aun así, dejo de hablar en cuanto escucho cómo la risa de nuestro padre resuena en la habitación, y lo veo en la pantalla. Está sentado en una silla, con un tobillo apoyado en la otra rodilla. Está inclinado hacia atrás, con los brazos a los lados y los labios fruncidos.

El corazón se me sube a la garganta. Escuchar ese sonido, verlo... Miro a Ledger y a Callahan, que se limitan a hacerme un gesto para que mire la pantalla.

—Háblame de Fordham —le pide una persona fuera de cámara, y sé exactamente qué es esto.

Las cintas de las entrevistas para la biografía.

La sonrisa de mi padre es melancólica, de adoración, y se me anegan los ojos en lágrimas por su reacción cuando le preguntan por mí.

—Fordham es... es un chico increíble. Muy trabajador. Dedicado. Con un corazón de oro. Si buscas historias jugosas sobre él, no las vas a encontrar. No se metía en problemas, excepto cuando trataba de cargar con la culpa por algo que había hecho Callahan. —Se ríe y se pasa una mano por la cara al igual que lo estoy haciendo ahora yo.

Me hace sonreír.

—Gracias por eso, tío —dice Callahan, que me da una palmadita en el hombro—. Todavía te lo debo. —Estoy tan cautivado con mi padre en la pantalla que no me he dado cuenta de que tanto Ledger como Callahan se han sentado a ambos lados de mí.

—Carly y yo bromeábamos diciendo que Ford era la roca de nuestra familia. Si necesitabas ayuda, ahí estaba él. Si necesitabas hablar con alguien, ahí estaba él. Si necesitábamos alguien que mediara entre Callahan y Ledger, ahí estaba él. Fordham contaba los mejores chistes en los momentos que más los necesitábamos. Puede analizar una habitación mejor que nadie que haya conocido y sabría qué comentario hacer para calmar una situación o tranquilizar a alguien. Siempre se ha preocupado por todos porque quiere que todo esté bien. No le molestaba pasar a un segundo plano frente a sus hermanos porque su propia luz brillaba de todos modos.

—Parece un gran tipo.

—Es el mejor, sin lugar a dudas. —Mi padre mira al entrevistador y sonríe de forma que tengo la impresión de que me está mirando—. Carly y yo bromeábamos con que era el chico que sabía qué hacer en cualquier situación. Era solo Ford. Eh. —Sonríe de nuevo y, por la mirada distante y la suave sonrisa, está claro que le ha pasado algún recuerdo por la mente.

—¿Qué significa eso?

—Así era como Carly y yo nos referíamos a él. «Solo Ford». Lo había olvidado. Cuando nos tumbábamos en la cama por la noche y hablábamos del día… Cada vez que uno de los chicos se portaba mal o se metía en problemas, ella decía: «¿Por qué no se parecen más a él? Si tan solo fueran como Ford». Nos reíamos y decíamos que eso no era justo para los otros, pero esa frase se quedó con nosotros y, en algún momento, se redujo a solo Ford. —Se ríe—. Dios, parece que hace una vida de eso.

—Solo Ford —dice el entrevistador.

—Sí. Ford es… el pacificador de la familia. La estabilidad en nuestra vida a veces tormentosa. Él es… solo Ford.

La grabación se corta, pero no aparto la mirada de la pantalla negra mientras escucho sus palabras y veo su sonrisa.

«Solo Ford».

Significaba mucho más para él que la indiferencia que sentí al principio. Las lágrimas me recorren las mejillas. Ni siquiera sé cuándo han manado de mis ojos y no me importa. Aquí solo están mis hermanos y Ellery. Las tres personas de mi vida que más me importan.

Ledger me da un apretón en la nuca y me sacude hacia delante y hacia atrás, mientras que Callahan me da una palmadita en la espalda.

Levanto la vista y me encuentro a Ellery al otro lado de la habitación. Unas lágrimas silenciosas le recorren las mejillas, pero la sonrisa que me brinda lo es todo.

Desde el principio supo que había más en esta historia.

Al igual que mis hermanos. Tal como se propusieron demostrarme.

Las tres personas del mundo que más me importan saben la verdad. Saben el significado que se esconde detrás de «solo Ford». Mi madre tenía razón. Esas son las únicas personas cuyas opiniones sobre mí me importan.

«Solo Ford».

Suena muy bien y lo aceptaré con mucho gusto.

Epílogo

Ellery

—Sabes que podrías haber elegido cualquier lugar del mundo para hacer esto.

—Lo sé —murmuro contra sus labios. Me atrae hacia él y me sostiene en el único lugar en el que siempre me he sentido más segura—. Pero aquí es donde quería estar. El lugar en el que empezó lo nuestro.

El sol del atardecer hace que la arena parezca más blanca y el color de las flores más vibrante. La playa más allá del Azure se ha transformado en un paraíso que hasta a mí me costó creer cuando lo vi antes.

Hay guirnaldas de luces por todos lados. En los árboles. Sobre las mesas. Una pista de baile en la arena. Una reunión íntima con los que más queremos… y mis hermanos. Todavía somos un trabajo en progreso, pero al menos la palabra «progreso» está ahí. Al menos está ahí.

—No podría estar más de acuerdo. —Ford me mira, con el amor reflejado en todos sus rasgos—. Todavía no me lo creo. —Me roza los labios con los suyos.

—Yo tampoco.

—Preparada, ¿señora Sharpe?

Ese nombre.

Ahora es mío.

O mejor dicho, es mío desde hace cuatro horas y tres minutos y, si la sensación ya es increíble, no imagino lo que será ser la señora Sharpe el resto de mi vida.

Estoy casada.

Casada con Fordham Sharpe, ni más ni menos.

La mujer que temía el amor, que lo rechazaba, no se imagina no amar a este hombre.

Y ahora él es mi por siempre jamás, y estamos a punto de iniciar nuestro viaje juntos.

Miro por las cortinas para observar la fila de invitados a los lados del pasillo que lleva a la limusina que nos espera. Fordham me toma de la mano y sonríe mientras abre la puerta.

El ruido nos golpea. Risas, vítores y gritos mientras salimos.

¿Cómo hemos llegado aquí?

—Hagámoslo —dice Ford mientras me aprieta la mano y damos los primeros pasos hacia nuestro por siempre jamás.

La lluvia y el viento casi me derriban cuando entro en el hotel. Chandler me habla desde el teléfono sobre un proyecto en el que está trabajando, como si yo no estuviera desafiando una tormenta tropical y tratando de evitar convertirme en un pararrayos.

—¿Hola? ¿Me has oído? —repito por lo que parece ser la décima vez. No me está escuchando. Está inmerso en sí mismo—. Cortadas. Estamos atrapados.

—Una observación brillante. Existe una razón por la que todos estamos aquí sentados, y no es por el ambiente —murmura el hombre de mi izquierda mientras dejo caer el bolso en el suelo, junto al único taburete libre que hay en este lugar dejado de la mano de Dios.

—Creo que no estoy hablando contigo —espeto. Métete en tus asuntos, colega.

—Bien. Genial. Espera. ¿Han cortado las carreteras?

Entonces miro y me encuentro con los ojos del capullo gruñón que me ha dado su opinión sin que se la haya pedido. Chandler sigue parloteándome al oído, pero no escucho una palabra de lo que dice porque estoy demasiado abrumada por el increíble par de ojos de color ámbar.

Por el hombre que está sentado ante mí, y que ha hecho que se me acelere el pulso.

Pasamos junto a Callahan y Sutton. Sus dos hijas, Maxine y Carly, llevan unos vestidos blancos con volantes y coronas de flores en el pelo rizado. Sutton extiende el brazo para apretarme la mano mientras me ofrece una sonrisa tranquilizadora y acogedora. Por su parte, Callahan choca los cinco con su hermano y le dice algo que los hace reír.

—Vamos, Ellery Celery. Apuesta por mí. Arriésgate conmigo. —Extiende la mano que ha retenido cuando mi hermano ha tratado de darle un apretón de manos—. ¿Trato hecho, socia?

—No me creo que esté de acuerdo con esto —gimo mientras un escalofrío de emoción me atraviesa.

—¿Eso es un sí?

Lo miro a los ojos, contemplo su sonrisa y extiendo la mano para estrecharle la suya.

«¿Qué demonios estoy haciendo?».

—Sí.

Ledger y Asher son los siguientes. Están de pie con una sonrisa dibujada en la cara. Ella lleva en brazos a su hijo de dos meses, Oliver, que está dormido. Ledger la rodea con un brazo y la atrae hacia él.

—¡Pasadlo bien! —dice Asher en voz baja mientras lanza un puñado de algo al aire que cae a nuestro alrededor.

—Ellery Celery.

—Fordham, el de la universidad —contesto con gesto adusto, ya que él lo dice muy serio antes de echarse a reír.

Salta a la cama, me abraza y me hace cosquillas hasta que me deja sin aliento y lo empujo para apartarlo de mí.

Me da un beso muy tierno.

—Tenía todo tipo de planes para esto. Y muy elaborados. Los puse en marcha y llevan semanas en espera. A que llegue el mo-

mento adecuado. Pero, me queman en el bolsillo y no quiero esperar más.

—Ford. —Su nombre es una advertencia y un ruego de esperanza.

Se levanta, se sienta a horcajadas sobre mí y su tímida sonrisa se apodera de mi corazón.

—Te daré el mundo si así lo deseas. Te compraría cualquier cosa que quieras, te llevaría a algún destino lejano o haría que unos fuegos artificiales lo escriban en el cielo. Podría publicar un anuncio en Times Square o idear una elaborada búsqueda del tesoro para ti, pero no creo que nada de eso te importe. La pompa y circunstancia no son lo tuyo porque, para ti, siempre hemos sido nosotros desde el primer día. Tú ves mi verdadero yo. Lo viste y, aun así, me dejaste entrar. Cásate conmigo, Ellery. Cásate conmigo, escribamos ese epílogo juntos para luego vivirlo.

Sonrío a través de las lágrimas. Sabía que esto iba a llegar en algún momento. Hemos hablado y bromeado sobre ello y sabía que era inevitable. Pero, aunque ya lo sabía, no estaba preparada para la oleada de emoción que me provoca escuchar sus palabras y mirarlo a los ojos.

Extiende la mano y saca una cajita de debajo de la almohada. Cuando la abre, en el estuche de terciopelo azul descansa un magnífico solitario en forma ovalada.

Pero tiene razón. No me importan nada la pompa y la circunstancia, ni el brillante que tengo ante mí. Él es lo único que veo. Es lo único que quiero.

—Ellery, tu silencio me está matando.

—Creo que tengo la respuesta desde la noche en que nos conocimos. Puede que me haya costado un tiempo reconocerla, pero…

—Pero gracias a Dios que lo hiciste. ¿Y?

—Sí. Claro que sí. ¿Cómo podría decir lo contrario?

Garland me ofrece un leve asentimiento de cabeza mientras paso a su lado y extiendo el brazo para apretarle la mano. El anillo de zafiro de mi madre, que había conservado y me había regalado para que lo llevara en la boda como algo azul, brilla en la suave luz.

Chocamos la mano con otros amigos y pasamos por delante del Chris Hemsworth de cartón a tamaño natural, que Ford pensó que sería un guiño importante a la noche que nos conocimos, antes de detenernos al final del pasillo.

Es curioso cómo puedes conocer a alguien en el momento más extraño y descubrir que te ofrece el consejo, la esperanza y la voluntad de cambiar algo que no has tenido la fuerza de hacer antes.

Entonces, y solo entonces, me doy cuenta de lo que nos están lanzando. No es el arroz tradicional, sino Chex Mix sin *pretzels.*

Saco uno de la solapa de Ford e inclino la cabeza hacia atrás cuando me río. Él me levanta y me hace girar.

—Para ti, Ellery *Celery,* solo lo mejor.

Cuando nos detenemos, bajo lentamente pegada a su pecho y me deja en el suelo. Entonces, nos besamos de nuevo.

—Una vez me dijiste que te enseñara un hombre que supiera que el amor y el romance no siempre van de la mano de grandes gestos y te casarías con él. —Coloca un pedazo de Chex Mix entre mis labios y hace un gesto a todos los presentes—. Por suerte para mí, eres una mujer de palabra.

—Siempre. Eternamente. Solo tú, Ford. Solo nosotros.

Me mira a los ojos, que le brillan por las lágrimas cuando el conductor abre la puerta del coche. Ford señala la puerta abierta.

—Nuestro epílogo comienza ahora.

¿Has disfrutado con el romance de Ellery y Fordham y su «felices para siempre»?

¿Callahan y Ledger te han intrigado y quieres conocerlos mejor? Hay dos libros más de la serie S.I.N. Los libros se pueden leer en cualquier orden. Estos son sus títulos:

El último paraíso
La última condición

¿Te han intrigado las escenas de sexo y los libros que Ford lee a Ellery en el capítulo 40? Esas escenas pertenecen a otros libros de K. Bromberg.

Puedes leer sobre esos personajes aquí:

La escena con Lilly es de una novela más oscura, ***UnRaveled.***

La escena con Lennox es del romance deportivo, de enemigos a amantes, ***Hard to Hold.***

La escena con Sidney es del breve romance de ciudad, con el padre soltero y socorrista, ***Cockpit.***